SOB a PELE

Outra obra do autor publicada pela Editora Record

Pétala escarlate, flor branca

Michel Faber

SOB a PELE

Tradução de
LÉA VIVEIROS DE CASTRO

EDITORA RECORD
RIO DE JANEIRO • SÃO PAULO

2006

CIP-BRASIL. CATALOGAÇÃO-NA-FONTE
SINDICATO NACIONAL DOS EDITORES DE LIVROS, RJ.

Faber, Michel
F115s Sob a pele / Michel Faber; tradução de Léa Viveiros. – Rio de Janeiro: Record, 2006.

Tradução de: Under the skin
ISBN 85-01-07303-2

1. Romance inglês. I. Castro, Léa Viveiros de. II. Título.

CDD – 823
06-1908 CDU – 821.111-3

Título original inglês:
UNDER THE SKIN

Publicado em acordo com Canongate Books Ltd, Edimburgo.

Impresso no Brasil

ISBN 85-01-07303-2

PEDIDOS PELO REEMBOLSO POSTAL
Caixa Postal 23.052
Rio de Janeiro, RJ – 20922-970

Agradeço a Jeff e Fuggo
e especialmente à minha esposa Eva
por me trazerem de volta à Terra.

1

ISSERLEY SEMPRE PASSAVA direto por um homem pedindo carona assim que o via, para ter tempo de avaliá-lo. Ela estava atrás de músculos: um cara sarado. Espécimes magros e fracos não interessavam a ela.

À primeira vista, entretanto, era surpreendentemente difícil notar a diferença. Você poderia pensar que um carona solitário numa estrada do interior se destacaria a um quilômetro de distância, como um monumento distante ou um depósito de cereais; pensaria que poderia avaliá-lo calmamente ao passar, despi-lo e revirá-lo em sua mente com bastante antecedência. Mas Isserley tinha descoberto que não era assim.

Dirigir pelas Highlands da Escócia era uma tarefa avassaladora; havia sempre mais coisas do que os cartões-postais mostravam. Mesmo no silêncio nacarado de uma aurora invernal, quando as brumas ainda cobriam os campos, a rodovia A9 não ficava vazia por muito tempo. Carcaças peludas de criaturas selvagens não identificáveis espalhavam-se pelo asfalto, renovadas a cada manhã, cada uma delas um instante congelado do tempo em que um ser vivo havia confundido a estrada com o seu hábitat natural.

Isserley também costumava aventurar-se na estrada em horas de tal imobilidade pré-histórica que o seu veículo parecia ser o primeiro a aparecer no mundo. Era como se ela tivesse sido colocada num mundo criado tão recentemente que as montanhas ainda estivessem mudando de lugar e os vales arborizados pudessem ainda virar mar.

Entretanto, quando ela guiava o seu pequeno carro pela estrada deserta e levemente esfumaçada, em poucos minutos o tráfego de veículos dirigindo-se para o sul surgia atrás dela. E este tráfego não deixava que ela determinasse o ritmo, como uma ovelha seguindo outra num caminho estreito; ela tinha de dirigir mais depressa para não ser obrigada a sair da pista por buzinadas impacientes.

Além disso, por ser uma estrada principal, ela precisava ficar alerta a todas as estradas secundárias que iam dar nela. Apenas alguns cruzamentos estavam claramente sinalizados, como que escolhidos para esta distinção por seleção natural; o resto estava escondido pelas árvores. Ignorar os cruzamentos não era uma boa idéia, embora Isserley tivesse a preferência: qualquer um deles poderia ser invadido por um trator impaciente que, se surgisse em seu caminho, dificilmente sofreria danos, ao passo que ela seria esmagada.

Mas o mais perturbador não era a ameaça de perigo e, sim, a fascinação da beleza. Um fosso luminoso de água de chuva, um bando de gaivotas seguindo uma máquina de semear por um campo argiloso, a visão da chuva caindo duas ou três montanhas adiante, até mesmo uma ave solitária voando no céu: tudo isso podia fazer Isserley esquecer por que estava na estrada. Ela continuava dirigindo enquanto o sol se erguia no céu, vendo as fazendas ao longe se tornarem douradas, até que algo bem mais perto dela, na sombra da estrada, se transformava subitamente de galho de árvore ou fragmento de entulho em um bípede com o braço estendido.

Então ela se lembrava, mas às vezes isto só acontecia depois que ela já tinha passado, quase batendo na ponta dos dedos do carona, como se estes dedos pudessem ser arrancados como galhos secos se fossem alguns centímetros mais longos.

Pisar no freio estava fora de questão. Em vez disso, ela mantinha o pé no acelerador, continuava na fila com os outros carros, e não fazia mais do que gravar esta imagem ao passar.

Às vezes, examinando esta imagem mental, ela notava que o carona era uma mulher. Isserley não estava interessada em mulheres, pelo menos não desse jeito. Elas que pegassem carona com outra pessoa.

Se o carona era um homem, ela normalmente voltava para dar outra olhada, a menos que ele fosse notoriamente um fracote. Caso ele causasse alguma impressão nela, ela daria a volta assim que fosse seguro fazer isso — longe da vista dele, é claro: ela não queria que ele soubesse que ela estava interessada. Então, ao passar do outro lado da estrada, o mais vagarosamente que o tráfego permitisse, ela o avaliaria uma segunda vez.

Muito raramente ela não conseguia encontrá-lo de novo: algum outro motorista, menos cauteloso ou menos seletivo, devia ter parado para dar carona a ele enquanto ela dava a volta. Ela olhava para onde ele tinha estado e via apenas um espaço vazio. Procurava além do acostamento da estrada, no meio da vegetação, caso ele estivesse escondido por lá, urinando. (Eles faziam muito isso.) Ela achava inconcebível que ele tivesse desaparecido tão depressa; o corpo dele tinha parecido tão bom, tão maravilhoso, tão *perfeito.* Por que ela tinha desperdiçado aquela chance? Por que não o tinha apanhado assim que o vira?

Às vezes, a perda era tão difícil de aceitar que ela simplesmente continuava dirigindo, por quilômetros e quilômetros, na esperança de que quem o tivesse apanhado fosse devolvê-lo à estrada. Vacas piscavam inocentemente para ela, quando ela passava velozmente gastando gasolina à toa.

Geralmente, no entanto, o carona estava parado exatamente onde ela o havia visto ao passar da primeira vez, com o braço talvez menos ereto, a roupa (se estivesse chovendo) um pouco mais molhada. Vindo da direção oposta, Isserley podia dar uma olhada em seu bumbum, ou em suas coxas, ou talvez verificar o quanto seus ombros eram musculosos. Havia algo na postura que também podia indicar aquela arrogância de um macho em excelente forma.

Ao passar, ela olhava diretamente para ele, para checar suas primeiras impressões e certificar-se de que não o estava valorizando demais em sua imaginação.

Se ele realmente correspondia às expectativas, ela parava o carro e o deixava entrar.

Isserley vinha fazendo isso havia anos. Era raro o dia em que ela não conduzia o seu velho Toyota Corolla vermelho para a A9 e começava a percorrê-la. Mesmo quando tinha tido uma sucessão de encontros bem-sucedidos e sua auto-estima estava alta, ela temia que o último carona que havia apanhado pudesse ser o último realmente satisfatório: talvez nenhum outro, no futuro, pudesse comparar-se a ele.

Na realidade, o desafio era uma excitação a mais para Isserley. Ela podia ter um brutamontes sentado ao seu lado no carro, sabendo com certeza que ele iria para casa com ela, e já estar pensando no próximo. Mesmo enquanto o estivesse admirando, contemplando as curvas dos seus ombros musculosos ou o volume do seu peito sob a camisa, saboreando a idéia do quanto ele seria magnífico quando estivesse nu, estaria de olho no acostamento da estrada, para o caso de um candidato melhor estar fazendo sinal para ela.

O dia não começou bem.

Ao atravessar o viaduto sobre a estrada de ferro perto da silenciosa aldeia de Fearn, antes mesmo de alcançar a auto-estrada, ela percebeu um barulho semelhante a um chocalho perto da roda da frente do lado do passageiro. Ela prestou atenção, prendendo a respiração, imaginando o que ele estava tentando dizer em sua língua estranha. Aquele barulho seria um pedido de socorro? Um resmungo momentâneo? Um alerta amigável? Ela ouviu mais um pouco, tentando imaginar como um carro poderia fazer-se entender.

Este Corolla vermelho não era o melhor carro que ela já tivera; sentia saudade do Nissan cinza no qual tinha aprendido a dirigir. Ele funcionava suave e calmamente, não fazia quase nenhum barulho e tinha muito espaço atrás — quase dava para pôr uma cama. Mas ela foi obrigada a abandoná-lo, depois de apenas um ano de uso.

Desde então, tinha tido dois outros veículos, mas eles eram menores, e os itens personalizados, quando transplantados do Nissan, causaram problemas. Este Corolla vermelho era difícil de manobrar e podia ser temperamental. Sem dúvida, ele queria ser um bom carro, mas tinha os seus problemas.

A poucas centenas de metros do cruzamento com a auto-estrada, um jovem cabeludo estava parado no acostamento da estrada estreita, com o polegar erguido. Ela passou acelerando e ele ergueu o braço preguiçosamente, acrescentando dois dedos ao gesto. Eles se conheciam vagamente. Eram ambos dali da região, embora nunca tivessem se encontrado, exceto em momentos como este.

Isserley tinha uma política de se manter longe dos homens locais.

Entrando na A9, em Kildary, ela verificou as horas no relógio do painel. Os dias estavam ficando mais longos: eram só 8h24 e o sol já estava alto. O céu estava azul-arroxeado e rosa cor de carne por trás das nuvens brancas, indicando a fria claridade por vir. Não haveria neve, mas a geada permaneceria durante muitas horas e a noite cairia bem antes que o ar pudesse aquecer.

Para os objetivos de Isserley, um dia claro como este era bom para dirigir em segurança, mas não era bom para avaliar caronas. Espécimes excepcionalmente fortes poderiam estar de mangas curtas para exibir sua forma física, mas a maioria estaria usando sobretudos por cima de camadas de lã, o que dificultaria as coisas para ela. Até um magricela poderia parecer forte com tanta roupa por cima.

Não havia tráfego no seu espelho retrovisor e ela se permitiu andar a sessenta quilômetros por hora, em parte para testar o barulho na roda. Ele parecia ter consertado sozinho. É claro que isto era só pensamento positivo. Mas era animador pensar assim logo de manhã, depois de uma noite de dor, pesadelos e sono sobressaltado.

Ela respirou profundamente pelas narinas estreitas, quase fechadas. O ar estava fresco e cortante, ligeiramente embriagador, como oxigênio puro administrado através de uma máscara, ou como éter. Sua consciência estava hesitando entre uma vigília hiperativa e uma volta ao sono. Se ela não fosse estimulada por alguma ação em breve, sabia para onde penderia.

Isserley passou pelos pontos habituais onde os caronas costumavam ficar, mas não havia nenhum. Apenas a estrada e o vasto mundo, vazio.

Algumas gotas esparsas de chuva bateram no pára-brisas, e os limpadores deixaram dois arco-íris de sujeira na sua linha de visão. Ela borrifou água no vidro, uma quantidade aparentemente interminável, até conseguir enxergar direito de novo. Esta manobra deixou-a ainda mais cansada, como se tivesse tido que fornecer seus próprios fluidos vitais.

Ela tentou projetar-se no tempo, visualizando-se já estacionada em algum lugar com um jovem carona musculoso sentado ao seu lado; imaginou a si mesma respirando ofegante contra ele enquanto alisava o cabelo dele e o agarrava pela cintura para colocá-lo em posição. Mas a fantasia não foi suficiente para evitar que seus olhos se fechassem.

Quando Isserley estava pensando em procurar um lugar para parar e cochilar por alguns minutos, avistou uma silhueta logo abaixo do horizonte. Na mesma hora ela abriu bem os olhos, ajeitando os óculos. Checou o rosto e o cabelo no espelho retrovisor. E espichou os lábios, que estavam vermelhos como batom.

Passando pelo carona pela primeira vez, ela notou que era um homem bem alto, de ombros largos, vestido confortavelmente. Estava usando o polegar e o indicador, sem muita animação, como se estivesse esperando há horas. Ou talvez não quisesse parecer muito ansioso.

Na volta, ela notou que ele era bem jovem, com o cabelo bem curto, no estilo dos prisioneiros escoceses. Sua roupa era cor de lama. O que ele tinha por dentro enchia bem seu casaco, embora não desse para ver se era músculo ou gordura.

Passando por ele uma última vez, Isserley percebeu que ele era extraordinariamente alto. Estava olhando para ela, possivelmente imaginando se a teria visto dois minutos antes, uma vez que não havia muito movimento de carros. Entretanto, ele não acenou com mais animação, manteve a mão preguiçosamente estendida. Implorar não era o seu estilo.

Ela diminuiu a velocidade e parou bem na frente dele.

— Entre — ela disse.

— Viva — ele disse com animação ao entrar no carro.

Por esta única palavra, dita sem um sorriso, apesar de seu rosto ter se movimentado nesta intenção, Isserley soube algo a respeito dele. Era do tipo que evitava dizer obrigado, como se gratidão fosse uma armadilha. No mundo dele, não havia nada que Isserley pudesse fazer que o pusesse em débito para com ela; tudo era muito natural. Ela tinha parado para tirá-lo do acostamento; ótimo. Por que não? Ela lhe estava dando, de graça, algo que um táxi teria cobrado uma fortuna para dar, e só o que ele disse a respeito foi um seco "Viva" como se ela fosse um companheiro de bar e tivesse feito o favor de passar-lhe um cinzeiro.

— Sem problema — Isserley respondeu, como se ele tivesse agradecido. — Para onde você está indo?

— Para o sul — disse ele, olhando nesta direção.

Um longo segundo se passou, em seguida ele passou o cinto de segurança pelo tronco como se concordasse relutantemente que este era o único jeito de seguir em frente.

— Sul, só isso? — perguntou ela, enquanto arrancava com o carro, tomando cuidado, como sempre, em ligar a seta e não acender os faróis ou acionar o limpador ou o injetor de icpathua.

— Bem... depende — disse ele. — Para onde *você* está indo?

Ela fez um cálculo mental, depois olhou para ele para ver onde ele poderia encaixar-se.

— Eu ainda não decidi — disse ela. — Inverness, para começar.

— Inverness está bom para mim.

— Mas você gostaria de ir mais adiante?

— Eu vou até onde conseguir ir.

Outro carro apareceu subitamente no seu espelho retrovisor e ela teve que verificar quais eram as intenções dele; quando pôde voltar a olhar para o carona, o rosto dele estava impassível. Será que a observação dele tinha sido pura arrogância? Insinuação sexual? Ou apenas uma simples constatação?

— Estava esperando há muito tempo? — perguntou ela para provocá-lo um pouco mais.

— O que...?

Ele piscou os olhos, interrompido no ato de abrir o zíper da jaqueta. Será que o desafio de abrir um zíper e ao mesmo tempo ouvir uma simples pergunta era mais do que seu intelecto permitia? Ele tinha um corte fino na sobrancelha direita, quase cicatrizado — um tombo de bêbado talvez? O branco dos seus olhos estava claro, seu cabelo tinha sido lavado não fazia muito tempo, ele não estava fedendo — será que era simplesmente estúpido?

— Onde eu o apanhei — explicou ela. — Você estava parado lá há muito tempo?

— Não sei — disse ele. — Eu não tenho relógio.

Ela olhou para o pulso dele; era grande, com pêlos dourados, e duas veias azuladas que iam até as costas da mão.

— Bem, pareceu muito tempo?

Ele pareceu pensar a respeito.

— Sim.

Ele sorriu. Seus dentes não eram muito bons.

No mundo lá fora, os raios de sol ficaram mais fortes de repente, como se alguma agência responsável tivesse notado que eles estavam brilhando com a metade da potência recomendada. O pára-brisa iluminou-se como uma lâmpada e lançou raios ultravioletas sobre Isserley e o carona, puro calor sem nenhuma brisa. O aquecimento do carro também estava no máximo, e logo o carona estava se mexendo no assento, tirando a jaqueta. Isserley observou-o disfarçadamente, observou os movimentos dos seus bíceps e tríceps, o contorno dos seus ombros.

— Posso pôr isto no banco de trás? — perguntou ele, enrolando a jaqueta com suas mãos grandes.

— Claro — disse ela, observando os músculos que se revelavam através da camiseta quando ele se virou para atirar a jaqueta em cima da dela. O abdome dele era um tanto volumoso — cerveja, não músculo —, mas nada muito grotesco. O volume na calça jeans era promissor, embora quase tudo fosse provavelmente testículos.

Confortável agora, ele se encostou no assento e lançou-lhe um sorriso temperado por uma vida inteira de alimentos apodrecidos.

Ela sorriu de volta, pensando na importância de se ter bons dentes.

Ela podia sentir que estava mais perto de tomar uma decisão. De fato, para ser honesta, já estava quase decidida, e sua respiração estava ficando mais rápida.

Ela fez um esforço para conter a adrenalina que escorria de suas glândulas enviando mensagens calmantes para dentro de si mesma, engolindo-as. Tudo bem, sim, ele era bom: tudo bem, sim, ela o desejava: mas tinha que saber mais um pouco sobre ele. Para evitar a humilhação de se comprometer, de permitir a si mesma acreditar que ele viria com ela, e depois descobrir que ele tinha uma esposa ou uma namorada esperando.

Se ao menos ele conversasse um pouco. Por que eram sempre os desejáveis que ficavam sentados em silêncio e os rejeitados disformes falavam sem parar? Ela tinha dado carona a uma criatura miserável que havia tirado um casaco volumoso e revelado braços esqueléticos e um peito de pombo: em poucos minutos, ele estava contando a ela toda a sua vida. Os musculosos costumavam ficar olhando para o espaço, ou fazer pronunciamentos sobre o mundo em geral, rebatendo perguntas pessoais com o reflexo de atletas.

Os minutos foram passando e o seu carona parecia satisfeito ali calado. Entretanto, pelo menos, ele estava arriscando olhares para o corpo dela — especialmente para os seios. De fato, pelo que ela podia observar olhando de viés e dando com seus olhares furtivos, ele estava louco para que ela olhasse para a frente para poder examiná-la sem que ela visse. Tudo bem, então: ela o deixaria dar uma boa olhada, para ver que diferença isso poderia fazer. A saída para Everton estava mesmo se aproximando e ela precisava concentrar-se na direção. Ela chegou um pouco para a frente, exagerando a concentração na estrada, e se deixou examinar.

Imediatamente, ela sentiu o olhar dele brilhando sobre ela como um outro tipo de raio ultravioleta, e não menos intenso.

Isserley imaginou, e como imaginou, o que ele acharia dela, em sua inocência alienígena. Será que ele havia notado o esforço que ela estava fazendo para se mostrar sedutora? Ela endireitou as costas contra o assento, projetando o peito para a frente.

O carona notou.

Seios fantásticos, mas por Deus, não havia mais quase nada. Pequena — como uma garota espiando por cima do volante. Qual seria a altura dela? Um metro e meio, talvez, em pé. Engraçado como muitas mulheres de seios bonitos eram baixinhas. Esta garota obviamente sabia que tinha um belo par de seios, do jeito que os enfatizava com a blusa decotada. Era por isso que o carro estava um forno, é claro: para ela poder usar uma blusa preta bem justa e exibir os seios para todo mundo ver — para *ele* ver.

Mas o resto dela era esquisito. Braços compridos e magros e cotovelos pontudos — por isso é que a blusa tinha mangas compridas. Punhos ossudos também, e mãos grandes. Mesmo assim, com seios como aqueles...

Mas aquelas mãos eram realmente estranhas. Maiores do que se pensaria, olhando para ela, mas estreitas também, como... pés de galinha. E ásperas, como se tivesse feito trabalho pesado com elas, talvez trabalhado numa fábrica. Ele não podia ver direito suas pernas, ela estava usando aquelas calças horríveis de boca larga dos anos 1970 que voltaram à moda — de um verde berrante, pelo amor de Deus — e o que parecia ser um par de sapatos típico de *punks* ou operários, no entanto, não havia como disfarçar o quanto suas pernas eram curtas. Ainda assim, aqueles seios... eram como... Ele não sabia com o que compará-los. Eles pareciam fantásticos, ali um ao lado do outro, com o sol iluminando-os através do pára-brisa.

Mas vamos esquecer os seios: e quanto ao rosto? Bem, ele não podia vê-lo neste momento; para isto ela teria que se virar para ele, por causa do seu corte de cabelo. Ela tinha uma cabeleira cheia, fofa, castanha, num corte reto que só permitia que ele visse o seu rosto olhando de frente para ela. Era tentador imaginar um belo rosto oculto por aquele cabelo, um rosto como o de uma cantora *pop* ou de uma atriz, mas ele sabia que não era assim. De fato, quando ela tinha se virado para ele, o rosto dela o deixara um tanto chocado. Era pequeno, em forma de coração, como um elfo num livro infantil, com um narizinho perfeito e uma boca fantástica, curva e de lábios carnudos, como os de uma supermodelo. Mas tinha bochechas gordas e estava usando os óculos mais grossos que ele jamais vira: aumentavam tanto os seus olhos que eles pareciam ter o dobro do tamanho normal.

Ela era bem estranha mesmo. Meio gata da praia, meio velhinha.

Ela *dirigia* como uma velhinha. Não ultrapassava oitenta quilômetros por hora. E aquele anoraque velho e vagabundo no banco de trás — o que era aquilo? Ela devia ter um parafuso de menos. Era doida, provavelmente. E falava engraçado — com certeza era estrangeira.

Será que ele gostaria de transar com ela?

Provavelmente, se tivesse chance. Ela devia ser uma transa bem melhor do que Janine, isso era certo.

Janine. Por Deus, era incrível como só de pensar nela ele ficava deprimido. Até agora ele estava de ótimo humor. A boa e velha Janine. Se algum dia você se sentir animado demais, pense em Janine. Jesus... será que ele não podia simplesmente esquecer? Olhar para os seios daquela garota, iluminados pelo sol, como... Ele agora sabia com o que eles pareciam: se pareciam com a lua. Bem, duas luas.

— Então, o que você está fazendo em Inverness? — disse ele de repente.

— Trabalhando — disse ela.

— O que você faz?

Isserley pensou por um momento. Já fazia tanto tempo que nenhum dos dois dizia nada que ela já esquecera o que havia decidido ser desta vez.

— Eu sou advogada.

— Verdade?

— Verdade.

— Como na tevê?

— Eu não assisto a tevê. — Isto era verdade, mais ou menos. Ela costumava assistir bastante, logo que chegou à Escócia, mas hoje em dia só assistia ao noticiário e, ocasionalmente, o que estivesse passando enquanto se exercitava.

— Direito criminal? — sugeriu ele.

Ela o olhou por um breve instante. Havia uma centelha nos olhos dele que talvez valesse a pena manter acesa.

— Às vezes. — Ela sacudiu os ombros. Ou tentou sacudi-los. Sacudir os ombros enquanto dirigia era surpreendentemente difícil, especialmente com seios como os dela.

— Alguma coisa sensacional? — insistiu ele.

Ela deu uma olhada no espelho retrovisor, diminuindo a velocidade para deixar passar um Volkswagen puxando um *trailer*.

— O que você chamaria de sensacional? — perguntou ela enquanto completava a manobra.

— Não sei... — ele suspirou, com um ar lúgubre e divertido ao mesmo tempo. — Um homem mata a mulher porque ela o está traindo.

— Eu posso ter tido um cliente desses — disse Isserley com uma certa reserva.

— E você o ferrou?

— Ferrou?

— Você o mandou para a prisão perpétua?

— O que o faz pensar que eu não o defendi? — Ela deu um sorriso irônico.

— Ah, você sabe: mulheres unidas contra os homens.

O tom dele tinha ficado estranho: desanimado, amargo mesmo, e no entanto ele estava flertando. Ela tinha que pensar bem antes de responder.

— Ah, eu não sou contra os homens — disse ela finalmente, mudando de pista, pensativa. — Especialmente homens que sofrem na mão de suas mulheres.

Ela teve esperança de que isto fosse deixá-lo mais à vontade.

Mas em vez disso ele ficou em silêncio e afundou no assento. Ela olhou para ele, mas ele não a encarou, como se ela tivesse desrespeitado algum limite. Ela leu a inscrição na camiseta dele. AC/DC, e em letras grandes, em relevo, BALLBREAKER. Ela não fazia idéia do que aquilo significava, e se sentiu subitamente insegura em relação a ele.

A experiência lhe havia ensinado que a única coisa a fazer quanto a isso era tentar ir mais fundo.

— Você é casado? — perguntou ela.

— Fui — disse ele secamente. O suor brotava na testa dele; ele passou o polegar por baixo do cinto de segurança como se este o estivesse sufocando.

— Então você não deve gostar muito de advogados — disse ela.

— Foi tudo bem — disse ele. — Separação amigável.

— Sem filhos, então?

— *Ela* ficou com eles. Boa sorte para ela. — Ele disse isto como se a esposa fosse um país distante e repugnante ao qual não adiantava tentar impor os costumes de uma sociedade mais civilizada.

— Eu não tive intenção de invadir sua vida — disse Isserley.

— Tudo bem.

A viagem prosseguiu. A aparente intimidade que estava sendo construída transformou-se em mal-estar.

O sol estava batendo no capô do carro, deixando o pára-brisa com uma brancura desagradável que ameaçava tornar-se penosa. A floresta do lado do motorista foi substituída por um barranco íngreme infestado de répteis e jacintos. Placas impressas em diversos idiomas desconhecidos para Isserley alertavam os estrangeiros para não dirigir do lado errado da estrada.

A temperatura dentro do carro estava sufocante, até mesmo para Isserley, que conseguia tolerar extremos sem se importar. Seus óculos estavam começando a embaçar, mas ela não podia tirá-los: ele não devia ver os olhos dela sem óculos. Um fio de suor correu-lhe pelo pescoço e hesitou ao chegar no espaço entre os seios. O carona não pareceu notar. As mãos dele estavam batucando na parte interna das coxas no ritmo de uma melodia que ela não conseguia escutar; assim que ele percebeu que ela estava olhando, parou abruptamente e cruzou as mãos sobre a virilha.

O que tinha acontecido com ele? O que havia provocado aquela desanimadora metamorfose? Logo agora que ela tinha começado a perceber que ele era um pretendente promissor, ele parecia murchar diante dos seus olhos; não era o mesmo homem que tinha entrado no carro vinte minutos antes. Seria um daqueles caras esquisitos cuja confiança sexual ficava abalada com a lembrança de uma mulher de verdade? Ou seria culpa dela?

— Pode abrir o vidro se estiver com calor — disse ela.

Ele assentiu, sem abrir a boca.

Isserley apertou o acelerador, esperando agradá-lo. Mas ele apenas suspirou e afundou ainda mais no assento, como se o que ele considerava ser um insignificante aumento de velocidade apenas o fizesse lembrar da lentidão com que eles estavam indo para lugar nenhum.

Talvez ela não devesse ter dito que era advogada. Talvez balconista de loja ou professora primária o tivesse deixado mais à vontade. Mas ela tinha achado que ele era um cara forte e durão; que ele poderia ter alguma história criminal que iria contar para provocá-la, para testá-la. Talvez a única coisa segura que ela poderia ter sido era dona-de-casa.

— Sua esposa — disse ela, tentando encontrar um tom de voz calmo, amigável, masculino, que lembrasse um companheiro de bebida falando. — Ela ficou com a casa?

— É... bem...não... — Ele respirou fundo. — Eu tive que vendê-la e dar metade para ela. Ela foi morar em Bradford. Eu fiquei aqui.

— Onde é aqui? — perguntou, indicando com a cabeça a estrada, para lembrar a ele que já o havia levado para bem longe.

— Milnafua — disse ele ironicamente, como que incomodado com o nome.

Para Isserley, o nome soou perfeitamente normal; mais normal de fato do que Londres ou Dundee, que ela tinha uma certa dificuldade em pronunciar. Mas ela calculou que para ele este nome representava um fim de mundo.

— Não tem emprego nenhum por lá, certo — disse ela, torcendo para estar transmitindo uma certa solidariedade masculina.

— Eu é que sei — resmungou ele. E, em seguida, aumentando inesperadamente o volume e a força da voz: — Mas tenho que continuar tentando, não é?

Olhando espantada para ele, ela confirmou o que ele estava fazendo: uma demonstração patética de otimismo, inteiramente malsucedida. Ele estava até sorrindo, com o rosto brilhando de suor, como se de repente estivesse convencido de que era perigoso admitir muita indolência, como se pudesse haver sérias conseqüências caso ele admitisse para ela que vivia desempregado. Seria culpa dela por ter dito que era advogada? Ele estaria com medo de que ela pudesse causar algum problema a ele? Ou que um dia pudesse vir a ter algum poder sobre ele? Será que poderia desculpar-se, rindo, por tê-lo enganado e começar tudo de novo? Dizer a ele que vendia programas de computador ou roupas para gordas?

Uma grande placa verde do lado da estrada anunciava a distância que faltava para chegar a Dingwall e Inverness: não muitas. O terreno à esquerda era em declive, revelando a praia de Cromarty Firth. A maré estava baixa, as pedras e a areia expostas. Uma foca solitária estava deitada numa das pedras, como se estivesse desgarrada.

Isserley mordeu o lábio, assimilando devagar o seu erro. Advogada, vendedora, dona-de-casa: não teria feito a menor diferença. Ele era o cara errado para ela, só isso. Ela tinha apanhado o tipo errado. De novo.

Sim, era óbvio o que este brutamontes sensível ia fazer. Ele estava indo para Bradford para visitar a esposa, ou pelo menos os filhos.

Isto fazia dele um risco, do ponto de vista dela. As coisas podiam ficar muito complicadas quando havia crianças envolvidas. Por mais que o desejasse — ela estava percebendo agora o quanto havia investido na idéia de tê-lo — ela não queria complicações. Teria que desistir dele. Teria que devolvê-lo à estrada.

Ambos ficaram em silêncio pelo resto da viagem, como que conscientes de terem desapontado um ao outro.

O tráfego agora estava pesado; eles estavam presos numa fila de veículos atravessando a corda bamba de pistas múltiplas da ponte de Kessock. Isserley olhou para o seu carona e sentiu uma pontada de tristeza ao vê-lo virado para o outro lado, contemplando os bairros industriais de Inverness ao longe. Ele estava apreciando uma insignificante cidade de brinquedo de feiúra pré-fabricada com a mesma atenção com que havia admirado os seus seios pouco tempo antes. Miniaturas de caminhões sendo engolidos pelas fábricas: era isso que fazia sentido para ele agora.

Isserley manteve-se à esquerda, dirigindo mais depressa do que havia dirigido o dia inteiro. Não era só o ritmo exigido pelo tráfego à sua volta; ela queria acabar com aquilo o quanto antes. O cansaço tinha voltado, vingando-se dela; ela queria encontrar um lugar protegido fora da estrada, encostar a cabeça no banco do carro e dormir um pouco.

Do outro lado, onde a ponte se encontrava com a terra firme, ela fez o contorno com grande concentração, para não ficar presa no fluxo de veículos que se dirigiam para a cidade e tomou o caminho de Inverness. Nem tentou disfarçar uma careta de ansiedade ao fazer isto: ela já o tinha perdido mesmo.

Entretanto, para preencher o silêncio dos seus últimos momentos juntos, ela ofereceu a ele um pequeno consolo de despedida.

— Vou levá-lo um pouco mais adiante, até depois da saída para Aberdeen. Então, pelo menos, você vai saber que todos os carros estão indo para o sul.

— Ótimo — disse ele, com indiferença.

— Quem sabe? — brincou ela. — Talvez você consiga chegar em Bradford esta noite.

— Bradford? — Ele franziu a testa, virando-se para desafiá-la. — Quem foi que disse que eu estou indo para Bradford?

— Para visitar os seus filhos? — disse ela.

Houve uma pausa incômoda, e então:

— Eu nunca vejo os meus filhos — disse ele calmamente. — Nem sei exatamente onde eles moram. Em algum lugar em Bradford, é tudo o que sei. Janine, minha ex-mulher, não quer saber de mim. Para ela eu não existo mais. — Ele olhou para a frente, como se estivesse calculando todos os milhares de lugares que ficavam ao sul, e comparando esse número com o que ele mesmo somava. — Bradford foi anos atrás — disse ele. — Ela pode ter se mudado até para Marte a esta altura, pelo que eu sei.

— Então... — Isserley disse, mudando de marcha tão desajeitadamente que a caixa de marcha fez um barulho horrível — onde você *quer* chegar hoje?

O carona sacudiu os ombros.

— Glasgow está bom para mim — disse ele. — Tem uns bons *pubs* lá.

Percebendo que ela estava olhando para as placas indicativas de áreas de estacionamento, ele viu que ela estava prestes a dispensá-lo. Abruptamente, fez um último esforço para sustentar uma conversa, motivado pela amargura.

— É melhor do que ficar sentado no Commercial Hotel em Alness com um bando de bêbados ouvindo um idiota cantar "Copacabana".

— Mas onde você vai dormir?

— Eu conheço uns caras em Glasgow — disse ele, vacilando outra vez, como se aquele último esforço o tivesse esgotado. — É só uma questão de dar de cara com eles. Eles vão estar lá em algum lugar. É um mundo pequeno, certo?

Isserley estava olhando para a frente, para as montanhas cobertas de neve. O mundo parecia bem grande para ela.

— Hum — disse ela, incapaz de concordar com a opinião dele sobre a forma com que Glasgow iria recebê-lo. Ao notar isto, ele fez um gesto de impotência, abrindo e fechando as mãos para mostrar que não havia nada nelas.

— Embora as pessoas sempre possam deixar você na mão, não é? — disse ele. — É por isso que a gente tem sempre que ter um plano B.

E engoliu em seco, com seu pomo-de-adão inchado como se fosse mesmo uma maçã presa ao pescoço.

Isserley concordou com a cabeça, tentando não demonstrar seus sentimentos. Ela agora estava coberta de suor, com arrepios de frio correndo por suas costas como descargas elétricas. Seu coração batia com tanta força que os seios balançaram; ela se obrigou a respirar fundo uma única vez em vez de ofegar. Mantendo a mão direita firme no volante, ela checou o espelho retrovisor, a outra pista, sua velocidade, o carona.

Tudo estava perfeito, tudo indicava que era a hora.

Percebendo sua excitação, ele sorriu para ela meio sem jeito, tirando as mãos do colo com um movimento desajeitado, como se estivesse acordando, meio tonto, tentando corresponder a algo que era esperado dele. Ela sorriu de volta para tranqüilizá-lo, balançando de leve a cabeça, como que para dizer "sim".

Então o dedo médio da sua mão esquerda moveu um pequeno pino que havia no volante.

Poderia ter sido para acender os faróis ou acionar as setas ou o limpador de pára-brisa. Mas não era para nada disto. Era o pino da icpathua, o pino que controlava as agulhas posicionadas no interior do assento do passageiro, para acioná-las silenciosamente desde suas entranhas no interior do estofamento.

O carona encolheu-se quando elas o picaram através do tecido do seu jeans, uma agulha em cada nádega. Os olhos dele, por acaso, estavam fitando o espelho retrovisor, mas ninguém além de Isserley notou a expressão deles; o veículo mais próximo era um caminhão enorme com o letreiro FARMFOODS, que ainda estava bem distante, o motorista apenas parecia uma cabeça de inseto por trás do vidro colorido. De todo modo, o olhar de surpresa do carona foi momentâneo; a dose de icpathua era adequada para corpos bem maiores do que o dele. Ele perdeu a consciência e sua cabeça caiu para trás sobre o encosto do assento.

Isserley acionou outro pino, com os dedos tremendo um pouco. O tique-tique suave da seta determinava o ritmo da sua respiração quando ela saiu da estrada e entrou no acostamento. O velocímetro desceu a zero; o carro parou; o motor morreu ou talvez ela tenha desligado a ignição. Estava terminado.

Como sempre, neste momento, ela viu a si mesma como se estivesse no alto; uma visão aérea do seu pequeno Toyota vermelho estacionado no pequeno intervalo de asfalto. O caminhão FARMFOODS passou por ela.

Então, como sempre, Isserley voltou ao próprio corpo, numa queda vertiginosa. Sua cabeça bateu no encosto, com muito mais força do que a dele tinha batido, e ela sorveu o ar de forma trêmula. Ofegante, agarrou-se ao volante, como se este pudesse impedi-la de continuar caindo, até as entranhas da Terra.

Voltar ao nível do chão sempre demorava um pouco. Ela contou as respirações, chegando vagarosamente a seis por minuto. Então largou o volante, descansando as mãos sobre o estômago. Isso era sempre estranhamente reconfortante.

Quando finalmente a adrenalina voltou ao normal e ela se sentiu mais calma, retomou sua atividade. Veículos passavam em ambas as direções, mas ela só podia ouvi-los e não vê-los. Todos os vidros do carro tinham ficado escuros após o toque de um botão no painel. Ela nunca se lembrava de ter apertado este botão; isto devia acontecer enquanto ela estava sob o efeito da adrenalina. Ela só se lembrava que sempre, ao chegar a este ponto, os vidros estavam escuros.

Alguma coisa muito grande passou por ela, fazendo o chão vibrar, lançando uma sombra negra sobre o carro. Ela esperou até que tivesse passado.

Então abriu o porta-luvas e pegou a peruca. Era uma peruca de homem, mas loura e cacheada. Ela se virou para o carona, que estava imóvel, e colocou a peruca cuidadosamente na cabeça dele. Ajeitou os cachos sobre as orelhas dele, alisou a franja com as longas unhas para assentá-la sobre a testa. Recuou para avaliar o efeito, e fez mais alguns ajustes. Ele já estava bem parecido com todos os outros que ela havia apanhado; mais tarde, quando estivesse sem roupas, ficaria mais ou menos idêntico.

Em seguida tirou um punhado de diferentes óculos do porta-luvas e escolheu um apropriado. Ela pôs os óculos sobre o nariz e as orelhas do carona.

Finalmente, pegou o anoraque no banco de trás, deixando que o casaco do carona escorregasse para o chão. O anoraque só tinha a parte da frente; as costas tinham sido cortadas e jogadas no lixo. Ela ajeitou a fachada debruada de pele sobre o tronco do carona, ajeitando as extremidades das mangas em volta dos braços dele, arrumando o capuz recortado sobre seus ombros.

Ele estava pronto para partir.

Ela apertou um botão e a cor escura sumiu dos vidros. O mundo lá fora ainda estava frio e claro. O tráfego tinha melhorado. Ela tinha duas horas de tranqüilidade antes que passasse o efeito da icpathua, mas só levaria 55 minutos para chegar em casa. E eram apenas 9h35. Ela estava indo bem.

Ligou o carro. Quando o motor pegou, ela ouviu o barulho semelhante a um chocalho que a havia preocupado antes.

Teria que verificar isso quando chegasse à fazenda.

2

NO DIA SEGUINTE, Isserley dirigiu durante horas na chuva e no granizo antes de encontrar alguma coisa. Era como se o mau tempo tivesse mantido todos os homens promissores dentro de casa.

Apesar de olhar com tanta atenção através do pára-brisa, a ponto de ficar hipnotizada pelo movimento dos limpadores, ela não conseguiu identificar nada na estrada, exceto as lanternas traseiras de outros veículos fustigados pela chuva arrastando-se na luz embaçada do meio-dia.

Os únicos pedestres, imagine então caronas, que ela tinha visto a manhã inteira tinham sido dois garotos gorduchos de cabelo escovinha e mochilas de plástico, patinhando numa vala perto da passagem subterrânea de Invergordon. Estudantes, atrasados ou matando aula. Eles tinham se virado ao vê-la aproximar-se e gritaram algo com um sotaque carregado demais para ela entender. Suas cabeças encharcadas de chuva pareciam duas batatas descascadas, cada uma com um esguicho de molho marrom em cima; as mãos pareciam cobertas por luvas de papel alumínio verde: sacos de batatas fritas. Pelo espelho retrovisor, Isserley observou seus corpos tornarem-se manchinhas coloridas até finalmente serem engolidos pela sopa cinzenta da chuva.

Passando pela quarta vez por Alness, ela mal pôde acreditar que não houvesse ninguém lá. Aquele normalmente era um bom lugar, porque muitos motoristas relutavam em dar carona a alguém que suspeitassem ser de Alness. Um carona agradecido tinha explicado isto a Isserley não fazia muito tempo: ele disse que Alness era conhecida como "Pequena Glasgow", o que dava "má fama" à região. Havia substâncias farmacológicas ilegais disponíveis à vontade, o que resultava em janelas quebradas e em mulheres jovens demais dando à luz. Isserley nunca tinha estado em Alness, embora a cidade ficasse a pouco mais de um quilômetro da estrada. Ela só passava por lá na A9.

Hoje ela já tinha passado várias vezes por ali, torcendo para que algum arruaceiro de casaco de couro aparecesse, pedindo uma carona para um lugar melhor. Ninguém apareceu.

Ela pensou em ir mais longe, cruzando a ponte e tentando a sorte além de Inverness. Lá, era provável que encontrasse caronas mais organizados e objetivos do que os que ficavam mais perto de casa, com garrafas térmicas e pequenos cartazes de papelão dizendo ABERDEEN ou GLASGOW.

Normalmente, ela não fazia objeção a viajar muito para encontrar o que estava procurando; não era raro ir até Pitlochry antes de retornar. Hoje, entretanto, ela estava temerosa de viajar para muito longe de casa. Muitas coisas podiam dar errado na chuva. Ela não queria terminar perdida em algum lugar, com o motor enguiçado no meio de um dilúvio. Quem disse que ela tinha que levar alguém para casa todos os dias? Um por semana deveria ser suficiente para satisfazer qualquer pessoa sensata.

Desistindo por volta do meio-dia, ela tomou a direção do norte, distraindo-se com a idéia de que talvez fosse recompensada se anunciasse firmemente para o universo que havia abandonado toda a esperança.

E foi o que aconteceu; não muito longe da placa convidando os motoristas a visitar pitorescas aldeias costeiras na B9175, ela avistou um pobre bípede pedindo carona no meio da chuva. Ele estava do outro lado da estrada, iluminado por uma procissão de veículos em marcha. Ela não teve dúvidas de que ele ainda estaria lá quando voltasse.

— Olá! — disse, abrindo a porta do carro para ele.

— Graças a Deus — exclamou ele, apoiando um dos braços no carro enquanto enfiava o rosto molhado lá dentro. — Eu estava começando a achar que não havia justiça no mundo.

— Como assim? — perguntou Isserley. As mãos dele estavam sujas, mas eram grandes e bem-feitas. Elas ficariam bem limpinhas com detergente.

— Eu sempre dou carona para quem precisa — ele afirmou, como se estivesse rebatendo um comentário malicioso. — Sempre. Nunca passo direto por nenhum carona se tiver espaço na *van*.

— Nem eu — Respondeu Isserley, imaginando quanto tempo ele pretendia ficar ali parado, deixando entrar chuva no carro dela. — Entre.

Ele entrou no carro, acomodando seu grande traseiro encharcado no centro do assento como a base de uma bóia. O vapor começou a subir antes mesmo de ele fechar a porta; suas roupas encharcadas guincharam como camurça quando ele se ajeitou no banco.

Ele era mais velho do que ela havia pensado, mas saudável.

Será que rugas eram um problema? Não deviam ser: afinal, só alteravam a pele.

— Então, justo na hora em que *eu* preciso de uma carona — continuou — o que acontece? Ando quase um quilômetro nesta maldita chuva, e você acha que algum desgraçado pára para mim?

— Bem... — sorriu Isserley. — *Eu* parei, não foi?

— Bem, você foi o carro número dois mil e tanto, se quer saber — disse ele, olhando para ela como se ela não estivesse entendendo o espírito da coisa.

— Você contou? — indagou ela, levando na esportiva.

— Sim — suspirou ele. — Bem, contei por alto. — Ele sacudiu a cabeça, lançando gotículas de água das sobrancelhas grossas e da cabeleira abundante. — Você pode me deixar em algum lugar perto da fazenda Tomich?

Isserley fez um cálculo mental. Ela só tinha dez minutos, se fosse devagar, para conhecê-lo.

— Claro — disse ela, admirando a grossura do seu pescoço e a largura dos seus ombros, decidida a não desqualificá-lo apenas com base na idade.

Ele se encostou no assento, satisfeito, mas dois segundos depois um ar de espanto apareceu na sua cara larga como uma pá. Por que não estavam andando?

— Cinto de segurança — disse ela.

Ele prendeu o cinto como se ela tivesse pedido para ele se curvar três vezes diante de um deus de sua preferência.

— Armadilhas mortais — ele resmungou com um ar de desprezo, envolto numa leve exalação malcheirosa do seu próprio vapor.

— Não sou eu que quero isso — disse ela. — Apenas não posso arriscar-me a ser parada pela polícia.

— Ah, polícia — zombou ele, como se ela estivesse admitindo ter medo de ratos ou da doença da vaca louca. Mas havia uma certa indulgência paternal em sua voz, e ele balançou de leve os ombros, como que para demonstrar que estava se ajustando àquele confinamento.

Isserley sorriu e arrancou com o carro, erguendo os braços bem alto no volante para lhe mostrar os seios.

É bom que ela tome cuidado com eles, pensou o carona. Senão vão cair dentro dos seus cereais matinais.

É verdade que a garota precisava mesmo de algo que chamasse a atenção, com aqueles óculos grossos e a falta de queixo. Nicki, sua filha, também não era nenhuma beldade, e para ser honesto ela nem mesmo procurava explorar o que tinha de melhor. Mesmo assim, caso ela estivesse mesmo estudando para ser advogada e não desperdiçando a sua mesada em Edimburgo, talvez acabasse sendo de alguma utilidade para ele. Por exemplo, poderia encontrar algumas brechas nas regras da União Européia.

O que *esta* garota faria para ganhar a vida? Suas mãos eram esquisitas. Não, elas não eram absolutamente normais. Talvez ela as tivesse estragado em algum trabalho pesado quando era jovem demais para lidar com ele ou estúpida demais para reclamar. Depenando frangos. Limpando peixes.

Não havia dúvida de que ela morava perto do mar. Cheirava a mar. O cheiro estava fresco. Talvez trabalhasse para um dos pescadores locais. Mackenzie costumava empregar mulheres, caso elas fossem fortes o bastante e não criassem muito problema.

Será que esta garota criava problemas?

Ela era durona, quanto a isso não havia a menor dúvida. Provavelmente tinha passado o diabo, crescendo com aquela aparência esquisita numa cidadezinha costeira. Balintore. Hilton. Rockfield. Não, Rockfield não. Ele conhecia todo mundo em Rockfield.

Quantos anos ela teria? Dezoito talvez. Mas tinha mãos de quarenta. Dirigia como se estivesse rebocando uma carroça carregada de feno por uma ponte estreita. Ela se sentava como se tivesse um pedaço de pau enfiado no rabo. Se fosse um pouco mais baixa precisaria de duas almofadas no assento. Talvez ele sugerisse isso a ela — talvez ela ficasse uma fera se ele o fizesse. Mas devia ser ilegal. Código rodoviário, decreto número três milhões e sessenta. Ela ficaria com medo de dizer a eles onde podiam enfiá-lo. Preferiria sofrer.

E ela estava mesmo sofrendo. O modo como movimentava os braços e as pernas. O aquecimento no máximo. Ela já devia ter causado algum estrago. Um acidente de carro, talvez? Então ela era corajosa de continuar dirigindo. Uma garota durona.

Será que ele poderia ajudá-la?

Será que ela poderia ser útil a ele de algum modo?

— Você mora perto do mar, estou certo? — perguntou ele.

— Como você sabe? — Isserley ficou espantada; ela ainda não tinha falado nada, imaginando que ele precisava de mais tempo para avaliar o seu corpo.

— Pelo cheiro — disse ele com franqueza. — Eu sinto cheiro de mar nas suas roupas. Dornoch Firth? Moray Firth?

Era alarmante esta precisão. Ela jamais teria esperado isto; ele tinha uma expressão meio apalermada. Havia manchas de óleo nas mangas da sua jaqueta velha de poliéster. Cicatrizes pálidas marcavam seu rosto queimado de sol como riscos de lápis mal apagados.

Dos dois palpites que ele tinha dado, ela optou pelo errado.

— Dornoch — disse ela.

— Eu nunca a vi por lá — disse ele.

— Cheguei há poucos dias — disse ela.

O carro tinha alcançado agora a procissão de veículos que

passara por ele. Uma longa fila de luzes de lanternas traseiras estendia-se ao longe. Isso era bom. Ela reduziu a marcha e foi se arrastando atrás da fila, sem precisar correr.

— Você trabalha? — perguntou ele.

O cérebro de Isserley estava funcionando a pleno vapor agora, pouco exigido pelo ritmo constante do tráfego. Ela deduziu que ele devia ser o tipo de pessoa que conhecia gente de todas as profissões possíveis, ou pelo menos das profissões que não desprezava.

— Não — disse ela. — Estou desempregada.

— Você precisa de um endereço fixo para receber benefícios — respondeu ele, rápido como um raio.

— Eu não acredito em auxílio-desemprego. — Ela estava pegando o jeito dele e achou que esta resposta o agradaria.

— Está procurando trabalho?

— Estou — disse ela, diminuindo ainda mais a velocidade para permitir que um Mini branco entrasse na fila. — Mas não tenho muita instrução. E não sou muito forte.

— Já tentou catar mexilhões?

— Mexilhões?

— Mexilhões. Este é um dos meus negócios. Pessoas como você costumam catá-los. Eu os vendo.

Isserley raciocinou por alguns segundos, calculando se tinha informação suficiente para prosseguir.

— O que são mexilhões? — perguntou finalmente.

Ele sorriu através da névoa de vapor.

— Moluscos, basicamente. Você já deve tê-los visto, morando onde mora. Mas por acaso eu tenho um aqui. — Ele ergueu uma de suas nádegas gordas na direção dela para apanhar uma coisa no bolso direito da calça.

— Aqui está — disse ele, segurando uma concha cinzenta na altura do seu olho. — Eu sempre guardo um no bolso, para mostrar às pessoas.

— Isto é muito bem pensado da sua parte — elogiou Isserley.

— É para mostrar às pessoas o tamanho desejado. Tem uns muito pequenos, do tamanho de caroços de ervilha, que não vale a pena pegar. Mas estes grandes são ótimos.

— E eu posso catá-los e ganhar dinheiro com isso?

— Nada mais simples — disse ele. — Dornoch é cheio deles. Se você procurar no período certo, vai achar milhões.

— E quando é o período certo? — perguntou Isserley. Ela gostaria que ele já tivesse tirado a jaqueta, mas ele parecia contente em suar e evaporar.

— Bem — disse ele —, você precisa comprar um livro sobre as marés. São muito baratos no escritório da Guarda Costeira. Você verifica quando a maré vai estar baixa, vai até a praia e começa a catá-los. Assim que tiver bastante, liga para mim que eu vou buscar.

— Quanto eles valem?

— Muito, na França e na Espanha. Eu os vendo para fornecedores de restaurantes — eles estão sempre querendo mais, especialmente no inverno. A maioria das pessoas só os cata durante o verão.

— É muito frio para os mexilhões no inverno?

— Muito frio para as pessoas. Mas você se daria bem. Meu conselho é usar luvas de borracha. Daquelas finas, que as mulheres usam para lavar louça.

Isserley quase pediu para ele explicar melhor o que *ela* e não ele poderia ganhar catando mexilhões; ele tinha o dom de convencê-la a pensar em possibilidades que eram de fato absurdas. Ela teve que lembrar a si mesma que era ele que ela estava interessada em conhecer, não a si mesma.

— E então: este comércio de mexilhões... você vive disso? Quer dizer, você tem família?

— Eu faço todo tipo de coisas — disse ele, passando um

pente de metal pelo cabelo. — Vendo pneus para covas de silagem. Creosoto. Tinta. Minha mulher faz cestos para lagostas. Não para lagostas... não sobrou uma maldita lagosta. Mas os turistas americanos compram se forem bem pintados. Meu filho cata mexilhões. Também conserta carros. Ele poderia consertar esse barulho no seu chassi.

— Talvez eu não pudesse pagar pelo serviço — respondeu Isserley, mais uma vez desconcertada com a capacidade de observação dele.

— Meu filho é barateiro. Barateiro e rápido. O caro, quando se trata de carros, é o custo da mão-de-obra. Tem trabalho constante. Carros entrando e saindo. Um toque de gênio.

Isserley não estava interessada. Se ela quisesse um homem com um toque de gênio, já tinha um lá na fazenda. Ele faria qualquer coisa por ela, e mantinha as patas longe — mesmo que com dificuldade.

— E quanto à sua *van*? — disse ela.

— Ah, ele vai consertá-la. Assim que puser as mãos nela.

— Onde ela está?

— A cerca de um quilômetro de onde você me pegou — disse ele, rindo do próprio infortúnio. — Eu estava quase chegando em casa com um carregamento de mexilhões. A merda do motor simplesmente parou. Mas o meu garoto vai dar um jeito nisso. Aquele rapaz vale ouro. Quando não está bêbado.

— Você tem um cartão do seu filho? — perguntou Isserley educadamente.

— Espere um pouco — disse ele.

Mais uma vez ele ergueu a bunda gorda, que não estava destinada a receber uma injeção de icpathua. Tirou do bolso um punhado de cartões sujos e amassados, que embaralhou como se fossem cartas. Escolheu dois, e colocou-os sobre o painel do carro.

— Um é meu, o outro do meu filho — disse ele. — Se você quiser catar uns mexilhões, entre em contato. Eu vou buscar qualquer quantidade acima de vinte quilos. Se você não conseguir juntar tudo isso num dia, em dois dias você consegue.

— Mas eles não estragam?

— Levam cerca de uma semana para morrer. Na verdade é bom deixá-los quietos por algum tempo para o excesso de água sair. E mantenha o saco fechado, senão eles vão se arrastar e se esconder debaixo da sua cama.

— Vou me lembrar disto — prometeu Isserley. A chuva estava finalmente diminuindo, e ela pôde baixar a velocidade dos limpadores. O tempo ficou um pouco mais claro. — A fazenda Tomich está chegando — anunciou.

— Mais uns 200 metros e lá vou eu — disse o criador de mexilhões, já soltando o cinto de segurança. — Muito obrigado. Você é uma pequena samaritana.

Ela parou o carro quando ele mandou e ele saltou, apertando afetuosamente o seu braço com uma mão enorme antes que ela percebesse o que estava acontecendo. Se ele notou a dureza e a magreza do braço, não demonstrou. Afastando-se, ele acenou uma única vez sem olhar para trás.

Isserley o viu desaparecer, com o braço formigando desagradavelmente. Depois que ele sumiu, ela olhou para o espelho retrovisor com a cara feia, procurando uma brecha no tráfego. Ela já o estava esquecendo, mas fez uma anotação mental de colocar roupas limpas sempre que voltasse de uma caminhada matinal pela praia.

Com a seta piscando, ela voltou para a estrada, olhando para a frente.

Seu segundo carona estava esperando por ela bem perto de casa, tão perto que ela teve que pensar bem se já não o tinha visto antes. Era jovem, quase baixo demais, com uma cara de besouro e cabelos tingidos de um louro quase branco. Apesar do frio e da chuva, ele usava apenas uma camiseta de mangas curtas e calças camufladas no estilo militar. Tatuagens variadas desfiguravam os seus antebraços magros mas musculosos: só atingiam a pele, ela lembrou a si mesma.

Verificando, ao se aproximar, que se tratava de um completo estranho, ela parou para ele.

Assim que ele entrou no carro e se sentou, Isserley sentiu que ia ter problemas. Foi como se as leis da física fossem perturbadas por sua presença; como se os elétrons do ar de repente vibrassem mais depressa, até começarem a ricochetear dentro do carro como insetos enlouquecidos.

— Está indo para os lados de Redcastle? — Um cheiro azedo de álcool flutuou até ela.

Isserley sacudiu negativamente a cabeça.

— Invergordon — disse ela. — Se não valer a pena para você...

— Não, está bom. — Ele sacudiu os ombros, batucando nos joelhos com os pulsos, como se estivesse reagindo à batida de um *walkman* interno.

— Certo — disse Isserley, arrancando com o carro.

Ela lamentou que não houvesse mais tráfego: era sempre um mau sinal. Ela também se viu instintivamente agarrando o volante de tal modo que os cotovelos impedissem a visão dos seus seios. Isto também era um mau sinal.

Mesmo assim, o olhar dele pareceu queimá-la.

Mulheres não se vestem assim, ele pensou, a menos que queiram transar.

Só que ela não deveria esperar que ele pagasse. Ao contrário daquela sem-vergonha em Galashiels. Você compra uma bebida para elas e elas pensam que podem tirar vinte libras de você. Será que ele tinha cara de idiota?

Aquela estrada em Invergordon que tinha a academia. Aquele era um bom lugar. Silencioso. Ela poderia chupar seu pau lá. Ele não teria que olhar para aquela cara feia dela.

Seus seios ficariam pendurados entre as pernas dele. Ele os acariciaria se ela fizesse um bom trabalho. Ela faria o melhor possível, dava para ver. Já estava ofegante, como uma cadela no cio. Não como aquela sem-vergonha em Galashiels. Esta ficaria satisfeita com o que conseguisse arranjar. Mulheres feias sempre ficavam.

Não que ele fosse o tipo de cara que só arranjava mulheres feias.

Era só que aqui estava ele e aqui estava *ela*. Era como... a força da natureza, certo? A merda da lei da selva.

— Então, o que o trouxe para a estrada hoje? — perguntou Isserley animadamente.

— Este lugar já estava me deixando louco.

— Então você está largando um emprego para procurar outro?

— Não existe nenhuma porra de emprego por aqui.

— Mas o governo espera que você procure emprego, não é?

Este gesto de simpatia não pareceu impressioná-lo.

— Eu estou numa porra de programa de treinamento — disse ele furioso. — Eles dizem para procurar uns velhos idiotas e dizer umas merdas para eles sobre aquecimento central e nós dizemos ao governo que você está fora do seguro-desemprego, certo? Porcaria de suborno. Está entendendo?

— É uma droga — concordou Isserley, torcendo para ter dito a coisa certa.

A atmosfera no carro estava ficando insuportável. Cada milímetro cúbico de espaço vazio entre ele e ela estava sendo tomado por seu hálito maligno. Ela tinha que se decidir logo; seus dedos estavam loucos para acionar o pino da icpathua. Mas ela precisava manter a calma a todo custo. Agir por impulso sempre trazia problemas.

Anos atrás, logo no começo, ela espetara um carona que tinha perguntado, dois minutos depois de entrar no carro, se ela gostava de levar um taco em cada buraco. Seu inglês não era muito bom na época, e ela demorou algum tempo para entender que ele não estava falando de esporte. Nessa altura ele já tinha exposto seu pênis. Ela entrou em pânico e o espetou. Tinha sido uma péssima decisão.

A polícia tinha passado semanas procurando por ele. O retrato dele foi mostrado na televisão e publicado não só nos jornais mas também numa revista especial para pessoas sem teto. Ele foi descrito como vulnerável. Sua esposa e seus pais apelaram para quem quer que o tivesse visto. Em poucos dias, apesar dos cuidados que ela imaginara ter tomado ao apanhá-lo, a investigação voltou-se para uma caminhonete Nissan cinza dirigida provavelmente por uma mulher. Isserley fora obrigada a ficar escondida na fazenda por uma eternidade. Seu fiel carro foi entregue a Ensel, que o destruiu para customizar o segundo melhor carro que havia na fazenda, um monstro chamado Lada.

— Qualquer pessoa pode cometer um erro. — Ensel a havia tranqüilizado enquanto trabalhava para colocá-la de volta na estrada, os braços sujos de graxa, os olhos vermelhos por causa da solda.

Mas a vergonha de Isserley foi tanta que mesmo agora ela não conseguia pensar no seu fracasso sem um gemido involuntário de infelicidade. Aquilo nunca mais iria acontecer: nunca mais.

Eles tinham alcançado um trecho da A9 que estava sendo duplicado; havia barulhentos dinossauros mecânicos e operários uniformizados trabalhando sobre montanhas de terra dos dois lados da estrada. A confusão era de certa forma confortadora.

— Você não é desta região, é? — perguntou Isserley, erguendo a voz por causa do barulho das enormes pás que cortavam a terra.

— Sou de mais perto desta região do que você, posso apostar — respondeu ele.

Ela ignorou a gracinha, decidida a se concentrar num rumo que pudesse levar à família dele, quando ele baixou o vidro de repente, com violência, assustando-a.

— Eee-i *Doug*-eee! — Ele berrou para fora, acenando com o punho fechado pela janela.

Isserley olhou pelo espelho retrovisor e viu uma figura vestida de amarelo parada ao lado de uma escavadeira, acenando de volta com uma certa hesitação.

— Um amigo meu — explicou o carona, tornando a fechar o vidro.

Isserley respirou fundo, tentando acalmar as batidas do seu coração. Era óbvio que agora ela não podia mais ficar com ele; tinha perdido sua chance. O fato de ele ser ou não casado com filhos tinha se tornado irrelevante; era até melhor que ela não ficasse sabendo.

Se ao menos ela pudesse parar de ofegar e se livrar dele!

— São de verdade? — indagou ele.

— Quê? — Ela só conseguiu dizer uma palavra sem perder o fôlego.

— Isso que você tem aí na frente — explicou ele. — Suas tetas.

— Eu... vou ficar por aqui — disse ela, indo com o carro

para o meio da pista, com a seta piscando. Por obra da Providência, eles estavam defronte ao posto do Donny em Kildary. BEM-VINDO, dizia a placa.

— Você disse Invergordon — o carona protestou, mas Isserley já estava cruzando as pistas, direcionando o carro para o espaço entre a oficina e as bombas de gasolina.

— Tem um barulho no chassi em algum lugar — disse ela. — Você não está ouvindo? — A voz dela estava rouca e trêmula, mas isso não tinha mais importância. — É melhor eu verificar. Talvez seja perigoso.

O carro parou. Havia movimento por trás das janelas da oficina: vozes, rangido de portas de geladeiras, garrafas batendo.

Isserley virou-se para o carona e apontou para a A9.

— Você pode tentar a sorte ali — disse ela. — É um bom lugar. Os motoristas estão passando bem devagar. Eu vou mandar examinar o meu carro. Se você ainda estiver aqui quando eu terminar, posso apanhá-lo de novo.

— Não se esforce tanto — disse ele, debochando, mas saiu do carro. E depois foi embora, caminhando.

Isserley abriu a porta e saltou. Ao ficar em pé, sentiu uma pontada de dor na coluna. Apoiou-se no capô do carro e alongou o corpo, vendo o cara-de-besouro indo para o outro lado da estrada. A brisa gelada secou o suor da sua pele e soprou oxigênio para dentro do seu nariz.

Nada de mau iria acontecer agora.

Ela tirou uma das mangueiras do suporte numa das bombas de gasolina, manuseando-a com dificuldade por causa de sua garra estreita. Não lhe faltava força, apenas abertura de mão. Ela precisou das duas mãos para guiar o bico da mangueira para dentro do buraco. Observando com atenção o marcador computadorizado, ela despejou exatamente cinco libras de gasolina no tanque. Cinco zero zero. Pôs a mangueira no lugar, entrou no prédio e pagou a alguém com uma das notas de cinco libras que guardava para isso.

Tudo levou menos de três minutos. Quando saiu, ela olhou para a estrada, procurando a figura verde e branca do cara-de-besouro. Tinha desaparecido. Inacreditavelmente, alguém tinha dado carona para ele.

Duas horas depois, já estava escurecendo; cerca de quatro e meia da tarde. Assustada com a experiência com o cara-de-besouro tão perto de casa, Isserley tinha andado oitenta quilômetros em direção ao sul, passado por Inverness e chegado quase até Tomatin, antes de fazer a volta de mãos vazias.

Embora não fosse raro ela pegar alguém depois de escurecer, isto dependia inteiramente da sua energia para dirigir e do seu apetite para jogar. Um único encontro humilhante podia abalá-la a ponto de fazê-la voltar para a fazenda na mesma hora para refletir sobre o que havia dado errado e o que ela poderia ter feito para se proteger.

Isserley estava pensando, enquanto dirigia, se aquele cara-de-besouro a tinha ou não abalado tanto assim.

Era difícil decidir, porque suas próprias emoções se escondiam dela. Ela sempre fora assim, mesmo em casa — mesmo quando criança. Os homens sempre tinham dito que não conseguiam entendê-la, mas ela também não conseguia entender a si mesma e tinha que procurar pistas como todo mundo. No passado, o sinal mais seguro de que havia uma emoção presa dentro dela fora uma súbita crise de nervos, normalmente de conseqüências desastrosas. Ela não dava mais esses ataques, agora que tinha deixado a adolescência para trás. Hoje em dia a sua raiva estava bem controlada — felizmente, considerando o que estava em jogo. Mas justamente por isso era mais difícil para ela adivinhar qual era o seu estado de espírito. Ela podia vislumbrar seus sentimentos, mas só com o canto do olho, como faróis distantes refletidos no espelho lateral. Só não olhando diretamente para eles é que ela tinha a chance de avistá-los.

Ultimamente, ela suspeitava que seus sentimentos estivessem sendo engolidos, não digeridos, com base em sintomas puramente físicos. Sua dor nas costas e seu incômodo visual às vezes pioravam muito, sem motivo; nessas ocasiões, provavelmente havia outra coisa incomodando-a.

Outro sinal revelador era o modo como acontecimentos perfeitamente normais podiam deixá-la deprimida, como ser ultrapassada por um ônibus escolar numa tarde escura. Quando ela estava razoavelmente bem, a visão daquela janela traseira em forma de escudo cheia de adolescentes gritando e gesticulando não a perturbava nem um pouco. Hoje, entretanto, o espetáculo deles movimentando-se acima dela, como uma imagem numa tela gigantesca que ela seria obrigada a seguir por quilômetros, encheu-a de desânimo. O modo como eles se agitavam e faziam caretas e passavam as mãos sujas no vidro embaçado, pareceu uma demonstração de perversidade dirigida especialmente a ela.

Finalmente, o ônibus saiu da A9, deixando Isserley atrás de pequenos sedãs vermelhos inescrutáveis como o dela. A fila parecia interminável. Os cantos do mundo estavam escurecendo depressa.

Ela concluiu que *estava* mesmo nervosa. Além disso, suas costas estavam doloridas, o cóccix doendo e os olhos ardendo depois de tantas horas olhando através daquelas lentes grossas e da chuva. Se ela desistisse e fosse para casa, poderia tirar os óculos e dar um descanso aos olhos, deitar-se na cama, bem enroscada, e talvez até dormir: ah, que maravilha seria isso! Pequenas recompensas de conforto físico, prêmios de consolação para amenizar as dores do fracasso.

Em Daviot, no entanto, ela avistou um mochileiro alto e magro segurando uma placa de papelão que dizia THURSO. Ele parecia bom. Depois das três aproximações habituais, ela parou cerca de 12 metros à frente de onde ele estava. Pelo espelho retrovisor, observou-o dirigindo-se para o carro tirando a mochila das costas largas enquanto corria.

Ele devia ser muito forte, ela pensou enquanto se esticava para abrir a porta, para ser capaz de correr daquele jeito carregando uma mochila pesada.

Quando alcançou o carro, o carona hesitou na frente da porta que ela tinha aberto para ele, segurando sua bagagem de cores alegres com dedos longos e pálidos. Ele sorriu meio sem jeito; sua mochila era maior do que Isserley, e obviamente não ia caber no seu colo e nem mesmo no banco de trás.

Isserley saiu do carro e abriu a mala, que estava vazia exceto por uma lata de óleo e um pequeno extintor de incêndio. Juntos, eles colocaram a bagagem lá dentro.

— Muito obrigado — disse ele, com uma voz séria e sonora que até Isserley pôde perceber que não era um produto do Reino Unido.

Ela voltou para o assento do motorista, ele foi para o dele, e partiram juntos no momento em que o sol estava se pondo no horizonte.

— Eu agradeço — disse ele, depositando a placa com a palavra THURSO virada para baixo sobre as calças cor de laranja. Ela estava dentro de um plástico que continha muitos outros pedaços de papel, sem dúvida indicando diferentes destinos. — Não é fácil conseguir carona depois que escurece.

— As pessoas gostam de ver quem estão pegando — disse Isserley.

— Isso é compreensível — disse ele.

Isserley recostou-se no assento, estendeu os braços, e deixou que ele apreciasse o que pudesse.

Esta carona foi uma sorte. Significava que ele poderia chegar esta noite em Thurso e alcançar Orkney amanhã. É claro que Thurso ficava a mais de cento e sessenta quilômetros ao norte, mas um carro viajando a uma média de oitenta quilômetros por hora — ou mesmo sessenta, como era o caso — poderia, teoricamente, cobrir a distância em menos de três horas.

Ele ainda não tinha perguntado para onde ela estava indo. Talvez o levasse até um pouco mais adiante e então dissesse que ia ficar por ali. Entretanto, o fato de ela ter parecido compreender o que ele disse a respeito das dificuldades de conseguir carona no escuro dava a entender que não pretendia largá-lo de novo na estrada quinze quilômetros adiante, com a noite caindo. Ela falaria logo, sem dúvida. Ele tinha falado por último. Seria indelicado da parte dele voltar a falar.

Na opinião dele, o sotaque dela não era escocês.

Talvez fosse galesa; as pessoas em Gales falavam parecido com ela. Talvez fosse européia, embora não dos países que ele conhecia.

Era raro ele conseguir carona com uma mulher. As mulheres sempre passavam direto, as mais velhas sacudindo a cabeça como se ele estivesse tentando cometer uma loucura altamente perigosa como dar cambalhotas no meio do tráfego, as mais jovens parecendo nervosas e em pânico como se ele já tivesse entrado em seus carros para molestá-las. Esta mulher era diferente. Era simpática e tinha seios enormes que estava exibindo para ele. Ele esperava que ela não o estivesse desejando para algum tipo de experiência sexual.

A menos que isto fosse ocorrer em Thurso.

Ele não podia ver-lhe o rosto quando ela estava olhando para a frente, o que era uma pena. Tinha parecido muito fora do comum. Ela usava as lentes mais grossas que ele já tinha visto. Na Alemanha, ele duvidava que uma pessoa com uma deficiência visual tão grande pudesse tirar carteira de motorista. A postura dela, na sua opinião, indicava algum problema de coluna. Suas mãos eram grandes mas estreitas demais. A pele na extremidade da mão, ao longo do dedo mínimo e no pulso tinha uma textura muito diferente do resto, sugerindo algum tipo de cicatriz cirúrgica. Seus seios eram perfeitos; talvez também fossem produtos de uma cirurgia.

Ela estava se virando para ele. Respirando pela boca, como se seu narizinho perfeitamente esculpido tivesse sido mesmo esculpido por um cirurgião plástico e tivesse ficado pequeno demais para as suas necessidades. Seus olhos ampliados estavam vermelhos de cansaço, mas eram lindos, na opinião dele. As íris eram castanhas e verdes, brilhando como... como lâminas iluminadas de alguma exótica cultura bacteriana sob um microscópio.

— Bem — disse ela. — O que o espera em Thurso?

— Não sei — respondeu ele. — Talvez nada.

Ela notou que ele tinha um corpo fantástico. Enganadoramente magro, mas totalmente trabalhado. Ele provavelmente poderia ter corrido ao lado do seu carro por um dois quilômetros, se ela não fosse muito depressa.

— E se não *houver* nada lá? — perguntou ela.

Ele fez uma careta que ela presumiu que fosse o equivalente na cultura dele a um levantar de ombros.

— Eu só estou indo porque nunca estive lá antes — explicou ele.

A perspectiva pareceu enchê-lo de cansaço e entusiasmo ao mesmo tempo. Grossas sobrancelhas louro-acinzentadas juntaram-se sobre seus olhos azuis como nuvens de tempestade.

— Você está viajando pelo país inteiro? — perguntou ela.

— Sim. — Sua resposta foi precisa e um tanto enfática, mas não arrogante; foi como se ele precisasse empurrar colina acima cada afirmação antes de expressá-la. — Comecei em Londres dez dias atrás.

— Viajando sozinho?

— Sim.

— Pela primeira vez?

— Quando eu era jovem, viajei um bocado pela Europa com os meus peis. (Esta última palavra, do modo como ele a pronunciou, foi a primeira que Isserley teve problema em decodificar.) Mas acho que, de certa maneira, eu vi tudo através dos olhos dos meus peis. Agora quero ver as coisas com os meus próprios olhos. — Ele olhou nervosamente para ela, como se confirmasse o quanto tinha sido tolo em conversar de forma tão íntima com uma estrangeira desconhecida.

— Os seus pais entendem isto? — Isserley perguntou, relaxando ao perceber um jeito de lidar com ele, deixando o pé apertar um pouco mais o acelerador.

— Espero que entendam um dia — disse ele, um tanto apreensivo.

Embora fosse tentador incentivá-lo a continuar este assunto, Isserley percebeu que tinha descoberto tudo o que ele estava disposto a declarar sobre seus "peis", pelo menos por ora. Então perguntou:

— Você é de que país?

— Da Alemanha — respondeu ele. Mais uma vez ele olhou nervosamente para ela, como se temesse que ela fosse atacá-lo de repente. Ela tentou acalmá-lo, deixando a conversa ficar no padrão de seriedade que ele parecia desejar.

— E, pelo que você viu até agora, qual é a maior diferença entre este país e o seu?

Ele refletiu por cerca de noventa segundos. Longas pastagens pontilhadas de vacas passaram de cada lado da estrada. Uma placa brilhou sob a luz do farol, mostrando um Monstro do Lago Ness estilizado em três segmentos fluorescentes.

— Os britânicos — disse o carona finalmente — não estão tão preocupados com o lugar que ocupam no mundo.

Isserley refletiu um pouco sobre isso. Ela não conseguiu descobrir se ele estava sugerindo que os britânicos eram admiravelmente autoconfiantes ou deploravelmente isolados. Ela achou que a ambigüidade pudesse ter sido deliberada.

A noite caiu. Isserley olhou para o lado, admirando o contorno do rosto e dos lábios dele, iluminado pelos faróis e lanternas.

— Você se hospeda em casas de amigos ou em hotéis? — perguntou ela.

— Fico quase sempre em albergues — respondeu ele após alguns segundos, como se, para ser fiel à realidade, tivesse que consultar um arquivo mental. — Uma família em Gales convidou-me para ficar na casa deles por dois dias.

— Isso foi gentil — murmurou Isserley, observando as luzes da ponte de Kessock piscando ao longe. — Estarão esperando você na volta?

— Não, acho que não — disse ele, após muito esforço. — Acho que eu... os ofendi de algum modo. Não sei como. Acho que o meu inglês não é tão bom quanto deveria ser em certas situações.

— Ele me parece excelente.

Ele suspirou.

— Talvez seja esse o problema. Se fosse pior, haveria uma expectativa de... — disse, se esforçando silenciosamente, mas depois resolvendo reiniciar a frase de outra forma. — Não haveria uma expectativa automática de compreensão mútua.

Mesmo no escuro, ela podia ver que ele estava se mexendo e abrindo e fechando as mãos. Talvez ele pudesse ouvi-la começando a respirar mais depressa, embora a mudança desta vez tenha sido, na opinião dela, muito sutil.

— O que você faz na Alemanha? — perguntou ela.

— Eu sou estudante... bem, não — emendou ele. — Quando eu voltar para a Alemanha estarei desempregado.

— Você vai morar com seus pais, então? — disse ela.

— Mmm — respondeu ele vagamente.

— O que você estava fazendo? Antes de terminar os estudos?

Houve uma pausa. Uma *van* preta com um cano de descarga barulhento passou por Isserley, abafando o som de sua própria respiração.

— Não concluí meus estudos — declarou o carona finalmente. — Fugi deles. Eu poderia dizer que sou um fugitivo.

— Um fugitivo? — repetiu Isserley, sorrindo, encorajadora.

Ele sorriu de volta, com tristeza.

— Não da justiça — disse ele —, mas de uma instituição médica.

— Você quer dizer... você é um psicótico? — sugeriu ela baixinho.

— Não. Mas quase me tornei médico, o que no meu caso talvez tivesse sido a mesma coisa. Meus peis acham que eu ainda estou estudando no instituto. Eles me mandaram para longe e pagaram muito dinheiro para que eu pudesse estudar lá. É muito importante para eles que eu me torne médico. Não um médico comum, mas um especialista. Eu escrevo para eles dizendo que minha pesquisa vai muito bem. Mas a verdade é que eu tenho bebido cerveja e lido livros de viagens. Agora estou aqui, viajando.

— E o que os seus pais acham disso?

Ele suspirou e baixou os olhos.

— Eles não sabem de nada. Eu criei um hábito entre nós. Algumas semanas entre uma carta e outra, depois mais semanas e depois mais semanas ainda. Digo sempre que estou ocupado demais com a minha pesquisa. Só vou mandar minha próxima carta quando estiver de volta à Alemanha.

— E quanto aos seus amigos? — insistiu Isserley. — Ninguém sabe que você embarcou nesta aventura?

— Eu tinha bons amigos em Bremen antes de iniciar os estudos. Na faculdade de medicina tenho muitos conhecidos que querem se tornar especialistas e dirigir um Porsche. — Ele se virou para ela preocupado, embora ela estivesse fazendo o possível para se manter calma. — Você está bem?

— Sim, estou muito bem, obrigada — disse ela, ofegante, acionando a icpathua.

Ela sabia que ele ia cair em cima dela, assim virado de lado. Estava preparada para isso. Com a mão direita, manteve o volante firme. Com a esquerda, empurrou o corpo dele de volta. O motorista do carro atrás do dela acharia que ele tinha tentado beijá-la e que ela o havia rejeitado. Beijar num veículo em movimento era considerado perigoso no mundo inteiro. Ela já sabia disto mesmo antes de aprender a dirigir. Tinha lido num velho livro sobre segurança na estrada, escrito para adolescentes americanos, pouco depois de chegar a Escócia. Ela tinha levado muito tempo para entender bem aquele livro, estudando-o durante várias semanas com o ruído da televisão ao fundo. Você nunca podia prever quando a televisão iria esclarecer alguma coisa que os livros não conseguiam explicar — especialmente quando os livros vinham de bazares de caridade.

O carona estava caindo por cima dela de novo. Mais uma vez ela o empurrou de volta. "O lugar atrás do volante de um automóvel não é apropriado para carícias, namoros e 'agarramento'", dizia o livro. Para quem não conhecia bem a língua, esta era uma regra misteriosa. Mas ela a tinha compreendido logo em seguida, com a ajuda da televisão. Legalmente, você podia fazer o que quisesse dentro de um carro, inclusive sexo — desde que o veículo estivesse parado.

Isserley ligou a seta para a esquerda ao se aproximar de um retorno. *Bum*, a cabeça do carona bateu no vidro ao lado dele.

Já passava das seis horas quando ela chegou à fazenda. Ensel e mais dois homens a ajudaram a tirar o carona do carro.

— Este foi o melhor até agora — elogiou Ensel.

Ela balançou a cabeça concordando. Ele sempre dizia isso.

Enquanto eles ajeitavam o corpo inanimado do vodsel na maca, ela tornou a entrar no carro e saiu dirigindo pela escuridão, dolorida e pronta para ir para a cama.

3

ISSERLEY FOI ACORDADA na manhã seguinte por algo inusitado: o sol.

Normalmente, ela dormia apenas algumas horas durante a noite, e se via deitada de olhos arregalados na escuridão claustrofóbica, com os músculos das costas contraídos obrigando-a a ficar estirada na cama sob a ameaça de dores agudas.

Agora ela estava piscando os olhos na claridade dourada do sol que devia ter nascido há um bom tempo. Seu quarto no sótão, sob o telhado inclinado do chalé vitoriano, tinha paredes que só eram verticais até a metade, inclinando-se abruptamente no resto do caminho até o teto, alinhadas com o telhado. De onde Isserley estava, seu quarto parecia um cubículo hexagonal, iluminado como uma célula numa colméia. Por uma janela aberta, ela podia ver o céu sem nuvens; pela outra, a arquitetura complexa de galhos de carvalho cobertos de neve. O ar estava parado; as teias de aranha desabitadas, penduradas nas molduras das janelas mal se mexiam.

Só após um ou dois minutos é que ela detectou o murmúrio quase inaudível da atividade da fazenda.

Ela se espreguiçou, gemendo, e atirou as cobertas longe com as pernas. O ângulo do sol era tal que sua cama estava banhada pelos raios mais quentes, então ela ficou ali exposta por algum tempo, com as pernas cruzadas, aquecendo a pele nua.

As paredes do seu quarto eram nuas, também. O chão não era forrado de tapete, mas feito de tábuas de madeira velhas, sem verniz, que não teriam passado num teste de teor alcoólico. Debaixo de uma das janelas, um pedaço de gelo brilhava no chão. Por curiosidade, Isserley pegou o copo d'água que estava ao lado da cama e ergueu-o contra a luz. A água ainda estava líquida, ou quase.

Isserley bebeu-a, embora o copo estalasse de leve ao ser virado. Depois de passar uma noite inteira deitada, imóvel, e deixando a natureza seguir seu curso, seu corpo tinha atingido uma circulação de fervura lenta que iria persistir até ela se exercitar e entrar no metabolismo diurno.

Enquanto isso, ela continuava com uma temperatura elevada.

Ao beber a água, ela se lembrou que não havia comido nada desde o café-da-manhã da véspera. Precisava alimentar-se direito antes de sair para a estrada. Isto é, *se* saísse para a estrada.

Afinal de contas, quem disse que ela tinha que sair todos os dias de sua vida? Ela não era uma escrava.

O despertador de plástico vagabundo sobre a lareira estava marcando 9h03. Não havia mais nenhum eletrodoméstico no quarto além da televisão portátil suja e arranhada alojada na lareira. O fio estava conectado a uma extensão comprida que se arrastava pelo assoalho e saía pela porta. Lá embaixo, em algum lugar, havia uma tomada.

Isserley levantou-se da cama e experimentou ficar em pé. Não foi tão difícil assim. Ela tinha descuidado dos seus exercícios, e isso a deixava mais dura e dolorida do que o necessário. Com certeza, ela poderia estar em melhor forma.

Foi até a lareira e ligou a televisão. Não precisava dos óculos para assistir a tevê. Na verdade, ela não precisava de óculos; as lentes eram pedaços de vidro grosso, imitando lentes oftálmicas. Elas só lhe causavam dor de cabeça e incômodo nos olhos, mas precisava delas para o seu trabalho.

Na televisão, um *chef* vodsel estava ensinando uma fêmea incompetente a fritar iscas de rim. A fêmea riu envergonhada quando a fumaça começou a subir. Em outro canal, criaturas peludas multicoloridas, diferentes de tudo o que Isserley estava acostumada a ver na vida real, davam cambalhotas e cantavam músicas sobre as letras do alfabeto. Em outro canal, um processador de alimentos estava sendo demonstrado por mãos cujas unhas eram pintadas de pêssego. Em outro canal, um porco e um frango de desenho animado voavam pelo espaço num foguete. Obviamente, Isserley tinha perdido o noticiário.

Ela desligou a televisão, ergueu o corpo e se posicionou no centro do quarto para fazer seus exercícios. Era preciso tempo e esforço para se exercitar direito, mas ela andava preguiçosa ultimamente e seu corpo a estava castigando por isso. Ela precisava recuperar a forma. A dor que tinha sentido nos últimos dias era inteiramente desnecessária. Não fazia nenhum sentido permitir-se ficar fora de forma, a menos que, por algum motivo masoquista, ela quisesse sofrer. Para ser obrigada a se arrepender do que tinha feito.

Ela não se arrependia do que tinha feito. Não.

Então, ela arqueou a coluna, girou os braços, ficou parada numa perna, depois na outra, depois na ponta dos pés, com os braços erguidos e tremendo. Manteve esta posição pelo máximo de tempo que pôde. As pontas dos seus dedos tocaram na lâmpada pendurada no teto. Mesmo toda esticada, num quarto da altura de uma criança, ela estava longe de conseguir alcançar o teto.

Quinze minutos depois, transpirando, tremendo um pouco, ela foi até o guarda-roupa e escolheu as roupas que iria vestir, as mesmas roupas da véspera. A escolha, de qualquer modo, era entre seis blusas decotadas de cores diferentes, e dois pares de calças berrantes, ambas de veludo verde. Ela possuía apenas um par de sapatos, um par feito sob medida que ela tivera que devolver para o sapateiro oito vezes antes de conseguir andar com ele. Não usava roupa de baixo, nem sutiã. Seus seios ficavam firmes sozinhos. Menos um problema para se preocupar, ou dois.

Isserley saiu pela porta dos fundos do chalé e aspirou o ar. O cheiro de maresia estava especialmente forte hoje; ela iria até a beira do mar assim que terminasse o café.

E depois não podia esquecer de se lavar e trocar de roupa, caso cruzasse com algum espertinho como o vodsel com o mexilhão no bolso.

Os campos ao redor de sua casa estavam cobertos de neve, com pedaços de terra aparecendo de vez em quando, como se o mundo fosse um bolo coberto de creme. No campo, a oeste, carneirinhos dourados salpicavam a brancura, fuçando a neve em busca de alguma iguaria enterrada. Ao norte, uma montanha gigantesca de nabos sobre um monte de feno brilhava como cerejas geladas ao sol. Ao sul, atrás das construções e dos silos da fazenda, erguiam-se os densos pinheiros de natal da Floresta Carboll. A leste, depois das casas da fazenda, ficava o Mar do Norte.

Não havia nenhum trator à vista e nenhum trabalhador.

Os campos eram todos arrendados a diversos proprietários locais, que providenciariam o que fosse necessário na época do plantio, da colheita, da tosquia das ovelhas e assim por diante.

No intervalo, a terra permanecia silenciosa e intocada, e as construções apodreciam, enferrujavam e criavam musgo.

Na época de Harry Baillie, diversas construções abrigavam o gado durante o inverno, mas isso foi na época em que havia dinheiro. Do gado agora só restavam alguns bois de Mackenzie nos campos próximos à Colina do Coelho. Nos desfiladeiros ao longo da costa de Ablach, umas cem ovelhas de cara preta pastavam sua forragem salgada e vagabunda. Elas tinham sorte de haver um pequeno canal correndo para o mar, já que os velhos bebedouros de ferro estavam cheios de algas e cobertos de ferrugem.

Não, o atual proprietário de Ablach não era, sem dúvida, o pilar da comunidade que Harry Baillie tinha sido. Ele era algum tipo de escandinavo, segundo os nativos, e um eremita maluco. Isserley sabia que ele tinha esta reputação porque, apesar da sua política de nunca dar carona a habitantes locais, ela já apanhara caronas trinta quilômetros acima na A9 que de repente começavam a falar sobre a fazenda Ablach. A chance de que isto pudesse ser mencionado numa conversa com um estranho, mesmo considerando a escassa população das Highlands, era mínima, especialmente porque Isserley tinha o cuidado de mentir sempre sobre o lugar onde morava.

Mas o mundo devia ser menor do que ela pensava, porque, uma ou duas vezes por ano, algum carona tagarela se referia à questão dos imigrantes e de como eles estavam arruinando o estilo de vida tradicional da Escócia e, é claro, Ablach sempre era mencionado. Isserley se fazia de desentendida enquanto ouvia a história do escandinavo maluco que havia se apossado da fazenda Ablach e, em vez de transformá-la num daqueles empreendimentos europeus altamente lucrativos, deixara que ela entrasse em decadência, arrendando as terras para os mesmos fazendeiros que ele vencera na hora da compra.

— Isso só serve para mostrar — tinha dito um dos caronas a ela — que a cabeça dos estrangeiros não funciona da mesma forma que a nossa. Sem querer ofender.

— Não estou ofendida — ela respondera, tentando decidir se despachava o vodsel de volta para o lugar que ele afirmava conhecer tão bem.

— E então, de onde você é? — ele perguntara.

Ela não se lembrava do que havia respondido. Dependendo do quanto o carona parecia ser viajado, ela dispunha de um bom número de locais de origem para informar. A antiga União Soviética, Austrália, Bósnia... até mesmo Escandinávia, a menos que o carona estivesse falando mal do sem vergonha, filho da mãe, que comprara a fazenda Ablach.

Ao longo dos anos, no entanto, Isserley passou a achar que o homem que ela conhecia como Esswis estava aos poucos ganhando o respeito da comunidade. Os outros fazendeiros o conheciam como *Sr.* Esswis e ficou combinado que ele conduziria todos os seus negócios de dentro da "Casa Grande", um chalé duas vezes maior do que o de Isserley, situado no centro da fazenda. Ao contrário do chalé dela, o dele tinha energia elétrica em todos os cômodos, aquecimento, mobília, tapetes, cortinas e enfeites. Isserley não sabia o que Esswis fazia com aquelas coisas, mas elas impressionavam as visitas — por mais raras que fossem.

Isserley, na realidade, não conhecia Esswis muito bem, apesar de ele ser a única pessoa no mundo que tinha passado pelo que *ela* tinha passado. Portanto, em teoria, eles tinham muito o que conversar, mas na prática evitavam um ao outro.

Ela havia descoberto que o sofrimento compartilhado não era uma garantia de intimidade.

O fato de ela ser uma mulher e ele um homem não tinha nada a ver com isso; Esswis raramente se comunicava com os outros homens. Ficava fechado na sua casa grande, esperando a hora de ser útil.

Ele era, para falar a verdade, um verdadeiro prisioneiro ali. Era absolutamente crucial que ele estivesse disponível 24 horas por dia para o caso de alguma emergência que pudesse causar conflito entre a fazenda Ablach e o mundo exterior. No ano anterior, por exemplo, um pulverizador de pesticida dirigido por um motorista descuidado tinha matado uma ovelha desgarrada, não com pesticida nem debaixo de suas rodas, mas devido a um acidente idiota, atingindo o animal com a ponta de uma das pás em forma de asas. O Sr. Esswis negociou prontamente um acordo entre ele próprio, o dono do pulverizador e o dono da ovelha, deixando espantados os outros dois fazendeiros ao aceitar toda a culpa pelo fato de o animal estar desgarrado, desde que se evitasse qualquer transtorno e burocracia.

Esse era o tipo de coisa que havia contribuído para que ele ganhasse respeito na região, apesar de ser um estrangeiro. Ele jamais compareceria a um campeonato de arado ou a um *ceilidh**. Todo o mundo já sabia disso, mas talvez o motivo não fosse falta de interesse; havia alguns boatos acerca de artrite, uma perna de pau, câncer. Ele também entendia melhor do que muitos imigrantes ricos que os tempos estavam difíceis para os fazendeiros locais, e aceitava regularmente palha ou outros produtos no lugar de dinheiro pelo aluguel. Harry Baillie pode ter sido um pilar da comunidade, mas era um chato quando o assunto eram contratos. Com Esswis, uma palavra murmurada pelo telefone valia tanto quanto a sua assinatura. E o modo como tentava desencorajar os turistas a entrar na propriedade, com arame farpado e ameaças, bem, isto só depunha a favor dele. As Highlands não eram um parque público.

---

*Festas, com música e dança, comuns na Escócia e na Irlanda, especialmente nas áreas rurais. (*N. da T.*)

Isserley foi até a estrada principal e, suspirando de alívio por estar livre dos óculos por um tempo, deu uma olhada na direção da casa de Esswis. As luzes estavam acesas em todos os cômodos. As janelas estavam fechadas e com os vidros embaçados. Esswis poderia estar em qualquer lugar lá dentro.

A sensação da neve fresca sob os pés era profundamente agradável para Isserley. A simples idéia de todo aquele vapor de água se solidificando nas nuvens e flutuando na direção da terra era algo de milagroso. Ela mal podia acreditar nisso depois de tantos anos. Era uma extravagância estupenda e injustificável. Entretanto, ali estava ela, fofa e pulverizada, boa para comer. Isserley apanhou um punhado do chão e comeu. Estava deliciosa.

Ela foi até o maior dos barracões, o que estava em melhores condições. A cobertura com diversas telhas quebradas tinha sido substituída por chapas de metal. Sempre que caíam pedras das paredes, os buracos eram prontamente preenchidos com cimento. A aparência era menos de uma casa e mais de uma caixa gigantesca, mas sacrifícios estéticos eram necessários. Este galpão precisava ser protegido das forças da natureza e dos olhos de estranhos. Era a entrada para um segredo muito maior que ficava logo abaixo do chão.

Isserley parou na frente da porta de alumínio e apertou a campainha que ficava abaixo das placas de metal que diziam PRODUTOS QUÍMICOS PERIGOSOS e SOMENTE PESSOAL AUTORIZADO. Mas havia outra placa pendurada na própria porta, um desenho estilizado de uma caveira com dois ossos cruzados.

O interfone soou e ela se inclinou para ele, com os lábios quase tocando a grade.

— Isserley — murmurou.

A porta abriu e ela entrou.

*

Impaciente para ir até a praia, Isserley não demorou para tomar café. Em vinte minutos estava de volta ao seu chalé, confortável e satisfeita por causa do mingau e carregando uma bolsinha de plástico que estava entre os pertences do carona alemão.

Os homens lá embaixo tinham parecido alegres em vê-la, demonstrando preocupação pelo fato de ela não ter ido jantar na noite anterior.

— Foi um jantar delicioso — Ensel disse a ela, no dialeto carregado de sua própria língua. — Coxas de voddissim com molho de serslida. E framboesas de sobremesa.

— Bem, não faz mal — tinha dito Isserley, passando pasta de mussanta no pão. Ela nunca sabia o que dizer para aqueles homens, operários e técnicos que com certeza ela nem teria conhecido no dia-a-dia da sua vida em casa. É claro que não ajudava em nada o fato de eles serem tão diferentes dela, e olharem para os seus seios e para o seu rosto bem esculpido sempre que achavam que ela não estava vendo.

Eles estavam ocupados hoje, e a tinham deixado comer em paz. Mas não antes de transmitir uma informação importante: Amlis Vess ia chegar. Amlis Vess! Ia visitar a fazenda Ablach! Amanhã! Ele tinha enviado uma mensagem, já estava a caminho, não pediu nenhum preparativo especial, queria ver tudo do jeito que era sempre. Quem imaginaria isso?

Isserley fez um comentário neutro, e os homens correram para se preparar para o grande evento. Eram raras as novidades na vida deles agora que a fazenda Ablach estava bem organizada e eles tinham tempo de sobra. Sem dúvida, a visita do filho do patrão era uma grande emoção se comparada a mais uma tarde fazendo apostas com pedaços de palha ou o que quer que homens daquele tipo fizessem. Sozinha no refeitório, Isserley se serviu de uma tigela de gushu, mas o gosto estava muito amargo. Neste momento, ela notou que todo o complexo subterrâneo, além de cheirar a suor de macho e comida vagabunda como sempre, estava cheirando a produtos de limpeza e tinta. Isto fez com que ela quisesse voltar para o ar livre o mais depressa possível.

A caminhada de volta para o chalé no meio da neve limpou suas narinas e a ajudou a fazer a digestão. Prendendo a bolsinha de plástico entre as pernas, ela abriu a porta da sua casa e entrou na sala, que estava vazia exceto por pilhas de galhos espalhadas pelo chão.

Ela juntou um monte dos melhores e carregou-os até o quintal dos fundos, deixando-os cair junto com a bolsa de plástico sobre a terra coberta de neve. Ela arrumou os galhos que tinham a forma correta numa pequena fogueira, e reservou o resto.

Em seguida ela abriu as portas enferrujadas do pequeno barracão de ferro batido que ficava ao lado do chalé. Pôs as palmas das mãos sobre o capô do carro, sentindo o quanto ele estava gelado; torceu para que ele pegasse quando chegasse a hora. Entretanto, naquele momento ela não estava preocupada com isto. Abriu a mala e apanhou a mochila do carona alemão. Esta também tinha sido afetada pelo frio da noite: não tinha chegado a congelar, mas estava fria e úmida, como se tivesse ficado guardada numa geladeira.

Isserley carregou a mochila até o quintal, tendo primeiro checado se não havia alguém por perto. Não havia ninguém. Ela acendeu a fogueira. A lenha estava bem seca, tinha sido apanhada meses antes e mantida dentro de casa desde então: pegou fogo imediatamente.

Quando colocada em pé, a mochila mostrou ser bem mais espaçosa do que parecia. Continha mais coisas do que as leis da física pareciam permitir. E numa variedade incrível; tudo guardado em dezenas de caixas plásticas, garrafas, bolsinhas, aberturas e bolsos, arrumados e intercalados com grande engenhosidade.

Isserley atirou-as, uma a uma, no fogo. Recipientes multicoloridos de comida derreteram com um fedor de petróleo. Camisetas e cuecas, atiradas dobradas nas chamas, abriram buracos negros para deixar a fumaça sair. Meias fritaram. Uma caixinha de papelão de remédio explodiu. Um cilindro transparente contendo uma bonequinha de plástico vestida com o traje nacional escocês passou por diferentes estágios, o último dos quais foi o colapso da boneca cor-de-rosa, nua, com os membros derretidos, o rosto virado para as chamas.

A escassez de artigos altamente inflamáveis estava prejudicando o fogo e, quando um par de calças foi acrescentado, ele ameaçou apagar. Isserley escolheu alguns galhinhos bem secos e colocou-os em locais estratégicos. Os mapas da Inglaterra, Irlanda e Escócia também foram úteis; enrolados de forma a facilitar a ventilação, eles queimaram crepitosamente.

Escondida no fundo da mochila estava uma bolsinha cor-de-rosa de artigos de toalete que continha apenas um passaporte. Isserley hesitou diante deste item, imaginando se ela própria poderia fazer uso de um passaporte: ela jamais tinha visto um, pelo menos não ao vivo, por assim dizer. Ela folheou o passaporte, examinando-o com curiosidade.

A foto do carona estava lá, bem como seu nome, idade, data de nascimento e assim por diante. Estas coisas não significavam nada para Isserley, mas ela estava intrigada porque, na foto, ele parecia mais rechonchudo e rosado do que na realidade, e também estranhamente menos substancial. A expressão dele era de um estoicismo melancólico. Estranho como um espécime como ele, bem tratado, saudável, livre para viajar pelo mundo, e abençoado com uma perfeição de forma que com certeza devia ter permitido que ele se acasalasse com uma quantidade maior de fêmeas do que a média, pudesse mesmo assim ser tão infeliz. Em contraste, outros machos, marcados pelo desleixo, cheios de doenças, desprezados por seus iguais, às vezes irradiavam um contentamento que parecia brotar de algo mais enigmático do que mera estupidez.

Esta incapacidade de alguns dos mais bem dotados e bem adaptados vodseis para serem felizes enquanto estavam vivos era, para Isserley, um dos grandes mistérios com que ela se deparava em seu trabalho, e que seus anos de experiência tinham apenas tornado mais intrigante. Não adiantava discutir isto com Esswis, muito menos com os outros homens da fazenda. Por mais bem intencionados que fossem, ela tinha descoberto muito tempo antes que eles não possuíam um lado espiritual.

Isserley ergueu os olhos e notou que tinha deixado o fogo ficar muito baixo e procurou rapidamente por algo que queimasse com facilidade. A bolsinha de plástico com os cartazes foi a primeira coisa que encontrou, e ela sacudiu as folhas de papel na neve. Atirou-as no fogo uma a uma: THURSO, GLASGOW, CARLISLE e meia dúzia de outras, até chegar a SCHOTTLAND. Elas pegaram fogo logo e foram consumidas em segundos. A fogueira estava rapidamente transformando-se numa mistura de cinzas e plástico derretido que não iria causar muito impacto no maior item restante, a própria mochila.

Isserley correu de volta para o barracão e apanhou uma lata de gasolina. Espalhou bastante combustível sobre a mochila e atirou-a na fogueira. As chamas subiram bem alto.

Isserley deu uma última olhada no passaporte. Decidiu que caso quisesse assumir o risco de guardar algum documento, uma carteira de motorista seria mais útil. Além disso, ela notou que o sexo do dono do passaporte estava especificado e que sua altura estava oficialmente atestada como sendo um metro e noventa centímetros. Isserley sorriu e atirou o livrinho vermelho no fogo.

A carteira também foi para a fogueira, depois de ela ter tirado o dinheiro. Uma parte não era moeda corrente no Reino

Unido; esta ela jogou fora. As libras esterlinas podiam ser usadas para comprar gasolina. Ainda bem que ela nunca comprava outra coisa, porque suas mãos estavam cheirando a gasolina e ela tinha passado o cheiro para as notas.

Uma visita à praia e em seguida um banho pareceram-lhe uma ótima idéia. Depois iria dar uma volta de carro. *Se* tivesse vontade. Não devia mesmo haver muitos caronas na estrada num dia como aquele, cheio de neve. Amlis Vess teria que entender isso.

Isserley caminhou pela praia de Moray Firth, deliciando-se com a beleza da paisagem.

À sua direita, trilhões de litros de água agitavam-se entre a praia de Ablach e uma Noruega invisível além do horizonte. À sua esquerda, colinas íngremes cobertas de tojo iam dar na fazenda. Estendendo-se sem fim atrás e na frente dela ficava a ponta da península, cujos campos pantanosos, onde as ovelhas pastavam, terminavam abruptamente na beira do mar num despenhadeiro de pedras, esculpido pelo fogo e pelo gelo pré-históricos. Era ao longo deste despenhadeiro que Isserley gostava de caminhar.

A variedade de formas, cores e texturas sob seus pés era, na opinião dela, literalmente infinita. Tinha que ser. Cada concha, cada seixo, cada pedra tinha sido formada por um movimento eterno submarino ou subglacial. A devoção indiscriminada, infinita da natureza por suas incontáveis partículas, tinha uma importância emocional para Isserley; ela colocava em perspectiva a injustiça da vida humana.

Atiradas na praia, talvez por um breve tempo antes de serem recolhidas de volta para mais alguns milhões de anos de polimento e reforma, as pedras pareciam descansar serenamente sob seus pés descalços. Ela gostaria de recolher cada uma delas para compor uma mostra infinitamente complexa, uma coleção de pedras pela qual ela seria pessoalmente responsável mas que seria tão vasta que ela jamais poderia caminhar de uma ponta a outra dela. Em um certo sentido, a praia de Ablach já era esta coleção, só que ela não tinha tido nenhum envolvimento na sua preparação, e desejava muito desempenhar algum papel no seu desenho.

Ela ergueu um seixo, uma pedra lisa em forma de sino com um buraco no meio. Era feita de listras alaranjadas, cinzentas e prateadas. Outra pedra a seus pés era esférica, toda preta. Ela largou a pedra em forma de sino e pegou o globo preto. Quando o estava erguendo, um ovo de cristal rosa e branco chamou sua atenção. O desafio era deliciosamente difícil.

Ela largou o globo preto e endireitou o corpo, olhando para o oceano, por sobre as camadas de ondas. Depois olhou para o outro lado, para procurar a pedra sobre a qual havia deixado os seus sapatos. Eles ainda estavam lá, com os cadarços tremulando ao vento.

Ela estava correndo um risco ao expor os pés para o mundo, mas no caso improvável de aparecer alguém na praia, seria capaz de enxergar a pessoa a centenas de metros ou mais. Quando estivesse perto o bastante para ver seus pés, ela poderia facilmente apanhar seus sapatos ou mesmo mergulhar os pés na água, se fosse preciso. O alívio que sentia ao permitir que seus longos dedos se espalhassem sobre a superfície rochosa, enroscando-se nas pedras, era inenarrável. E, aliás, ninguém tinha nada a ver com os riscos a que ela se expunha. Estava fazendo um trabalho que ninguém mais podia fazer, e entregando as mercadorias ano após ano. Amlis Vess, se tivesse a audácia de achar algum defeito nela, ia ter que se lembrar disso.

Ela continuou a andar, aproximando-se mais da água. As poças rasas entre as pedras maiores estavam cheias do que ela sabia agora serem chamados de mexilhões, embora parecessem ser do tipo pequeno demais que o mercado não absorvia. Ela tirou um deles da salmoura glacial e ergueu-o até a boca, passando a ponta da língua no seu orifício viscoso. O sabor era acre; e adquirido, sem dúvida.

Ela colocou o mexilhão de volta na poça, delicadamente, para não fazer barulho. Havia algo ali.

Uma ovelha passeava pela praia perto de onde ela estava, e cheirava pedras quase do tamanho dela, lambendo-as e experimentando-as. Isserley ficou intrigada: não sabia que ovelhas podiam andar sobre uma superfície daquelas, achava que seus cascos não permitiriam. Mas aqui estava uma ovelha, andando sobre a mistura de pedras e conchas com aparente facilidade.

Isserley aproximou-se bem devagar, equilibrando-se nos dedos dos pés. Mal respirava, com medo de assustar sua companheira de passeio.

Era difícil acreditar que a criatura não pudesse falar. Tinha toda a aparência de ser capaz disso. Apesar das feições bizarras, havia algo de enganadoramente humano nela, o que levou Isserley, não pela primeira vez, a ignorar a divisão entre as espécies e tentar se comunicar.

— Olá — disse ela.

— Ahl — disse.

— Wiin — disse.

Estas três saudações, que não tiveram nenhum efeito na ovelha exceto fazê-la fugir, esgotaram todas as línguas que Isserley conhecia.

Ela não era exatamente uma poliglota.

Mas nenhuma poliglota jamais teria se candidatado a este emprego, isso era certo. Só pessoas desesperadas, sem outra perspectiva exceto ser despejadas na Nova Propriedade teriam considerado esta possibilidade.

E mesmo assim, só se estivessem loucas.

Olhando para trás, *ela* havia sido uma louca. Completamente louca. Mas tinha dado certo, afinal de contas. Tinha sido a melhor decisão que já havia tomado. Um sacrifício muito pequeno, na verdade. Com isso se evitava uma vida inteira enterrada na Propriedade — uma vida curta e brutal, sem dúvida.

De fato, sempre que se via lamentando o que tinha feito com o seu corpo outrora lindo para ser mandada para cá, ela lembrava a si mesma como era a aparência das pessoas que viviam na Nova Propriedade. Decadência e deformação eram obviamente o resultado do tempo passado lá. Talvez fosse a superlotação ou a comida ruim ou o ar poluído ou a falta de cuidados médicos, ou simplesmente a conseqüência inevitável de viver no subsolo. Mas havia uma feiúra inconfundível naquela escória, um traço quase subumano.

Quando recebeu a notícia de que ia ser mandada para lá, Isserley jurou solenemente que permaneceria saudável e bonita apesar de tudo. Recusar-se peremptoriamente a ser transformada fisicamente seria a sua vingança contra os poderes constituídos, seu ato de rebeldia. Mas será que teria tido alguma chance? Sem dúvida, *todo mundo* jurava de início que não permitiria ser transformado em um animal, de costas encurvadas, cheio de cicatrizes, dentes podres, dedos faltando, cabelo cortado rente. Mas era assim que todos terminavam, não era? Será que com *ela* teria sido diferente, se tivesse ido para lá em vez de vir para cá?

É claro que não. Claro que não. E agora, do modo como as coisas tinham se resolvido, ela não tinha uma aparência pior do que o pior dos rebotalhos da Propriedade, tinha?... pelo menos, não *muito* pior. E veja o que ganhara em troca!

Ela contemplou o vasto mundo, do alto dos rochedos na praia da fazenda Ablach. Era inacreditavelmente maravilhoso. Teve vontade de correr por ali para sempre — só que ela não podia mais correr.

Não que fosse ter a oportunidade de correr na Propriedade. Ela estaria se arrastando por lá desanimadamente, por corredores subterrâneos de bauxita e cinzas compactadas. Estaria trabalhando sem cessar numa usina de filtragem ou numa fábrica de oxigênio, espojando-se na imundície como um verme entre outros vermes.

Em vez disso, aqui estava ela, livre para percorrer aquele espaço sem limites, que continha uma provisão fantástica de ar e água.

E, para isso, só o que precisava fazer era caminhar sobre duas pernas.

É claro que isto não era tudo o que ela tinha de fazer.

Para não pensar nos detalhes mais desagradáveis do seu sacrifício, Isserley resolveu retornar ao trabalho. Toda aquela liberdade acabava deixando-a inquieta. O trabalho era a cura.

Ela já tinha jogado as chaves e o relógio do carona alemão no mar, onde ganhariam forma e textura novas, junto com todos os outros refugos do milênio. Ela tinha enfiado o saco plástico vazio no cós da calça para não poluir a praia, já bastante suja com feios destroços de plástico procedentes de navios e plataformas de petróleo; um dia ela iria acender uma fogueira gigantesca na praia e queimar todo aquele lixo. Mas sempre se esquecia de levar o equipamento.

Então pegou os sapatos e calçou-os, com alguma dificuldade, nos pés gelados e um tanto inchados. Talvez tivesse exagerado na sua exposição ao frio. Algumas horas dentro do seu carro superaquecido a deixariam em forma.

Ela caminhou pela praia até a beirada do pasto. A ovelha tinha se juntado ao rebanho, bem distante no alto da colina. Tentando distinguir com qual ovelha tinha falado, Isserley tropeçou e quase caiu, desajeitada por causa dos sapatos; tinha que prestar atenção onde estava pisando. Emaranhados de plantas marinhas desbotadas e ressequidas pelo sol espalhavam-se pelo chão perto da vegetação viva, semelhantes a esqueletos, ou pedaços de esqueletos, de criaturas inexistentes. No meio destes simulacros enganadores, restos de gaivotas de verdade, canibalizadas, tremulavam ao vento. Às vezes, mas não hoje, havia uma foca morta, com as nadadeiras presas num pedaço de rede de pesca, o corpo comido por outros habitantes do mar.

Isserley caminhou pelo atalho que gerações de ovelhas tinham feito, subindo a encosta da colina. Em sua mente, ela já estava atrás do volante.

Quando chegou de volta ao chalé, a fogueira estava apagada. Havia um halo derretido em volta dela, um círculo escuro de cinzas e grama queimada sobre a neve. Na fogueira propriamente dita, ainda havia um resto de mochila que não tinha queimado. Ela tirou das cinzas os suportes de metal e os deixou de lado para jogar fora mais tarde. Amanhã, talvez, se já estivesse preparada de novo para voltar ao mar.

Ela entrou em casa e foi direto para o banheiro.

Este, como todos os outros cômodos da casa, tinha uma aparência nua e desabitada, com manchas de mofo e resíduos de insetos. Uma luz fraca entrava por uma janelinha de vidro imunda. Um fragmento de espelho torto atrás da pia refletia apenas a pintura descascada. A banheira estava limpa mas um pouco enferrujada, assim como a pia. O interior do vaso sem tampa, ao contrário, era da cor e da textura de uma casca de árvore; nunca fora usado, pelo menos desde que Isserley tinha ido morar lá.

Parando apenas para tirar os sapatos, Isserley entrou na banheira manchada de ocre. Aparafusado na parede sobre sua cabeça, havia um chuveiro controlado por um disco de baquelita que ela girou, fazendo cair água pressurizada sobre seu corpo. Quando a água começou a jorrar, ela começou a tirar as roupas, deixando-as cair na banheira, em volta de seus pés.

Nas bordas da banheira, cheias de manchas de ferrugem, havia três frascos de xampu. Juntos, tinham custado exatamente cinco libras no Posto de Serviço Arabella. Isserley pegou o seu favorito e despejou o líquido verde-claro sobre os cabelos. Depois espalhou mais um pouco sobre o corpo nu e jogou uma porção generosa em cima das roupas que estavam a seus pés. Com um dos pés, ela empurrou a pilha de roupas para cima do ralo para que a banheira enchesse.

Lavou cuidadosamente o cabelo, enxaguando-o várias vezes. Em casa, os cabelos tinham sido sempre o seu melhor atributo. Um membro da Elite lhe dissera uma vez que com uma cabeleira daquelas era impossível que ela fosse mandada para a Nova Propriedade: um elogio vazio e barato, pensando nisso agora, mas muito animador na época. Ela achou que a sua passagem para um futuro brilhante era uma questão de inevitabilidade física, um direito inato, luxuriante, que todos podiam identificar à primeira vista, e poucos tinham o privilégio de acariciar com admiração.

Sobrara tão pouco agora que ela não podia mais cuidar dele com tanto carinho. A maior parte jamais tornaria a crescer, o resto era apenas um estorvo.

Ela passou a mão pelos ombros e braços, para ver se precisava raspá-los de novo. As palmas das mãos, cheias de espuma, detectaram a penugem macia, mas ela decidiu que podia esperar mais um dia. Muitas fêmeas tinham um pouco de pêlo, como ela tinha descoberto. A vida real não era nada igual às belas imagens mostradas nas revistas e na televisão. E ninguém ia ver mesmo.

Ela ensaboou os seios e enxagüou-os, com nojo. A única coisa que tinham de bom era evitar que ela visse o que tinham feito com ela lá embaixo.

Redirecionando o chuveiro, ela dirigiu a atenção para as roupas, que agora giravam numa poça rasa de água cinzenta. Ela as pisoteou, enxagüou, tornou a pisotear, depois torceu-as com suas patas poderosas. Iriam secar numa faixa de sol que entrava pela janela do seu quarto, ou, se isto falhasse, no banco traseiro do seu carro.

Já passava do meio-dia quando Isserley finalmente saiu da fazenda. O sol que de manhã estava tão forte mal era visível agora; o céu tinha ficado cinzento e cheio de neve acumulada. Era pouca a probabilidade de encontrar algum carona na estrada, muito menos um carona que servisse. Entretanto, ela estava com vontade de trabalhar, ou pelo menos de fugir da confusão que sabia que ainda imperava no subsolo.

Ao passar pelo galpão principal, ela viu uma coisa inusitada: Esswis em cima de uma escada de madeira, com uma lata numa das mãos e um pincel na outra, pintando de branco as paredes de pedra.

Isserley diminuiu a marcha até parar perto da escada para olhar para Esswis. Ela já estava de óculos e por isso não conseguiu vê-lo claramente, sua imagem distorcida pela luz do sol. Ela pensou em tirar os óculos por um instante, mas achou que seria uma grosseria, uma vez que Esswis estava usando os dele.

— Ahl — disse ela, espiando para cima, sem saber se tinha feito bem em parar.

— Ahl — ele respondeu, tão taciturno quanto o fazendeiro que ele devia ser. Talvez ele não quisesse que a língua nativa deles fosse falada ali fora, embora não houvesse ninguém por perto para ouvir. Pingou tinta do pincel que ele estava segurando, mas, fora franzir a testa, ele não fez nada a respeito, como se o cumprimento de Isserley fosse algum tipo de infortúnio que precisasse ser suportado com coragem. Ele vestia macacão e boné, e botas de borracha manchadas de tinta verde cujo interior tinha levado quase tanto tempo quanto os sapatos de Isserley para ser desenhado.

De forma geral, ele tivera mais sorte do que ela, na opinião de Isserley. Não tinha seios, para início de conversa, e tinha mais pêlos no rosto.

Ela apontou para a tarefa que ele estava realizando. Apenas uma fração do prédio já fora pintada.

— Isto é em homenagem a Amlis Vess? — perguntou ela, de maneira despreocupada.

Esswis grunhiu.

— Que trabalheira — disse Isserley. — A idéia, com certeza, não foi sua...

Esswis fechou a cara e olhou para ela, zangado.

— Foda-se Amlis Vess — disse ele, bem distintamente, em inglês, depois virou-se e continuou a pintar.

Isserley fechou o vidro e saiu. Um a um, os flocos de neve começaram a cair, girando, do céu.

4

NO MOMENTO EM QUE cruzara uma fina passagem de concreto, erguida no ar, Isserley admitiu para si mesma que não queria conhecer Amlis Vess.

Ela estava se aproximando da metade da ponte Kessock, agarrando o volante com força à espera dos ventos fortes que tentariam lançar no espaço o seu carrinho vermelho. Estava totalmente consciente do peso da estrutura de ferro sob ela, do ponto de apoio dos pneus no asfalto — lembretes paradoxais de solidez. O carro parecia estar protestando contra o seu peso e a sua imobilidade, no seu medo de ser arrastado.

You-ou-ou-ou-ou-ou! — a atmosfera escarneceu.

A intervalos regulares ao longo da ponte, viam-se placas trêmulas de metal com o desenho de uma rede estilizada inchada pela ventania. Este, como todos os outros símbolos de trânsito, tinha sido um hieróglifo incompreensível para Isserley quando ela os estudou pela primeira vez, muito tempo atrás. Agora ele apelava diretamente para a sua segunda natureza, e a fazia agarrar o volante como se ele fosse um animal desesperado para se soltar. Suas mãos estavam cerradas; ela imaginou ver o sangue pulsando entre os nós dos dedos.

E, no entanto, quando murmurou baixinho que não ia ser arrastada de jeito nenhum, não era no vento que estava pensando, e sim em Amlis Vess. Ele estava soprando de um lugar muito mais perigoso do que o Mar do Norte, e ela não podia prever o efeito que causaria. Qualquer que fosse, com certeza ela não seria capaz de evitá-lo simplesmente agarrando-se ao volante do carro.

Ela já havia superado metade do caminho. Estava a poucos minutos de Inverness. Prosseguindo vagarosamente pela pista de fora, ela se encolhia toda vez que um veículo a ultrapassava; a pressão do vento parava de repente e depois retornava com uma fúria vingativa. À sua esquerda, o ar era agitado pelas gaivotas, um caos de aves brancas mergulhando na água, depois planando logo acima do mar, afundando aos poucos, como que enredadas em sedimentos. Isserley tornou a voltar sua atenção para o contorno distante de Inverness, e tentou obrigar-se a pisar mais forte no acelerador. A julgar pelo velocímetro, não estava conseguindo. *You-ou-ou-ou-ou-ou!* O vento foi gritando pelo resto do caminho.

Ao cruzar a extremidade da ponte sã e salva, ela passou para a pista mais lenta, tentando respirar fundo e relaxar as mãos. A pressão tinha parado instantaneamente; ela podia dirigir normalmente, agir normalmente. Estava em terra firme agora, no controle da situação, em perfeita harmonia, e fazendo um trabalho que só ela podia fazer. Nada que Amlis Vess pensasse ou dissesse poderia alterar isso: nada. Ela era indispensável.

Mas esta palavra a incomodou. *Indispensável.* Era uma palavra a que as pessoas costumavam recorrer quando havia no ar uma possibilidade de dispensa.

Ela tentou imaginar-se sendo dispensada; tentou imaginar isto honestamente e sem se abalar. Talvez alguma outra pessoa estivesse preparada para fazer o mesmo sacrifício que ela e Esswis tinham feito, e para tomar o lugar dela. Ela e Esswis estavam desesperados, de formas diferentes; não poderia haver outras pessoas igualmente desesperadas? Era difícil imaginar. Ninguém poderia estar tão desesperado quanto ela estava na época. E além disso, qualquer pessoa nova seria inexperiente, nunca teria sido testada para este trabalho. Com uma quantidade incalculável de dinheiro em jogo, a Vess Incorporated correria um risco desses?

Provavelmente não. Mas foi difícil para Isserley encontrar consolo nisso, porque a idéia de ser realmente indispensável também era perturbadora.

Significava que a Vess Incorporated jamais a deixaria sair.

Significava que ela teria que fazer este trabalho para sempre. Significava que jamais chegaria o dia em que ela poderia apreciar o mundo sem se preocupar com as criaturas que se arrastavam na sua superfície.

Tudo isto, Isserley lembrou a si mesma com irritação, não devia ter nada a ver com Amlis Vess. Por que teria? Qualquer que fosse o motivo da visita do jovem Amlis, esta devia ter um caráter puramente pessoal, não relacionado à Vess Incorporated. O fato de ouvir o nome Amlis Vess não era motivo para deixá-la nervosa.

Tudo bem, Amlis era o filho do grande homem, mas não havia nenhum sinal de que ele fosse herdar o império. Amlis nem mesmo tinha um *emprego* na Vess Incorporated — ele nunca tivera qualquer tipo de emprego — e não devia ter nenhum poder de tomar decisões em nome da Corporação. De fato, até onde Isserley sabia, Amlis desprezava o mundo empresarial e era um grande fracasso aos olhos do pai. Ele era um problema, mas não para Isserley. Não havia nada a temer do fato de ele aparecer, mesmo que inexplicavelmente, na fazenda Ablach.

Então por que ela queria tanto evitá-lo?

Ela não tinha nada contra o rapaz (ou o homem? — que idade ele teria agora?); ele não tinha pedido para ser o único herdeiro da maior empresa do mundo. Ele não tinha feito nada contra ela, e no passado ela tinha se divertido com suas aventuras. Estava sempre no noticiário, em virtude da sua condição de jovem-rico-bom-partido. Uma vez ele raspou a cabeça num rito de iniciação numa seita religiosa bizarra para a qual entrou no meio de grande publicidade e da qual saiu semanas depois sem fazer nenhum comentário para a imprensa. Outra vez, noticiaram que ele e o pai tinham brigado por causa do apoio dado por Amlis aos extremistas do Oriente Médio. De outra feita, ele declarou publicamente que a icpathua, quando usada em pequenas doses, era um estimulante inofensivo que não deveria ser proibido. Inúmeras vezes apareceram moças afirmando estarem grávidas dele.

Ou seja, ele era apenas outro típico garoto rico com uma fortuna colossal pairando sobre sua cabeça.

A segunda natureza de Isserley, que tinha ficado alerta enquanto ela divagava, trouxe-a de volta para o volante do carro para observar algo importante: um carona parado ao longe, em frente ao primeiro dos muitos restaurantes chiques de beira de estrada que ficavam entre Inverness e o sul. Ela escutou a própria respiração, avaliando se estava suficientemente calma para aceitar o desafio. Achou que estava.

Entretanto, quando chegou mais perto, viu que a figura parada na estrada era uma fêmea, com um ar cansado, cabelos grisalhos, mal vestida. Isserley passou reto, ignorando o apelo de solidariedade entre mulheres em seus olhos. Um único instante foi o suficiente para comunicar insulto e desânimo, e então a figura tornou-se um pontinho no espelho retrovisor.

Isserley estava a mil agora, feliz por ter desviado a mente para outra coisa que não Amlis Vess. Por acaso, havia outro carona parado apenas três quilômetros mais adiante. Este era um macho, e bem promissor à primeira vista, mas infelizmente posicionado num local em que só o motorista mais ousado pensaria em parar. Isserley piscou os faróis, para sinalizar que teria parado se ele não tivesse escolhido um lugar tão perigoso. Ela duvidava que um piscar de faróis pudesse comunicar isto; era mais provável que ele achasse que ela estava sinalizando má vontade ou zombando dele.

Nem tudo estava perdido, no entanto — talvez ela o visse de novo mais tarde, no caminho de volta, e ele tivesse ido para um lugar mais seguro. Ao longo dos anos, Isserley aprendera que a vida freqüentemente oferecia uma segunda chance: ela até já havia apanhado caronas que, muitas horas e muitos quilômetros antes, vira entrar em outros carros.

Então, cheia de otimismo, Isserley prosseguiu.

Dirigiu o dia inteiro, indo e voltando, entre Inverness e Dunkeld, muitas e muitas vezes. O sol se pôs. A neve, que tinha parado de cair durante a manhã, voltou. Um dos limpadores de pára-brisa começou a fazer um barulho desagradável. Ela precisou colocar gasolina. E não encontrou nenhum carona adequado.

Por volta das seis horas, ela tinha entendido por que estava com tanto medo de se encontrar com Amlis Vess.

Não tinha nada a ver com o *status* dele na verdade; *ela* era uma peça indispensável para a companhia, *ele* era um espinho, então, provavelmente, ele tinha mais medo da Vess Incorporated do que ela. Não, a razão pela qual ela o temia era mais simples do que essa.

Era porque Amlis Vess vinha de casa.

Quando pusesse os olhos nela, ele a veria como qualquer pessoa normal de casa a veria, e ficaria chocado, e ela teria que vê-lo ficar chocado. E sabia por experiência própria o que isto significava; e faria qualquer coisa para não tornar a passar por isto. Os homens com quem ela trabalhava na fazenda tinham ficado chocados também, no início, mas agora estavam acostumados, mais ou menos; conseguiam continuar seus afazeres sem parar para olhar para ela (embora sempre que havia uma pausa nas atividades ela sentisse os olhos deles sobre ela). Não era de estranhar que preferisse ficar trancada em seu chalé — e Esswis também, ela achava. Era muito penoso ser uma aberração.

Amlis Vess, nunca a tendo visto, iria encolher-se de susto. Estaria esperando ver um ser humano, e veria um animal horrendo. Era aquele momento do... do oposto a um olhar de reconhecimento que ela não conseguia tolerar.

Ela resolveu voltar imediatamente para a fazenda, trancar-se em seu chalé e esperar até que Amlis Vess tivesse chegado e partido.

Na desolação montanhosa de Aviemore, ela iluminou um carona com seus faróis. Uma pequena gárgula acenando no brilho ofuscante dos faróis, registrada quase que como uma pós-imagem na retina; uma pequena gárgula fixada tolamente num lugar onde os carros passavam em máxima velocidade. Como a velocidade máxima de Isserley era cerca de oitenta por hora, ela teve tempo de notá-lo. Ele parecia muito ansioso em conseguir carona.

Passando por ele, Isserley refletiu seriamente se queria um carona naquele momento. Ela aguardou alguma pista do universo.

A neve tinha parado de cair, os limpadores de pára-brisa estavam parados, o motor roncava suavemente, ela corria o risco de cochilar. Isserley diminuiu a velocidade, parou num recuo de ônibus, e deixou o carro descansar, com os faróis baixos. As Montanhas Monadhliath erguiam-se de um lado, as Cairngorms do outro. Ela estava sozinha no meio. Fechou os olhos, enfiou as pontas dos dedos por baixo dos óculos e esfregou as pálpebras grandes e acetinadas. Um enorme caminhão apareceu, inundando de luz o interior do carro de Isserley. Ela esperou até ele desaparecer, depois virou o motor e ligou a seta.

Na segunda abordagem, passando pelo outro lado da estrada, ela notou que o carona era baixo e troncudo, com montes de carne exposta tão queimados de sol que resistiam a serem clareados pela luz dos faróis. Desta vez ela observou que ele estava parado não muito longe de um carro estacionado, ou possivelmente atolado, numa vala fora da estrada. Era um Nissan azul, arranhado e batido, mas nada recente que pudesse indicar um acidente. Tanto o carona quanto o carro pareciam inteiros, embora o primeiro estivesse fazendo gestos exagerados para chamar a atenção para o outro.

Isserley seguiu adiante, relutando em envolver-se em algo que pudesse chamar a atenção da polícia ou de um reboque. Finalmente, no entanto, ela raciocinou que se um motorista em apuros tivesse esperanças de ser encontrado por uma dessas autoridades ele não estaria tentando pegar carona. Então ela fez a volta com o carro.

A aproximação final revelou que o carona era uma criatura estranha, mesmo para os padrões escoceses. Embora não muito mais alto do que Isserley, com uma cabeça pequena cheia de tufos de cabelo e pernas finas, ele tinha braços, ombros e torso impressionantemente fortes, como se tivessem sido transplantados de uma criatura muito maior. Estava usando uma camisa de flanela puída e desbotada, com as mangas enroladas, e parecia insensível ao frio, balançando o polegar no ar gelado com um entusiasmo grotesco, fazendo gestos eloqüentes na direção do seu Nissan decrépito. Isserley pensou se já não o tinha visto antes, depois percebeu que o estava confundindo com certos personagens de desenho animado que via de manhã cedo na televisão. Mas seu tipo não se prestava aos personagens principais; e sim àqueles que eram esmagados por bastões gigantes ou queimados por charutos explosivos.

Ela resolveu parar. Ele tinha mais massa muscular entre o pescoço e o quadril do que muitos vodseis duas vezes maiores do que ele possuíam no corpo inteiro.

Vendo-a diminuir a velocidade e virar o carro em sua direção, ele balançou a cabeça como um idiota e ergueu dois polegares numa expressão de triunfo, como se a estivesse premiando com dois pontos por sua decisão. Acima do barulho das rodas sobre as pedrinhas do acostamento, Isserley julgou ouvir um grito rouco de alegria.

Ela estacionou o mais perto que pôde do carro do desconhecido sem enfiar as rodas na vala, e ligou o pisca-alerta para avisar os motoristas que viessem atrás. Era realmente um local perigoso, e ela estava curiosa em saber se o carona iria reconhecer isto. Já seria uma informação importante a respeito dele.

Ela abriu o vidro do lado do passageiro assim que puxou o freio de mão, e o carona enfiou imediatamente a cabeça dentro do carro. Ele tinha um largo sorriso no rosto, a boca cheia de dentes tortos manchados de marrom dentro de lábios em forma de meia-lua. Seu rosto marrom era peludo, enrugado e marcado de cicatrizes, com um focinho pintado como nariz e dois olhos de chimpanzé espetacularmente injetados de sangue.

— Ela vai arrancar o meu couro — disse ele, soprando álcool para dentro do carro.

— O quê?

— Minha namorada. Ela vai arrancar o meu couro — repetiu, o sorriso transformando-se numa careta. — Eu devia ter chegado na casa dela na hora do lanche. Eu *sempre* tenho que estar lá por essa hora. E isto *nunca* acontece, você pode acreditar? — Ele oscilou um pouco de encontro à janela e seus olhos se fecharam vagarosamente, como se a energia que estava mantendo suas pálpebras abertas tivesse subitamente terminado. Com esforço, ele despertou e disse: — Toda semana é a mesma coisa.

— Que mesma coisa? — perguntou Isserley, tentando não fazer cara feia diante dos vapores de cerveja.

Ele piscou, com esforço.

— Ela é geniosa. — Com os olhos se fechando de novo, ele deu uma risadinha, como um gato de desenho animado na sombra de uma bomba caindo.

Isserley achou-o bonito comparado a outros vodseis, mas seus trejeitos eram muito esquisitos e a fizeram imaginar se ele seria deficiente mental. Será que um imbecil teria licença para dirigir? Por que ele estava pendurado na janela do carro dela, com um sorriso idiota, quando os carros de ambos corriam o risco de ser esmagados por um caminhão? Nervosa, ela olhou pelo espelho retrovisor para confirmar se não havia nenhum veículo se aproximando em alta velocidade.

— O que aconteceu com o seu carro? — perguntou, torcendo para desviar a atenção dele para o que realmente importava.

— Ele se recusa a prosseguir — ele explicou com tristeza, os olhos quase fechados. — Ele se recusa e pronto. Essa é a verdade. Não adianta discutir, não é?

Ele abriu um sorriso feroz, como se quisesse obrigá-la a emitir um ponto de vista diferente.

— Problema de motor? — perguntou Isserley.

— Não. A gasolina acabou — disse ele, meio sem jeito. — Por causa da minha namorada, sabe. Cada minuto conta, com ela. Mas aparentemente eu devia ter posto mais gasolina.

Ele examinou os olhos enormes de Isserley, e ela teve certeza de que não viu nada mais exótico neles do que a censura imaginária de outro motorista.

— O marcador de combustível está uma merda, sabe — explicou, afastando-se do carro de Isserley para mostrar o dele. — Diz vazio quando está quase cheio. Diz cheio quando está quase vazio. Não se pode acreditar em nada do que ele mostra. Tem que confiar na memória, sabe? — Ele abriu a porta do carro dele, como se quisesse oferecer a Isserley uma visita guiada de suas fraquezas. A luz se acendeu na cabine — uma luz fraca e inconstante, confirmando a má reputação do veículo. Latas de cerveja e embalagens de salgadinhos entulhavam os bancos.

— Eu estou acordado desde as cinco da manhã — declarou o nariz de focinho, batendo a porta do carro. — Trabalhei dez dias seguidos. Quatro, cinco horas de sono por noite. Uma maldade. Mas não adianta reclamar, não é?

— Bem... posso dar uma carona para você, talvez? — sugeriu Isserley, sacudindo o braço fino no espaço vazio sobre o assento do passageiro para atrair e manter a atenção dele.

— Eu preciso é de um pouco de gasolina — disse, debruçando-se de novo na janela do carro de Isserley.

— Eu não tenho — disse Isserley —, mas entre no carro. Eu levo você até um posto ou mesmo mais longe. Para onde você está indo?

— Para a casa da minha namorada — disse ele com ironia, arregalando os olhos de novo. — Ela é geniosa. Vai arrancar o meu couro.

— Sim, mas onde fica exatamente?

— Edderton — disse ele.

— Então entre — insistiu. Edderton ficava apenas a oito quilômetros de Tain, a cerca de vinte da fazenda Ablach. O que ela teria a perder? Se tivesse que desistir dele, curaria a decepção voltando imediatamente para a fazenda; se ficasse com ele, melhor ainda. De um modo ou de outro, ela estaria a salvo em seu chalé quando Amlis Vess chegasse, e talvez pudesse dormir enquanto durasse toda a confusão — desde que ninguém fosse bater na sua porta.

Com o carona devidamente preso pelo cinto de segurança, Isserley afastou-se da vala e acelerou pela A9 na direção de casa. Ela lamentou que este trecho da estrada não tivesse iluminação e que ela não pudesse acender a luz da cabine; gostaria que o sujeito tivesse a oportunidade de examiná-la direito. Ela sentiu que ele era estúpido e que provavelmente estava concentrado em resolver seus problemas imediatos; talvez ele precisasse de um incentivo extra para falar sobre si mesmo. Entretanto, a escuridão da estrada deixava-a nervosa demais para dirigir apenas com uma das mãos no volante; ele ia ter que forçar um pouco a vista se quisesse ver seus seios. Na verdade, os olhos dele já pareciam bastante cansados. Ela olhou para a frente, dirigiu com cuidado e deixou-o à vontade.

Ela daria um pontapé na bunda dele, sem dúvida, o carona estava pensando, mas talvez o deixasse dormir um pouco primeiro.

Ha! Sem chance! Ela o faria olhar para uma assadeira cheia de comida ressecada e diria que aquilo não servia mais e mesmo que ele estivesse louco para cair de boca no prato, ela não permitiria, é claro. Era para isto que ele dirigia feito um louco pela A9 todas as semanas. Sua garota. Sua Catriona. Ele poderia erguê-la feito um vaso de plantas e atirá-la pela janela se quisesse, mas era *ela* que fazia gato e sapato dele. O que era aquilo, hein? Hein?

E essa garota que tinha dado carona para ele? Provavelmente *ela* seria legal. Como namorada. Ela o deixaria dormir quando ele estivesse exausto, dava para ver. Não o cutucaria quando ele estivesse quase dormindo para dizer "Você não está dormindo, está?". Tinha olhos bondosos. Umas tetas enormes também. Pena que não tivesse um galão com gasolina guardado em algum lugar. Mas ele não podia reclamar, podia? Reclamar não vale a pena. Encare o futuro com um sorriso, como o velho costumava dizer. Só que o velho nunca conheceu Catriona.

Para onde esta garota iria levá-lo? Será que concordaria em levá-lo de volta até seu carro se ele conseguisse um pouco de gasolina? Ele odiava largar o carro daquele jeito. Um ladrão poderia roubá-lo. Só que o ladrão também iria precisar de gasolina. Mas provavelmente haveria ladrões de carro percorrendo as estradas com grandes galões de gasolina na mala, procurando carros como o dele. As pessoas eram capazes de tantas baixezas! Uns devorando os outros, essa é que é a verdade.

Catriona iria matá-lo se ele chegasse ainda mais atrasado do que já estava. Isso não era assim tão ruim, mas ela não o deixaria dormir, e este era o problema. Se ele conseguisse um pouco de gasolina para o carro, poderia dormir lá dentro e talvez visitar Catriona de manhã. Ou até dormir no carro o fim de semana todo, passar o dia no Little Chefs e dirigir de volta para o trabalho na segunda-feira de manhã. Fantástico, hein? Hein?

Esta garota não iria ligar se ele descansasse a cabeça no encosto por alguns minutos, iria? Ele não era de falar muito mesmo. "Burro como uma porta", Catriona sempre dizia.

Mas isso dependia da porta, hein?

Isserley tossiu, para trazê-lo de volta à consciência. Não era fácil para ela tossir, mas costumava tentar de vez em quando, só para ver se conseguia ser convincente.

— Hein? Hein? — disse ele, com os olhos injetados e o focinho brilhante sobressaindo na escuridão como um animal assustado.

— Em que você trabalha? — disse Isserley. Ela tinha ficado calada por alguns instantes, supondo que o carona estivesse examinando-a cobiçosamente, mas um ronco súbito mostrou que ele estava dormindo.

— No corte da madeira — disse ele. — Madeira. Dezoito anos na profissão, 18 anos atrás de uma serra. Ainda tenho dois braços e duas pernas! Ha! Ha! Ha! Nada mal, hein? Hein?

Ele ergueu dois dedos e sacudiu-os, presumivelmente para mostrar que ainda tinha todos os dez.

— É um bocado de experiência — elogiou Isserley. — Você deve ser conhecido em todas as madeireiras.

— Sou mesmo — disse, balançando enfaticamente a cabeça, fazendo o queixo encostar no peito volumoso. — Eles correm quando me vêem chegando. Ha! Ha! Ha! Você tem que continuar sorrindo, hein? Hein?

— Você quer dizer que não está satisfeito com o seu trabalho?

— Eles dizem que sou bom em gastar o tempo — disse arrastadamente. — Deixo as árvores esperando tempo demais, entende? Atrasado, atrasado, atrasado, sou eu. Atrasa-a-a-do... — A cabeça dele estava caindo, a vogal alongada descrevendo um lento mergulho no sono.

— Isso é muito injusto — observou Isserley em voz bem alta. — O importante é se você faz bem o seu trabalho, não o tempo que leva para fazê-lo.

— Palavras amáveis, palavras amáveis — disse o madeireiro com um sorriso afetado, a cabeça ainda mais caída na direção do colo, o cabelo arrepiado assentando-se sobre o crânio pequeno.

— Então — disse Isserley —, você mora em Edderton?

Mais uma vez ele acordou com um ronco.

— Hein? Edderton? Minha namorada mora lá. Ela vai me tirar o couro.

— E onde *você* mora?

— Durmo no carro durante a semana, ou numa pousada. Trabalho dez dias direto, às vezes 13. Começo às cinco da manhã no verão e às sete no inverno. Ou deveria começar...

Ela estava prestes a acordá-lo quando ele acordou sozinho, virou-se de lado no banco e encostou o rosto no encosto, como se este fosse um travesseiro. Ele tornou a piscar o olho e, com um sorriso cansado e suplicante, resmungou:

— Cinco minutos. Só cinco minutos.

Achando graça, Isserley dirigiu em silêncio enquanto ele dormia.

Ela ficou um tanto surpresa quando, cerca de cinco minutos depois, ele acordou e olhou para ela, meio tonto. Enquanto ela estava pensando em alguma coisa para dizer, ele tornou a relaxar e voltou a encostar o rosto no encosto.

— Mais cinco minutos — implorou ele. — Cinco minutos.

E mais uma vez caiu no sono.

Isserley prosseguiu, desta vez mantendo um olho no relógio digital do painel. Cerca de trezentos segundos mais tarde, o lenhador tornou a acordar.

— Cinco minutos — resmungou ele, virando o rosto para o outro lado.

Isto continuou por vinte minutos. Isserley a princípio não estava com pressa, mas uma placa alertou-a para o fato de que em breve eles estariam passando por um posto de serviço, e ela achou melhor ir direto ao assunto.

— Essa sua namorada — disse ela, quando ele tornou a acordar. — Ela não entende você, certo?

— Ela é geniosa — admitiu ele, como se tivesse sido obrigado a dizer isto pela primeira vez. — Ela vai me arrancar o couro.

— Você já pensou em deixá-la?

Ele abriu um sorriso tão grande que foi como um corte dividindo a sua cabeça ao meio.

— É difícil achar uma boa garota — disse ele, mal movendo os lábios.

— Mas se ela não liga para você... — insistiu Isserley. — Por exemplo, ela ficaria preocupada se você não aparecesse lá esta noite? Ela tentaria encontrá-lo?

Ele suspirou, uma respiração longa e ofegante de extremo cansaço.

— O meu dinheiro serve para ela — disse ele. — E, *além disso*, eu tenho câncer nos pulmões. Em outras palavras, câncer de pulmão. Não sinto nada, mas os médicos disseram que ele está lá. Eu posso não viver muito, entende? Não vale a pena soltar o pássaro que tenho na mão, entende? Hein?

— Mmmm — respondeu Isserley vagamente. — Entendo o que você quer dizer.

Outra placa lembrando os motoristas de que o posto de serviço não estava longe passou num clarão, mas o homem estava cochilando de novo no assento, murmurando:

— Cinco minutos. Só mais cinco minutos.

E mais uma vez ele dormiu, roncando baixinho.

Isserley olhou para ele. Estava esparramado no banco, com a cabeça rolando no encosto, a boca aberta, os olhos fechados. Parecia que já tinha sido picado pelas agulhas de icpathua.

Isserley refletiu sobre ele enquanto dirigia pela noite silenciosa, pesando os pontos a favor e contra.

Nos pontos a favor, havia a embriaguez e o sono excessivo que deviam ser bem familiares àqueles que o conheciam; não ficariam surpresos se ele deixasse de aparecer onde era esperado. O carro seria encontrado, cheio de garrafas vazias de bebidas alcoólicas, num trecho de estrada varrido pelo vento entre duas montanhas; ninguém duvidaria de que o motorista tivesse cambaleado, bêbado, e caído num precipício. A polícia iria procurar o corpo, mas se conformaria desde o início com o fato de que ele talvez nunca fosse encontrado.

Os pontos contra: ele não era um espécime saudável, seus pulmões, como ele mesmo admitiu, estavam tomados pelo câncer. Isserley tentou visualizar isto; imaginou alguém abrindo o seu peito e sendo atingido no rosto por um jato de lama preta e fedorenta composta de alcatrão e catarro. Entretanto, ela desconfiou que isto não passasse de uma fantasia baseada no nojo que sentia ao pensar na possibilidade de inalar fumaça de madeira podre. Isto provavelmente não tinha nenhuma relação com um câncer de verdade.

Ela franziu a testa, tentando lembrar-se dos seus estudos. Sabia que câncer tinha algo a ver com reprodução de células... crescimento desordenado. Isto significava que este vodsel tinha pulmões anormalmente grandes dentro do peito? Ela não queria causar problemas para os homens da fazenda.

Por outro lado, que importância tinha o fato de os pulmões serem grandes demais? Eles com certeza poderiam ser descartados.

Por *outro* lado, ela não se sentia bem em levar para a fazenda um vodsel que sabia que estava doente. Não que tivessem dito a ela que isto era errado, mas... bem, ela tinha seu próprio senso de moral.

O madeireiro estava murmurando enquanto dormia, algo que soava como "moosh'n, moosh'n, moosh'n" como se estivesse tentando acalmar um animal.

Isserley consultou o relógio do painel. Mais de cinco minutos tinham passado; bem mais. Ela respirou fundo, acomodou-se no banco e seguiu em frente.

Mais ou menos uma hora depois, ela já havia passado por Tain e estava se aproximando do retorno na ponte Dornoch. Ficou espantada ao ver que as condições climáticas estavam bem diferentes das que ela havia enfrentado mais cedo na ponte Kessock, parecia até que ela estava em outro planeta. Iluminado por luzes de néon no alto de grandes postes, o retorno emitia um brilho misterioso naquela imobilidade sem vento e sem tráfego. Isserley avançou pela espiral ascendente, olhando para o madeireiro para ver se a luz iria acordá-lo. Ele não se mexeu.

Deslizando suavemente, muito acima do chão, o carro de Isserley descreveu um arco no labirinto surreal de concreto. Esta estrutura era tão monstruosamente feia que poderia ser confundida com algo do interior da Nova Propriedade, não fosse o céu aberto sobre ela. Isserley virou a esquerda para evitar cruzar Dornoch Firth, e iniciou uma descida íngreme na escuridão frondosa. Seus faróis altos iluminaram a lateral do Templo das Testemunhas de Jeová mais abaixo, depois afunilaram-se na floresta Tarlogie.

Surpreendentemente, foi ali que o madeireiro se mexeu em seu sono; embora não tenha reagido às luzes implacáveis do retorno, pareceu sentir, apesar da escuridão, a presença da floresta comprimindo a estrada estreita.

— Moosh'n, moosh'n, moosh'n — murmurou.

Isserley inclinou-se para a frente, contemplando a escuridão quase subterrânea. Ela se sentia bem. O efeito subterrâneo da floresta era uma ilusão, afinal, e portanto não tinha o poder claustrofóbico da Nova Propriedade. Ela sabia que a barreira que impedia a entrada da luz nada mais era do que a copa das árvores, acima da qual ficava uma confortadora eternidade de céu.

Minutos depois, o carro saiu da floresta e entrou nas pastagens dos arredores de Edderton. O lúgubre pátio de vendas de *trailers* deu-lhe as boas-vindas àquela minúscula aldeia. Postes de luz iluminavam o correio desativado e o ponto de ônibus. Não havia sinal de vida.

Isserley ligou a seta, embora não houvesse nenhum veículo à vista, e parou o carro num local onde havia mais iluminação.

Ela cutucou delicadamente o madeireiro com seus dedos fortes.

— Você chegou — disse ela.

Ele acordou com um estremecimento, os olhos esbugalhados como se estivesse correndo perigo imediato de levar uma paulada na cabeça.

— O-o-onde? — disse ele.

— Edderton — disse ela. — Onde você queria chegar.

Ele piscou diversas vezes, lutando para acreditar nela, depois espiou pelo pára-brisa e pela janela do passageiro.

— É mesmo? — disse ele encantado, orientando-se no oásis de aridez familiar do lado de fora. Obviamente, ele era obrigado a reconhecer que nenhum outro lugar teria aquela aparência.

— Puxa, isto é... eu não sei... — murmurou, ofegante, sorrindo de vergonha, ansiedade e satisfação. — Eu devo ter dormido, hein?

— Acho que sim — disse Isserley.

Ele tornou a piscar os olhos, depois endireitou o corpo, contemplando nervosamente a rua deserta.

— Espero que a minha namorada não tenha saído — ele fez uma careta. — E espero que ela não veja você. — Ele olhou para Isserley, franzindo a testa como se achasse que isto poderia ofendê-la. — O que quero dizer — acrescentou, soltando o cinto de segurança — é que ela é geniosa. Ela é... como posso dizer... ciumenta. Sim: ciumenta.

Já do lado de fora do carro, ele hesitou em fechar a porta antes de encontrar as palavras adequadas para dizer a ela.

— E você é — ele respirou fundo — *linda* — e sorriu todo contente.

Isserley devolveu o sorriso, subitamente exausta.

— Até mais — disse ela.

Isserley ficou um longo tempo sentada no carro, com o motor desligado, no halo de luz perto do ponto de ônibus na aldeia de

Edderton. O que quer que ela precisasse para partir estava em falta naquele momento.

Enquanto esperava pelo que quer que fosse, descansou os braços no volante e o queixo nos braços. Ela não tinha muito queixo, e o pouco que tinha era resultado de muito sofrimento e de habilidade cirúrgica. Conseguir descansá-lo nos braços era um pequeno triunfo ou talvez uma humilhação, ela nunca conseguia decidir qual das duas coisas.

Por fim, tirou os óculos. Um risco estúpido, mesmo nesta aldeia sonolenta, mas a sensação das lágrimas juntando-se dentro da armação de plástico e escorrendo pelo seu rosto tornou-se insuportável. Ela chorou e chorou, lamentando-se baixinho em sua própria língua, vigiando cuidadosamente a rua no caso de haver algum vodsel perdido por ali. Nada acontecia, e o tempo se recusava teimosamente a passar.

Ela fitou o espelho retrovisor, ajustando o ângulo da cabeça até enxergar refletidos apenas os seus olhos verde-musgo e a franja do cabelo. Este pedacinho de rosto, fracamente iluminado, era o único que ela conseguia contemplar atualmente sem nojo, o único pedaço que tinha sido conservado sem retoques. Este pedacinho era uma janela para a sua sanidade. Ela tinha ficado sentada assim em seu carro muitas vezes ao longo dos anos, olhando por aquela janela.

Um par de faróis brilhou no horizonte, e Isserley tornou a pôr os óculos. Quando o veículo chegou em Edderton, bastante tempo depois, ela já tinha se acalmado.

O veículo era uma Mercedes cor de ameixa com vidros escuros, e piscou o farol para Isserley ao passar pela aldeia. Era um gesto amigável, não tinha nada a ver com alerta ou com os códigos de trânsito. Apenas um veículo saudando outro vagamente semelhante em forma e cor, sem saber o que havia lá dentro.

Isserley ligou o carro e fez a volta, seguindo o seu amigo desconhecido para fora de Edderton, na direção da floresta.

Durante todo o caminho de volta para Ablach, ela pensou em Amlis Vess e no que ele poderia pensar quando soubesse que ela tinha voltado de mãos vazias. Será que ele suporia que o motivo pelo qual ela estava escondida no chalé era vergonha por ter fracassado? Que fosse. Talvez o seu fracasso, se ele quisesse pensar assim, pudesse deixar claro para ele que o seu trabalho não era fácil. Um diletante mimado como ele provavelmente imaginava que era como colher flores na beira da estrada, ou... ou conchas na praia, se ele tivesse a menor noção do que eram conchas, ou de como era uma praia. Esswis estava certo: foda-se!

Talvez ela devesse ter levado o madeireiro. Como os braços dele eram fortes! — que nacos grossos de carne, maiores do que tudo o que ela já tinha encontrado. Sem dúvida ele serviria para alguma coisa. Ah, mas o câncer... Ela teria que descobrir se câncer fazia alguma diferença, para referência futura. Mas não adiantava perguntar aos homens da fazenda. Eles eram ignorantes; sujeitos típicos da Propriedade.

A fazenda Ablach estava pálida de neve e tão silenciosa como sempre quando ela entrou na sua estrada particular. Havia, na verdade, duas estradas que levavam à fazenda, uma supostamente para máquinas pesadas, mas ambas estavam rachadas e cheias de buracos e ervas daninhas, e Isserley usava uma ou outra dependendo do seu estado de espírito. Esta noite ela entrou na que era supostamente para carros, embora nenhum carro além do dela jamais a percorresse. Já na entrada de Ablach, um monte de placas alertava contra morte, perigo e sanções legais. Isserley sabia que ao passar por estas placas soavam alarmes nos prédios da fazenda, quinhentos metros à frente.

Ela gostava desta estrada, especialmente de um trecho infestado de tojo que ela chamava de Colina do Coelho, onde colônias de coelhos moravam e atravessavam pulando a qualquer hora do dia ou da noite. Isserley sempre passava bem devagar por ali, tomando cuidado para não atropelar estas criaturinhas encantadoras.

Através da camuflagem de árvores no alto da estrada, ela avistou as luzes da casa de Esswis, e recordou a conversa desajeitada que tinham tido de manhã. Embora o conhecesse mal, ela podia muito bem imaginar que suas costas o estariam torturando a esta hora, e sentiu pena, desprezo (ele poderia ter dito não, não poderia?) e uma sensação incômoda de afinidade.

Ela passou pelo estábulo, iluminando sua porta descascada com um clarão laranja e preto. Não havia cavalos lá dentro, só um projeto de estimação de Ensel.

— Vai funcionar, eu sei que vai — ele tinha dito a ela, poucos dias antes de abandoná-lo e de permitir que Esswis o levasse embora. Ela não tinha demonstrado o menor interesse, é claro. Homens como ele matam você de tédio se você deixar.

O galpão principal, quando ela parou junto dele, estava ridiculamente branco, a pintura fresca brilhando ao luar. Assim que ela desligou o motor, a grande porta de metal se abriu e diversos homens saíram apressadamente. Ensel, como sempre o primeiro, espiou para dentro da janela do passageiro.

— Não consegui pegar nada — disse Isserley.

Ensel enfiou o focinho dentro do carro, do mesmo jeito que o madeireiro tinha feito, e cheirou o estofamento que fedia a álcool.

— Estou vendo que não foi por não tentar — ele disse.

— Bem, sim — respondeu Isserley, odiando-se pelo que estava prestes a dizer, mas dizendo assim mesmo. — Amlis Vess vai ter que entender que isto não é assim tão simples.

Ensel notou sua agitação e sorriu. Os dentes dele não eram muito bons e ele sabia disso; em consideração a ela, baixou a cabeça.

— Você pegou um grandão ontem — disse ele. — Um dos melhores que já pegou.

Isserley encarou-o, ansiosa em saber, pelo menos desta vez, se o elogio era sincero. Assim que percebeu a própria ansiedade, ela arrancou este pequeno broto de sentimentalismo pela raiz. Rebotalho da Propriedade, ela pensou, desviando os olhos, com a firme determinação de se trancar no chalé assim que pudesse. Seu dia tinha sido comprido demais.

— Você parece exausta — disse Ensel. Os outros homens já tinham voltado para dentro; ele estava tentando conseguir um momento a sós com ela, como fazia às vezes, sempre na hora mais inoportuna.

— Sim — suspirou ela. — Pode-se dizer que sim.

Ela recordou uma outra ocasião, um ano ou dois atrás, quando ele a havia encurralado deste jeito — ele debruçado sobre o carro, ela tola o bastante para ter desligado o motor. Ele lhe dissera conspiratoriamente, quase ternamente, que tinha um presente para ela. "Obrigada" ela tinha dito, recebendo o misterioso embrulho e atirando-o no assento ao seu lado. Ao desembrulhá-lo mais tarde, encontrou um filé quase transparente de tão fino de voddissin refogado — uma iguaria que Ensel com certeza havia roubado. Enrolado em papel impermeável, ele estava piscando para ela, ainda úmido e quente, irresistível e nojento ao mesmo tempo. Ela o havia comido, chegando até a lamber o molho do papel, mas nunca fez menção a isto para Ensel, e a coisa terminou ali. Mesmo assim ele tentava impressioná-la de outras formas.

— Amlis Vess deve chegar de madrugada — dizia ele, inclinando-se ainda mais para dentro do carro. As mãos dele eram sujas e grossas de crostas de feridas. — Esta noite — acrescentou, para não haver nenhum mal-entendido.

— Eu vou estar dormindo — disse Isserley.

— Ninguém sabe por quanto tempo ele vai ficar aqui. Pode partir no mesmo navio, assim que tiverem embarcado a carga. — Ensel usou uma das mãos para imitar um navio partindo, uma oportunidade preciosa perdida no vazio.

— Bem, acho que tudo será revelado quando chegar a hora — disse Isserley animadamente, desejando não ter desligado o motor.

— Então... quer que eu a informe? — perguntou Ensel.

— Não — disse Isserley, tentando manter um tom de voz normal. — Acho que não. Você pode dizer que Isserley diz olá e adeus, que tal? Agora eu preciso mesmo ir para a cama.

— É claro — disse Ensel, fazendo uma reverência diante da janela do carro.

Filho da mãe, Isserley pensou ao partir. Cansada e vulnerável, ela tinha perdido a concentração e deixado escapar aquele pequeno detalhe sobre ir para a cama. Sem dúvida Ensel iria adorar isso, iria comentar com os outros homens, essa prova excitante da subumanidade dela. Se o tivesse dispensado antes, ele nunca adivinharia; ele e os outros homens continuariam a achar que quando Isserley dormia, naquele chalé reservado, ela o fazia como um ser humano, no chão.

Em vez disso, num momento humilhante, ela lhe dera, sem querer, o presente da terrível verdade, a visão de uma aberração dormindo numa estranha estrutura de ferro e paina coberta de pano, seu corpo envolto em velhos lençóis de linho, igualzinho a um vodsel.

5

ISSERLEY, QUE JUROU que estaria dormindo tranqüilamente quando o navio chegasse, estava deitada na cama, no escuro, atenta à sua chegada.

Ela não tinha mudado de idéia; era a mera ansiedade que a mantinha acordada, ansiedade de que pudesse ser tirada da cama pelos homens ou, o que era pior, por Amlis Vess.

Acima de tudo, tinha medo de não ouvi-los bater na porta, de continuar dormindo. Eles poderiam simplesmente entrar, ir até o quarto dela, e dar uma boa olhada naquela aberração nua, na moça gárgula, roncando sobre o catre. Ensel era um rebotalho da Propriedade, afinal; sua idéia de privacidade não era a mesma que a dela. Ele pareceu não ouvir direito quando ela disse que não queria ser incomodada; podia muito bem ter esquecido. E ele adoraria ver o que os cirurgiões haviam feito nela abaixo da cintura! Bem, ele que se foda.

As horas se passaram. Os olhos de Isserley estavam inchados e coçando com o cisco imaginário da falta de sono. Ela se revirava em câmera lenta no colchão velho e sujo, atenta.

O navio atracou, pouco antes das duas da manhã, quase sem ruído: ela mal conseguiu distingui-lo do som das ondas de Moray Firth. Mas ela soube que ele tinha chegado. Chegava todo mês na mesma hora, e ela conhecia intimamente o seu cheiro, o seu ronco secreto ao atracar, e o suspiro metálico da sua inserção no galpão.

Isserley continuou acordada, esperando as nuvens revelarem a lua, esperando os homens, Amlis Vess, terem a *ousadia*, terem a *coragem*. "Muito bem, vamos ver essa Isserley", ela imaginou Amlis Vess dizendo, e os homens correndo para buscá-la. "Fora daqui" ela gritaria para eles.

Ficou ali deitada por mais uma hora, preparada para o seu "Fora daqui". Um luar nervoso hesitava em seu quarto, desenhando uma sombra fantasmagórica ao redor dos seus parcos pertences, parando antes da cama. Do lado de fora, uma coruja começou sua performance de gemidos e gritos, uma única ave calma e serena soando enganadoramente como se fosse um bando de criaturas muito maiores cheias de terror e agonia.

Embalada por este som, Isserley adormeceu.

Parecia que ela só tinha dormido alguns minutos quando foi acordada abruptamente por alguém batendo com força na porta do chalé.

Apavorada, ela sentou na cama, cobrindo os seios com o lençol amassado, juntando as pernas. As batidas continuaram, ecoando pelas árvores nuas como batidas fantasmas em dezenas de casas fantasmas.

O quarto de Isserley ainda estava escuro e trancado, mas pela janela dava para ver a escuridão do mundo começando a dar lugar a um azul pré-madrugada. Ela consultou o relógio da lareira: eram cinco e meia.

Isserley enrolou o lençol em volta do corpo e correu até a subida da escada, onde havia uma janela. Ela a abriu, enfiou a cabeça para fora e olhou para baixo.

Ainda batendo energicamente na porta estava Esswis, todo vestido com seu traje de fazendeiro completo, com chapéu de feltro e espingarda. Ele tinha uma aparência ridícula e amedrontadora, iluminado pelos faróis do seu Land Rover estacionado ali perto.

— Pare de bater, Esswis! — disse Isserley, numa voz um tanto histérica. — Será que ninguém entende que eu não estou interessada em Amlis Vess!

Esswis se afastou da porta e ergueu a cabeça para olhar para ela.

— Por mim tudo bem — disse ele rispidamente. — Mas é melhor você se vestir e sair. — Ele ajeitou a alça da espingarda, como se estivesse autorizado a atirar nela caso ela se recusasse.

— Eu já avisei — disse ela.

— Esqueça Amlis Vess — Esswis exclamou. — Ele pode esperar. Há quatro vodseis soltos.

O sono tinha deixado Isserley lenta.

— Soltos? — repetiu ela. — Como assim, soltos?

Esswis balançou os braços, irritado, indicando a amplidão da fazenda Ablach e tudo o que estava além dela.

— O que você acha?

Isserley saiu da janela e correu para se vestir. Ela só percebeu todas as implicações daquela notícia quando lutava para calçar os sapatos.

Em menos de um minuto estava do lado de fora, acompanhando Esswis pelo chão coberto de gelo até o carro dele. Ele entrou no lado do motorista; ela sentou no banco do passageiro e fechou a porta. O carro estava frio como uma rocha, o pára-brisa uma mistura de lama e geada. Quente e suada por causa do metabolismo do sono, Isserley abriu o vidro e estendeu um dos braços para fora, contra a lataria gelada do carro, pronta para examinar a escuridão.

— Como eles conseguiram sair? — perguntou enquanto Esswis ligava o carro.

— Nosso distinto visitante *deixou-os* sair — resmungou Esswis enquanto arrancava com o carro, rangendo sobre o gelo e o cascalho.

Para Isserley, pareceu estranho, e mesmo amedrontador, estar no banco do passageiro. Ela passou a mão pelo encosto, mas se o veículo de Esswis tinha cintos de segurança, estes deviam estar bem escondidos. Ela não quis enfiar mais a mão; havia sujeira e graxa por toda parte.

Esswis não tentou desviar quando chegaram no trecho cheio de buracos perto do velho estábulo. A coluna de Isserley foi sacudida repetidamente, como se assaltantes furiosos a estivessem chutando através do assento; ela olhou de viés para Esswis, imaginando como ele conseguia suportar aquele castigo. Obviamente, ele não tinha aprendido a dirigir do mesmo jeito que ela, percorrendo a fazenda a quinze quilômetros por hora. Ele estava inclinado sobre o volante, com uma expressão feroz, e apesar do chão traiçoeiro, do escuro e do pára-brisa embaçado, o velocímetro oscilava entre trinta e quarenta. Galhos e folhas bateram no cotovelo esquerdo de Isserley e ela o puxou para dentro.

— Mas por que ninguém o impediu? — perguntou ela por cima do barulho do motor. Só conseguia pensar em Amlis Vess concedendo a liberdade aos vodseis enquanto os trabalhadores aplaudiam nervosamente.

— Vess fez um *tour* guiado pela fábrica — resmungou Esswis. — Pareceu impressionado. Depois disse que estava cansado, que ia dormir. Quando perceberam, a porta do galpão estava aberta e quatro vodseis tinham sumido.

O carro atravessou o portão principal da fazendo e virou à esquerda na estrada sem diminuir a velocidade. Setas e freios eram um conceito desconhecido para Esswis, ao que parecia, e felizmente as marchas eram automáticas.

— Lado esquerdo da estrada, Esswis — lembrou Isserley, e eles mergulharam na escuridão.

— Limite-se a procurar os vodseis — disse ele.

Obrigada a engolir a reprimenda, Isserley examinou os campos e arbustos, tentando avistar animais carecas e cor-de-rosa.

— De que tipo estamos procurando? — perguntou ela.

— De um mês — respondeu Esswis. — Quase prontos. Seriam embarcados neste navio, com certeza.

— Não — disse Isserley. A idéia de um vodsel com os pêlos raspados, castrado, cevado, com os intestinos modificados, quimicamente purificado aparecendo numa delegacia de polícia ou num hospital era um pesadelo transformado em realidade.

Transtornados pela preocupação, eles percorreram os limites da fazenda, uma área de cerca de cinco quilômetros de perímetro. Não viram nada de estranho. A rodovia e as duas estradas que entravam e saíam de Ablach estavam desertas, pelo menos de qualquer coisa maior que coelhos e gatos do mato. Isso significava ou que os vodseis já tinham escapado ou que ainda estavam em algum lugar na fazenda.

Os esconderijos mais prováveis eram os abrigos de gado, o estábulo e o velho celeiro. Esswis foi de carro a cada um desses lugares, lançando a luz poderosa dos faróis do Land Rover dentro de cavernas imundas e espaços vazios, na esperança de revelar os quatro vodseis. Mas os abrigos de gado estavam vazios, o chão coberto com uma mistura de água de chuva e bosta de vaca. O estábulo também estava do mesmo jeito de sempre. Só continha coisas inanimadas. No fundo, havia um monte de peças dos carros anteriores de Isserley (as portas do Lada, o chassi e as rodas do Nissan). O resto do espaço estava tomado pela experiência malsucedida de Ensel de criar um híbrido de revolvedor de feno Fahr Centipede e empilhadeira Ripovator. Com sua miscelânea de apêndices soldados, tinha uma aparência grotesca quando Esswis o rebocou para fora do galpão; no estábulo iluminado pela luz dos faróis, suas garras enferrujadas e espetos pareciam ainda mais sinistros. Isserley olhou dentro da cabine suja de graxa, salpicada de solda, para certificar-se de que não havia nenhum vodsel lá dentro.

O velho celeiro era um labirinto, cheio de buracos e compartimentos para se esconder, mas o acesso a esses locais era apenas para criaturas que pudessem voar, saltar ou subir escadas. Vodseis de um mês, com sua montanha de carne, não eram tão ágeis. Ou estariam no chão do celeiro ou não estariam lá. Eles não estavam lá.

De volta ao galpão principal, Esswis parou o carro e saltou, levando a espingarda. Ele e Isserley não precisaram combinar o que aconteceria em seguida. Pularam uma cerca e começaram a percorrer o restolhal coberto de gelo que ia dar na Floresta Carboll.

Esswis entregou a Isserley uma lanterna do tamanho de uma garrafa térmica. Ela foi varrendo os campos de luz enquanto eles se aproximavam rapidamente das árvores.

— Uma nevasca teria ajudado — disse ela, ofegante, sem conseguir enxergar nenhuma pegada na vasta área coberta de lama e restos de colheita.

— Procure sangue! — Esswis disse, irritado. — Vermelho — explicou, como se ela precisasse dele para orientá-la.

Isserley foi caminhando aos tropeções ao lado dele, em silêncio, humilhada. Será que ele achava que uma grande trilha vermelha ia brilhar no meio de acres de plantação? Só porque brincava de ser fazendeiro e proprietário de terras não queria dizer que sabia mais do que ela. Homens! Heróis de poltrona todos eles, enquanto as mulheres tinham que fazer o trabalho sujo.

Eles chegaram na floresta e Isserley iluminou a densa concentração de árvores. Aquela busca parecia inútil: um facho estreito de luz gerada por pilhas no meio de um acre de escuridão arborizada.

Entretanto, pouco depois ela avistou algo cor-de-rosa no meio dos galhos escuros.

— Ali — disse ela.

— Onde? — disse Esswis, apertando grotescamente os olhos.

— Confie em mim — disse Isserley, deliciando-se ao perceber que ele enxergava menos do que ela.

Juntos, avançaram no meio da vegetação, com Isserley liderando. Em poucos momentos puderam escutar o barulho de galhos partidos; mais um segundo e puderam enxergar as criaturas. Olhos se encontraram no meio da floresta: quatro grandes e humanos, dois pequenos e bestiais.

— Só um, hein? — Esswis fez uma careta, disfarçando o alívio por trás da exclamação desapontada.

Isserley estava ofegante, com o coração disparado no peito. Ela gostaria que houvesse um disparador de icpathua no chão que ela pudesse acionar, lançando as agulhas. Ela percebeu de repente que não sabia o que Esswis esperava que ela fizesse.

O vodsel tinha parado e estava encolhido, nu e liso como uma lesma. Nuvens de vapor giravam ao redor de sua cabeça enquanto ele resfolegava. Retirado do calor do seu cercado, ele era pateticamente inadequado para aquele ambiente, sangrando através de uma centena de arranhões, azul de frio. Tinha a aparência típica de um espécime de um mês, a cabeça raspada pousada como um botão de planta sobre o corpo desproporcionalmente grande. Seu saco escrotal vazio pendia como uma folha de carvalho sob a bolota escura do pênis. Um fio de diarréia de um preto azulado caiu no chão entre suas pernas. Ele agitou os punhos no ar. Abriu a boca, deixando à mostra seus molares ocos e seu coto de língua.

— Ng-ng-ng-ng! — gritou.

Esswis atirou na testa da criatura. Ela voou para trás e bateu num tronco de árvore. Um cacarejo cacofônico se fez ouvir, fazendo Esswis e Isserley darem um pulo; um par de faisões saindo do esconderijo.

— Bem, *um* já foi abatido — Esswis constatou sem necessidade, adiantando-se.

Isserley ajudou-o a erguer a carcaça do chão. Ela agarrou os tornozelos, e suas mãos ficaram úmidas de sangue e tiras semicongeladas de carne. Amlis Vess não tinha feito nenhum favor a este pobre animal ao soltá-lo.

Enquanto se preparavam para carregar a carcaça, calculando como dobrar as articulações para distribuir melhor o peso, Esswis e Isserley chegaram à mesma conclusão. Uma luminosidade pálida estava aparecendo no horizonte, espalhando-se pelo céu azulado. O tempo estava se esgotando.

Depois de largar o vodsel debaixo de um arbusto para ser recolhido mais tarde, eles correram de volta para onde tinham deixado o Land Rover. Mal esperando que Isserley se acomodasse ao lado dele, Esswis ligou o carro, que engasgou e começou a cheirar a gasolina. Ele arrancou em alta velocidade, pareceu aborrecido com o desempenho do carro, e viu que tinha esquecido de soltar o freio de mão.

Mais uma vez percorreram o perímetro da fazenda Ablach; mais uma vez a estrada pública e as trilhas da fazenda estavam desertas. Já dava para ver a silhueta das montanhas do outro lado de Dornoch, e algo que parecia ser o farol de outro veículo piscando na estrada para Tain. No caminho de volta para a fazenda, a luminescência da névoa que se erguia do mar varou a escuridão.

— E se eles tiverem ido para a praia? — sugeriu Isserley quando o carro parou na frente do galpão.

— Não há para onde ir — respondeu Esswis. — O que eles vão fazer: nadar até a Noruega?

— Eles só iriam saber que o mar estava ali quando chegassem.

— Vamos procurar lá por último. As estradas são mais importantes.

— Se um dos vodseis se afogar, pode ser levado pela correnteza para algum lugar.

— Sim, mas se forem espertos eles vão ficar longe do mar.

Isserley cerrou os punhos, tentando manter a calma. De repente ela prestou atenção, franzindo a testa, tentando ouvir alguma coisa por cima do barulho do motor.

— Desligue o carro por um segundo — disse ela. Esswis obedeceu, com a mão hesitando a princípio ao redor do volante como se não o reconhecesse. Então o carro ficou silencioso.

— Ouça — sussurrou Isserley.

Transportado pelo ar gelado veio o ruído distante mas inconfundível de animais grandes, fugindo em massa.

— O pasto perto de Geanies — disse Esswis.

— A Colina do Coelho — confirmou Isserley na mesma hora.

Eles foram imediatamente para lá, e encontraram dois vodseis tentando pular a cerca para fugir de um grupo de bois bufando e batendo com as patas no chão atrás deles.

Os olhos dos vodseis estavam arregalados de medo, e a cerca de arame farpado só ia até a cintura deles, mas suas pernas geladas e machucadas, suportando o peso dos músculos e da gordura adquirida em um mês de regime nos cercados, recusavam-se a saltar do chão gelado, e eles pareciam estar executando movimentos de ginástica no arame ou então exercícios de aquecimento.

Quando viram o Land Rover parar, eles ficaram paralisados. Mas ao verem o rosto desconhecido de Esswis para fora da janela, ficaram muito excitados e começaram a acenar e gritar. O gado, assustado com os faróis, começou a debandar.

Isserley saiu do carro primeiro, e os vodseis silenciaram de repente. Um deles começou a fugir pelo pasto, o outro pegou um punhado de terra e atirou em cima de Isserley. Entretanto, havia tanta carne e tanto músculo nos braços e no peito do vodsel que ele não conseguiu movimentar direito o braço, e o punhado de terra caiu com um impotente *ploff*.

Esswis mirou e atirou primeiro num vodsel e depois no outro. Evidentemente, o que faltava a ele em habilidade para dirigir sobrava em pontaria.

Isserley entrou no pasto e encontrou as carcaças. Ela arrastou a mais próxima até a cerca e ergueu suas pernas sobre o arame farpado para que Esswis pudesse segurá-las. A criatura que havia atirado o punhado de terra tinha o peito e os braços cobertos de tatuagens; quando ergueu seu corpo sobre o arame farpado para Esswis segurar, ela se lembrou de algo a respeito daquelas tatuagens — elas tinham sido feitas em Seattle, por um "verdadeiro gênio", o vodsel havia dito a ela. Isserley tinha ficado impressionada com a palavra "Seattle". Uma linda palavra, ela tinha pensado na hora, e tornou a pensar agora.

Apesar dos esforços de ambos, as costas do vodsel rasparam no arame farpado e eles gemeram com o esforço que fizeram para causar o menor estrago possível. O sangue não parava de jorrar da cabeça estourada, cuja mandíbula pendia como uma dobradiça ensangüentada.

— Eles vão limpar tudo — murmurou Esswis, de maneira otimista.

O outro vodsel era mais leve, e Isserley quase se machucou tentando erguer seu torso por cima da cerca sem tocar no arame.

— Não seja tola — disse Esswis. — Você não vai conseguir. — Mas ele também se esforçou, para não ficar atrás de uma mulher.

Só quando os dois vodseis estavam seguros na traseira do Land Rover que Isserley e Esswis olharam um para o outro e começaram a rir. Recapturar aqueles animais foi muito mais complicado do que eles tinham imaginado. Uma sopa grossa de bosta de vaca pingava de suas roupas e braços, misturada com sangue e terra. Até o rosto deles estava coberto daquilo, como uma camuflagem militar.

— Três já foram abatidos — disse Esswis, abrindo a porta do carro para Isserley com um certo respeito.

Fizeram outro circuito da fazenda, e não encontraram nada nas estradas. Tudo parecia completamente diferente, porque na direção da praia, oculto pelos rochedos, o sol se erguia do mar. A escuridão estava indo embora, revelando um céu que prometia ser claro e benevolente, como que para convidar os motoristas a pegar as estradas o mais cedo possível. As ovelhas e o gado, que haviam vagado invisíveis a noite inteira, estavam aparecendo aos poucos; alguns animais podiam ser vistos a mais de um quilômetro de distância.

O último vodsel podia ser um daqueles animais, se conseguisse chegar no lugar certo na hora certa.

Voltando pela estrada de Ablach, Esswis olhou para o outro lado do pasto e notou um barco de pesca no estuário, deslizando perto da costa. Ele cerrou os punhos de frustração; Isserley adivinhou que ele estava imaginando o mesmo que ela tinha imaginado antes: uma criatura de duas pernas, nua, parada na praia, acenando freneticamente.

— Talvez devêssemos levar você para o passeio na praia agora — disse Esswis sem graça, tentando fazer pouco da sua concessão. E é claro que esta reviravolta era menos inocente do que parecia: se não achassem nada no estuário, ele poderia agir como se tivesse simplesmente feito a vontade dela e desperdiçado um tempo valioso.

— Não — disse Isserley. — Eu estou com um pressentimento. Vamos dar mais uma volta pelo perímetro da fazenda.

— A escolha é sua — disse ele. A culpa já era dela, então, caso o jornal noticiasse MONSTRO ENCONTRADO POR PESCADORES.

Eles foram em silêncio para a Colina do Coelho. Os pneus do carro passando de um lado para o outro sobre o concreto tinham espalhado o sangue, diluindo-o com terra, concentrando-o nas fendas. Ia ser preciso fazer uma boa limpeza depois.

Se houvesse um depois.

Na estrada pública entre as duas trilhas de Ablach, Isserley inclinou-se para a frente no assento, as costas arrepiadas de suor e de expectativa.

— Ali! — Ela gritou, quando chegaram no topo da colina e começaram a descer na direção do entroncamento.

Na verdade, não era preciso nenhum dom especial de observação. O entroncamento era um cruzamento de estradas, e bem no meio estava o vodsel. Seu corpo carnudo brilhava sob o sol nascente, como uma atração turística de fibra de vidro, e, ao ouvir o veículo aproximando-se por trás, ele se virou e ergueu um braço, apontando na direção de Tain.

Isserley empinou-se no assento, ansiosa, mas, inacreditavelmente, quando Esswis alcançou o entroncamento, ele não parou. Seguiu em frente, acompanhando os limites da fazenda, na direção da aldeia de Portmahomack.

— O que você está *fazendo*? — gritou Isserley.

Esswis encolheu-se, como se ela o estivesse atacando ou tentando arrancar suas mãos do volante.

— Havia um par de faróis vindo da direção de Tain — disse ele.

Isserley tentou enxergar, mas o entroncamento já tinha passado e a estrada de Tain estava oculta pelas árvores.

— *Eu* não vi nenhum farol — protestou ela.

— Estava lá.

— Pelo amor de Deus — a que distância?

— Perto! Perto! — gritou Esswis, batendo com a mão no volante, fazendo o carro balançar.

— Bem, não siga em frente — disse Isserley, furiosa. — Volte e dê uma olhada!

Esswis parou o carro ao lado da fazenda Petley e fez a volta, com meia dúzia de manobras ou mais. Isserley ficou sentada, impotente e furiosa, sem acreditar no que estava acontecendo.

— Depressa! — gemeu ela, sacudindo os punhos encolhidos debaixo do queixo.

Mas Esswis parecia ter ficado cauteloso de repente, e dirigiu devagar e cuidadosamente de volta ao entroncamento, parando pouco antes dele, atrás das árvores. Através da folhagem, eles podiam ver o vodsel claramente, parado no asfalto. Não havia nenhum outro veículo visível.

— Havia um carro vindo — insistiu Esswis, com um ar pedante. — Perto da fazenda Easter.

— Talvez tenha virado na fazenda Easter — sugeriu Isserley, tentando não gritar. — Ela *é* habitada, sabia?

— Ainda assim, é perigoso.

— Pelo amor de Deus, Esswis — berrou Isserley. — Qual é o problema? Ele está bem ali! Vamos!

— Como vamos obrigá-lo a entrar no carro?

— Simplesmente atire nele.

— Já é dia claro, isto aqui é um entroncamento. Pode aparecer um carro a qualquer momento.

— Então atire nele antes que apareça um carro.

— Alguém pode nos ver atirando nele ou enfiando-o no carro, e aí estaremos acabados. Até uma mancha de sangue no chão pode acabar conosco.

— Se alguém o apanhar, também estaremos acabados.

Ficaram vários segundos naquele impasse grotesco, enquanto o sol batia neles através do pára-brisa imundo e um fedor insuportável de merda começava a emanar de seus corpos. Então Esswis acelerou, arrancou com um solavanco e seguiu para o entroncamento.

O vodsel avançou alguns passos para comemorar a chegada deles. Ergueu um dos braços e tornou a apontar na direção de Tain, esforçando-se para fazer surgir um polegar azulado na sua pata inchada. De perto, eles puderam ver que ele estava quase morto de frio, oscilando sobre os pés flácidos num transe vegetativo de determinação.

Mesmo assim, a visão do veículo parando trouxe um brilho de percepção de volta aos olhos dele. Sua boca tremeu, dura demais de frio e excesso de comida para sorrir, mas a idéia estava lá.

Esswis estendeu a mão para pegar a espingarda que tinha escorregado do banco de trás para o chão. O vodsel cambaleou na direção do carro.

— Esquece a espingarda — disse Isserley, se virando e abrindo a porta traseira.

O vodsel inclinou a cabeça, arrastou o corpo para dentro do carro e desmaiou de exaustão no banco. Isserley, reclamando do esforço, fechou a porta com um dedo.

— Quatro — disse ela.

*

De volta ao galpão, Esswis mal teve tempo de dizer seu nome no interfone e a porta de alumínio foi aberta. Quatro homens projetaram-se pela abertura, seus focinhos tremendo de ansiedade, suas patas batendo no concreto.

— Vocês os pegaram? Vocês os pegaram? — gritaram.

— Sim, sim — grunhiu Esswis, exausto, e indicou o Land Rover.

Os homens amontoaram-se do lado de fora, exalando um rolo de vapor como se fossem uma locomotiva, e foram ajudar a descarregar o carro. Esswis e Isserley não entraram; ficaram parados na porta, como que para bloquear a visão de algum possível invasor. Afinal de contas, havia uma embarcação de carga estrangeira guardada dentro do prédio. Não era o tipo de coisa que pudesse ser confundida com um trator.

Isserley observou os homens abrindo uma das portas laterais do Land Rover, e viu as pernas inchadas e ensangüentadas do último vodsel pularem para fora como um par de salmões gigantes. Ela desviou os olhos. As paredes brancas do galpão brilhavam ao sol, fazendo com que a luz amarela de tungstênio do seu interior parecesse fraca e doentia.

De repente, Esswis curvou-se ligeiramente, como se algo tivesse se soltado dentro dos seus ombros, e apoiou-se na parede do galpão, sua mão peluda tremendo debaixo da placa com o sinal da caveira.

— Eu vou para casa — suspirou.

Isserley não soube dizer, pela curvatura das costas dele, o alcance desta declaração. Mas evidentemente Esswis estava se referindo à casa da fazenda, e foi cambaleando na direção dela.

— E o seu carro? — gritou Isserley para ele?

— Venho buscá-lo depois — grunhiu ele sem se virar.

— Se você quiser, posso levá-lo até sua casa — ofereceu ela.

Ainda andando, sem se virar, ele ergueu um braço e deixou-o cair cansadamente. Isserley não soube dizer se era um gesto de agradecimento ou de recusa.

Uma exclamação de surpresa em sua língua nativa veio de perto do Land Rover: os homens tinham encontrado os espécimes abatidos amontoados na mala. Isserley não estava interessada nos escrúpulos deles; ela e Esswis tinham feito tudo para recuperar os animais inteiros — o que eles esperavam?

Para se poupar das reclamações dos homens, e para não ter que se oferecer para ajudá-los a carregar as carcaças para dentro, ela entrou no galpão para procurar a verdadeira causa de toda a confusão: Amlis Vess.

O piso térreo do galpão não tinha nada que fosse móvel, exceto o enorme retângulo preto da embarcação de carga parada bem debaixo do alçapão do telhado. Até mesmo os produtos agrícolas que geralmente ficavam espalhados por ali para o caso de alguma inspeção do governo tinham sido removidos para facilitar o carregamento. Neste período do mês — quando tudo corria bem —, os homens já estavam ocupados enchendo a embarcação de mercadorias, mas o olfato de Isserley dizia que nada tinha sido feito hoje.

Num canto do galpão estava um enorme tambor de aço, com mais de dois metros de altura e pelo menos um metro e meio de diâmetro, com a imagem desbotada e enferrujada, em alto-relevo, de uma vaca e de uma ovelha. Uma torneira de latão saía de um lado dele; Isserley girou a torneira e o tambor abriu-se para ela, um sulco escondido que se abria suavemente como uma pálpebra vertical.

Ela entrou, o tambor de metal se fechou, e ela desceu para o subsolo.

O elevador abriu a porta automaticamente quando chegou um nível abaixo, onde ficavam a cozinha e a sala de recreação dos trabalhadores. Com o teto baixo e iluminado como um posto de gasolina de estrada, aquele andar era uma aberração utilitária que sempre, sempre, cheirava a batatas fritas, homens que não tomavam banho e pasta de mussanta.

Não havia ninguém lá, então Isserley desceu mais. Ela esperava que Amlis Vess não estivesse escondido nos níveis mais profundos, onde se davam a matança e o processamento; ela nunca tinha estado lá e não queria ir agora. Aquele não era o lugar apropriado para uma pessoa claustrofóbica.

O elevador tornou a parar, desta vez no alojamento dos homens — o lugar mais provável (pensando bem) para Amlis Vess estar. Isserley só tinha ido lá uma única vez, assim que chegou na fazenda Ablach. Ela nunca tinha encontrado uma razão para tornar a visitar aquele formigueiro azedo de machos pegajosos: ele a fazia lembrar da Propriedade. Mas agora tinha um motivo. Quando a porta de metal se abriu, Isserley preparou-se para um embate violento.

A primeira coisa que viu foi Amlis Vess em pessoa, parado bem perto do elevador. Ela não imaginou que ele estivesse tão perto; foi como se ele estivesse prestes a entrar lá dentro junto com ela. Mas ela ficou totalmente imóvel. De fato, *tudo* parecia totalmente imóvel: o tempo parecia ter parado, sem nenhuma hesitação, para Isserley reconhecer Amlis, com a boca aberta para cuspir insultos. Sua boca permaneceu aberta.

Ele era o homem mais lindo que ela já tinha visto.

Perturbadoramente familiar como são as pessoas famosas, também era totalmente desconhecido, como se ela nunca o tivesse visto antes; as imagens que tinha visto na mídia não davam nenhuma idéia do seu charme.

Como todos da raça de Isserley (exceto ela mesma e Esswis, é claro) ele estava nu, de quatro, seus membros eram exatamente do mesmo tamanho, todos igualmente ágeis. Tinha também um rabo preênsil que, no caso de precisar ficar com os membros dianteiros livres, ele podia usar como outro membro para se equilibrar, como um tripé. Seu peito alongava-se sem emendas num longo pescoço, sobre o qual estava pousada a sua cabeça, como um troféu, com três pontos principais: duas longas orelhas em forma de lança e um focinho vulpino. Seus olhos grandes eram perfeitamente redondos, localizados na frente do rosto, que era coberto por um pêlo macio, como o resto do corpo.

Em tudo isso, ele era um ser humano normal, modelo-padrão, em nada diferente do operário parado atrás dele, observando-o nervosamente.

Mas ele *era* diferente.

Em primeiro lugar, era quase anormalmente alto. A cabeça ficava na altura do peito dela; se fosse submetido a uma cirurgia para ficar vertical, ficaria muito mais alto do que ela. Riqueza e privilégio provavelmente evitaram que ele tivesse o crescimento atrofiado dos machos da Propriedade como aquele que o estava vigiando agora; ele parecia um gigante, mas esbelto, sem ser pesado ou grosseiro. Seu colorido era extraordinariamente variado (havia boatos de que não fosse natural): marrom escuro nas costas, ombros e flancos, preto no rosto e nas pernas, branco no peito. O pêlo era incrivelmente lustroso, também, especialmente no peito, onde era mais denso, quase separado. Sua musculatura era discreta, forte o suficiente para carregar um corpo grande; as escápulas eram salientes sob a camada sedosa de pêlos. Mas o rosto era o mais notável: entre todos os machos com os quais Isserley trabalhava, não havia um só que não tivesse cabelo ressecado, peladas, descolorações e feias cicatrizes no rosto. Amlis Vess tinha uma camada suave de pêlos negros que ia da ponta das orelhas até a curva do pescoço, como que amorosamente feita em camurça preta por um artesão sonhador. Pousados no fundo desta negrura perfeita, seus olhos fulvos brilhavam como âmbar iluminado. Ele respirou, preparando-se para falar.

De repente, a porta de metal fechou-se entre eles, como cortinas de um palco. Só então Isserley percebeu que muitos segundos tinham passado, e que ela não tinha saído do elevador. A porta fechou e Amlis desapareceu; o chão moveu-se suavemente sob ela.

O elevador estava descendo, em direção à Sala de Processamento e aos cercados dos vodseis — exatamente onde Isserley não queria ir. Irritada, ela bateu no botão de subir com a palma da mão.

O elevador parou, e suas portas sacudiram, como se fossem abrir, mas só abriram um ou dois centímetros e em seguida a cabine subiu na direção da superfície. Só tinha entrado um cheiro desagradável de bicho, mais nada.

De volta ao nível dos homens, a porta do elevador tornou a abrir.

Amlis Vess tinha se afastado um pouco da porta, estava mais perto do operário que o estava vigiando. Ele ainda era lindo, mas os poucos momentos de separação tinham permitido que Isserley recuperasse a sua raiva. Bonito ou não, Vess era responsável por um ato juvenil de sabotagem que a havia feito passar o diabo. A aparência dele a tinha surpreendido, só isso: não significava nada. Ela havia esperado que ele não tivesse nenhuma presença, exceto como autor de um ato tolo e malvado; ele não era tão apagado assim, e ela teve que se ajustar.

— Ah bom; eu achei que você tinha se decidido contra nós — disse Amlis Vess disse. A voz dele era quente e musical, e incrivelmente, incrivelmente elegante. Isserley aproveitou o *frisson* de ressentimento que isto causou nela e agarrou-se a ele com unhas e dentes.

— Poupe-me de comentários espirituosos, Sr. Vess — disse ela, saindo do elevador. — Eu estou *muito* cansada.

Deliberada e acintosamente, ela dirigiu sua atenção para o outro homem, que identificou tardiamente como sendo Yns, o engenheiro.

— O que você acha, Yns? — disse ela, satisfeita por haver lembrado o nome dele a tempo de usá-lo. — É seguro levar o Sr. Vess de volta para o térreo?

Yns, um velho lobo-do-mar marrom de feiúra heróica, mostrou os dentes manchados meio sem jeito e olhou rapidamente para Amlis. Evidentemente, os dois homens tinham tido ampla oportunidade de conversar durante a aventura dos vodseis lá fora, e tinham conseguido avaliar o absurdo de seu relacionamento guarda-prisioneiro.

— Hum... sim — disse Yns com um trejeito. — Não há mais nada para ele ver, há?

— Acho que o Sr. Vess deveria subir até o térreo — disse Isserley — e dar uma olhada no que os homens estão trazendo.

Sem tirar os olhos de Amlis Vess, ela virou um braço para trás e apertou o botão para chamar o elevador. Ao fazer isto, fez uma careta de dor, e percebeu que ele tinha visto sua expressão — o desgraçado. Eram tão raras as oportunidades que ela tinha de explorar sua capacidade múltipla de articulação, ela sempre tomava tanto cuidado para se mover com os movimentos grosseiros, de dobradiça, dos vodseis, que estava ficando dura. Ele adoraria saber o que o corpo dela podia ou não fazer!

O elevador chegou, e Amlis Vess entrou obedientemente. Seus ossos e músculos moveram-se delicadamente sob o pêlo macio, sem arrogância, como um dançarino. Ele era provavelmente bissexual, como todas as pessoas ricas e famosas.

Percebendo que a cabine não dava para três, Amlis Vess olhou para Isserley, mas ela deixou claro que ele e Yns deviam ir primeiro, e ela iria depois. Ela tentou demonstrar, com o olhar, uma repugnância velada, como se Amlis Vess fosse algum animal enorme prestes a sujá-la, quando ela estava cansada demais para limpar-se.

Assim que o elevador subiu, ela ficou enjoada, como se a terra tivesse se fechado sobre ela e ela estivesse inalando um bafo azedo. Mas ela já esperava sentir-se mal e disse a si mesma para aguentar firme. Ir ao subsolo era sempre um pesadelo para ela, especialmente um lugar destes. Precisava ser um organismo inferior para não enlouquecer.

— Anda logo — murmurou ela, louca para sair dali.

Quando finalmente estavam todos juntos no galpão — Isserley, Amlis Vess, e cinco dos trabalhadores da fazenda — uma cena solene e estranha surgiu diante deles. Os vodseis tinham sido carregados para dentro do galpão; primeiro o que sobrevivera, depois as três carcaças sujas de sangue. Na verdade, nenhum estava mais vivo; Ensel, por precaução, tinha aplicado uma dose extra de icpathua no que sobrevivera e, infelizmente, isto parecia ter parado o coração sobrecarregado da criatura.

Os corpos estavam estendidos em fila sobre o chão de concreto no meio do galpão. As pernas do mais inteiro ainda estavam vazando um líquido grumoso; as cabeças dos que haviam sido abatidos não estavam mais sangrando. Pálidos e brilhantes por causa do gelo, os quatro pareciam enormes estátuas de cera, semi-derretidas.

Isserley olhou para eles, para Amlis Vess, e depois tornou a olhar para os corpos, como se traçasse uma linha direta para a atenção dele.

— Bem? — disse ela, desafiadoramente. — Orgulhoso de si mesmo?

Amlis Vess olhou para ela, com os dentes arreganhados de pena e nojo.

— Sabe, é muito estranho — disse ele. — Eu não me lembro de ter atirado na cabeça desses pobres animais.

— Foi como se tivesse atirado — respondeu Isserley, humilhada ao escutar o riso inconveniente de Yns atrás dela.

— Se você diz — respondeu Amlis Vess, num tom que ela mesma poderia ter usado para agradar a um carona completamente tolo.

Isserley ficou furiosa. Aquele filho da mãe elitista! Estava se comportando como se não precisasse justificar seus atos. Típico garoto rico, típico magnatazinho mimado. Suas ações nunca precisavam ser justificadas, certo?

— Por que você fez isso? — perguntou ela de repente.

— Eu não acredito em matança de animais — respondeu ele sem erguer a voz. — Só isso.

Isserley olhou para ele, pasma; depois, tomada de fúria, chamou a atenção dele para os dedos dos pés dos vodseis mortos, uma fileira de quarenta dedos inchados expostos no concreto diante deles.

— Está vendo estas partes aqui? — disse, com raiva, apontando para os mais afetados. — Está vendo como os dedos estão cinzentos e machucados? Estão congelados. Isto foi causado pelo frio. Estas partes estão *mortas*, Sr. Vess. Esta criatura certamente teria morrido, *simplesmente* por estar ao relento.

Amlis Vess agitou-se, mostrando seu desconforto, seu primeiro sinal de fraqueza.

— Acho difícil de acreditar — disse ele. — É o mundo deles lá fora, afinal de contas.

— Lá *fora*? — berrou Isserley. — Você está brincando? Será que *isto* — ela cutucou os dedos ulcerados pelo frio, perfurando sem querer um deles — o faz achar que eles andaram correndo pelo seu ambiente natural? Que eles estiveram se *divertindo* um pouco?

Amlis Vess abriu a boca para falar, depois aparentemente arrependeu-se. E deu um suspiro. E quando fez isso, o pêlo branco de seu peito expandiu-se.

— Acho que deixei você zangada — disse ele, com ar grave. — Muito zangada. E o mais estranho é que não acho que tenha sido pelo fato de ter prejudicado esses animais. Quero dizer, você estava prestes a matá-los, não estava?

Com uma crueldade inconsciente, todos os homens olharam para Isserley esperando uma resposta. Isserley ficou calada, com os punhos cerrados. De repente, ela percebeu por que nunca deveria cerrar os punhos: a dor inenarrável em cada mão onde o seu sexto dedo havia sido removido. E isto, por sua vez, a fez lembrar de todas as outras diferenças que tinha em relação aos homens que formavam um semicírculo diante dela, do outro lado dos cadáveres. Ela se inclinou instintivamente, como se fosse ficar de quatro, depois cruzou os braços na frente dos seios.

— Eu sugiro que vocês mantenham o Sr. Vess longe de encrencas até ele ser embarcado de volta para o lugar de onde veio — disse ela, friamente, sem se dirigir a ninguém em particular. Em seguida, caminhando devagar e com dignidade, saiu do galpão.

Os outros ficaram em silêncio por alguns instantes.

— Ela gosta de você — disse Yns finalmente para Amlis Vess. — Eu sei.

6

UMA HORA E SESSENTA QUILÔMETROS depois, na A9 varrida pelo vento, uma Isserley meio sonolenta enxergou uma enorme placa de sinalização que dizia O CANSAÇO PODE MATAR: FAÇA UMA PARADA. Era uma placa confessadamente "experimental", que pedia a opinião dos motoristas através do número de telefone fornecido na parte de baixo.

Isserley já passara sob essa placa um sem-número de vezes a caminho de Inverness, sempre se perguntando se algum dia ela exibiria uma informação relevante sobre o trânsito: acidente ou engarrafamento à frente, ou talvez más condições de tempo na ponte Kessock. Nunca vira uma mensagem desse tipo. Apenas conselhos genéricos a respeito de velocidade, urbanidade e cansaço.

Mas hoje ela sorriu um pouco arrependida para aquele aviso. Era verdade: ela *estava* exausta, e convinha mesmo fazer uma parada. De certa forma era curioso que alguém precisasse ser lembrado disso por uma máquina sem alma — mas assim ficava mais fácil obedecer. Ela nunca fora uma boa ouvinte dos conselhos que partiam de amigos humanos.

Encostou o carro e desligou o motor. Um sol forte a encarava bem nos olhos e ela chegou a pensar em escurecer as janelas, mas achou melhor não, caso pegasse no sono e fosse acordada pela polícia batendo com força nos vidros escuros do carro. Isso nunca acontecera antes, mas se acontecesse seria seu fim. Havia poucas coisas que a polícia poderia querer ver e que ela não tinha condições de mostrar — entre as quais um par de olhos de tamanho vodsel por trás das grossas lentes dos seus óculos.

Os olhos de Isserley estavam inchados, irritados pela falta de sono e pelo esforço de olhar através de duas camadas de vidro. Ela piscou, piscou, cada vez mais demoradamente, até que suas pálpebras se fecharam. Descansaria por alguns momentos e depois dirigiria de volta ao norte para um sono mais sossegado. Não na fazenda, em algum outro lugar. Era bem capaz de a fazenda estar novamente em grande alvoroço, com o idiota do Amlis Vess à solta.

Ela conhecia um lugar fora da estrada principal, na B9166 para Balintore, onde às vezes se esticava nas ruínas de uma igrejinha medieval para dar uma cochilada. Ninguém jamais ia lá, apesar de ser uma atração turística oficial; as placas indicativas eram muito raras e esparsas para guiar os motoristas até ela. Era o lugar ideal para Isserley sempre que ela praticamente ficava sem dormir, obrigada a caçar vodseis perdidos durante horas até amanhecer.

Já se imaginando em Fearn Abbey, Isserley pegou no sono, com a cabeça e um dos braços aninhados dentro do volante almofadado.

Primeiro sonhou com as ruínas sem teto da igreja, como se

estivesse dormindo em seu interior, sob um oceano de céu azul e sem nuvens. Mas logo em seguida, como quase sempre sucedia, ela mergulhou num nível mais profundo de sonho, como se, após atravessar uma crosta traiçoeira de terra movediça, houvesse chegado ao inferno subterrâneo da Propriedade.

— Isto é um mal-entendido — disse para o encarregado que a conduzia cada vez mais para o interior dos labirintos de bauxita compacta. — Eu tenho amigos poderosos em cargos importantes. Eles ficarão muito chocados quando souberem que fui mandada para cá. Provavelmente neste exato momento já estejam trabalhando para me reclassificar.

— Certo, certo — murmurou o encarregado, empurrando-a ainda mais para baixo. — Agora vou mostrar qual será o seu trabalho.

Eles haviam chegado ao centro sombrio da fábrica, uma espécie de platô à beira de uma cratera de concreto gigantesca coberta por uma substância pastosa e luzidia de matéria em decomposição. Raízes e tubérculos enormes boiavam preguiçosamente no líquido luminoso, folhas enormes giravam sobre a superfície prateada como arraias gigantes encalhadas, e jatos de um gás azulado eram lançados pelas quebras repentinas de tensão da superfície. Ao redor e acima dessa grande cavidade em ebulição pairava um ar sufocante, com um vapor verde e partículas de esfagno.

Aproximando-se, apesar da repugnância, Isserley pôde observar centenas de mangueiras, grossas, de tipo industrial, dispostas em torno da cratera e que desapareciam dentro daquele muco nojento a intervalos de alguns metros uma da outra. Uma das mangueiras estava sendo enrolada mecanicamente, e o brilho que se podia notar ao longo de toda ela era o bastante para demonstrar o quanto a cratera era profunda. Após algum tempo, conectada ao final da mangueira por uma espécie de umbigo artificial, emergiu uma roupa de mergulhador inflada envolta naquele muco negro. Ainda segurando com as luvas uma ferramenta parecida com uma pá, a roupa de mergulhador escalou desajeitadamente a plataforma de concreto e lutou para ficar de joelhos.

— Isso aí — explicou o encarregado — é onde se produz o oxigênio para os que estão lá embaixo.

Isserley acordou aos gritos.

Achou-se sentada no interior de um veículo estacionado à beira de uma estrada que ia até o infinito, numa terra estranha e distante de tudo. Do lado de fora, o céu era azul, transparente e sem fim. Milhões, bilhões, quem sabe trilhões de árvores produziam oxigênio sem a intervenção humana. Um sol recém-nascido brilhava, e ela só tinha adormecido havia poucos minutos.

Isserley se espreguiçou, fazendo com os braços finos um movimento de rotação de 360 graus que lhe arrancou um gemido de desconforto. Ainda se sentia exausta, mas aquele sonho lhe tirara toda a vontade de dormir, e ela achou que não corria mais nenhum risco imediato de cochilar ao volante. Podia começar a trabalhar, e ao pôr-do-sol veria como estava se sentindo. Obviamente, a pressão em que ela se encontrava até ontem para entregar a mercadoria ao filho do patrão, o visitante ilustre, desaparecera agora. Levar um vodsel para Amlis Vess seguramente não era o caminho para chegar ao coração, ou a qualquer outra parte do corpo dele que ela pretendesse impressionar. Entretanto, ela tinha suas próprias expectativas na vida, além de ser hóspede de pessoas inconseqüentes.

Sempre na direção sul, pouco depois de Inverness, ela viu um belo carona exibindo um cartaz em que se lia GLASGOW.

Como sempre, ela passou por ele, pela força do hábito, pois não havia dúvida de que o pegaria na segunda abordagem: o sujeito era forte e jovem. Seria um crime deixar um espécime daqueles ali, mofando.

Apesar da bagagem, ele correu rápido ao encontro dela quando o carro parou; era sempre um bom sinal, porque os vodseis bêbados ou trôpegos costumavam vir cambaleando.

— Até Pitlochry está bom pra você? — ofereceu ela, constatando pela expressão franca e sorridente que o convite era mais do que suficiente para ele.

— Excelente! — respondeu ele, entusiasmado e logo embarcando.

Seu rosto era grande e cheio, parecia o de um bebê recém-nascido, e tinha cabelos louros cacheados. Os cachos eram raros, na verdade, e a pele áspera e toda manchada, como se a cabeça do vodsel tivesse sido deixada no mar em alguma fase da vida, depois trazida de volta à praia e lá tivesse permanecido exposta ao tempo, sob o sol, durante anos, até finalmente se juntar ao corpo.

— Meu nome é Dave. — Ele estendeu a mão, e ela meio sem jeito deixou-o segurar a sua, procurando não estremecer quando ele apertou no ponto onde costumava localizar-se o seu sexto dedo. Não era comum um carona se apresentar, e ela demorou a dar uma resposta.

— Louise — falou, após alguns instantes.

— É um prazer conhecê-la — ele sorriu exultante, afivelando o cinto de segurança com tamanha concentração que parecia que os dois iam embarcar numa aventura radical, como romper a barreira do som num veículo de corrida, ou fazer *test-drive* de um jipe num terreno acidentado.

— Você parece bem disposto — comentou Isserley enquanto ele se ajeitava.

— Bem demais, ah!, estou me sentindo muito bem — afirmou Dave.

— Alguma coisa a ver com o que o espera em Glasgow? — insistiu ela.

— Tudo a ver! — disse, abrindo um sorriso. — Consegui entradas pra ver o John Martyn.

Isserley pesquisou mentalmente os artistas que já vira na TV enquanto fazia seus exercícios matinais, ou que apareciam no noticiário da noite por algum motivo. John Martyn não era um nome de que se lembrava, possivelmente ele não entortava colheres com a força da mente nem infringia a lei inalando fumaça vegetal.

— Não conheço — disse ela.

— Ah! Claro que você já ouviu alguma dele — assegurou Dave, com a testa franzida de incredulidade. — "May You Never" é demais! — De repente, sem aviso, começou a cantar alto: — "*Ah-M-A-A-AY YOU never lay your head down, without a hand to hold...*" E aí?

Isserley estava endireitando o carro, que dera uma guinada em direção ao meio da estrada.

— E "Over the Hill"? — Dave insistia. Pressionando uma das mãos grossas contra as costelas, e com a outra dedilhando uma guitarra invisível, ele cantou: "*Been worried about my babies, I been worried about my wife; there's just one place for a man to be when he's worried about his life; I'm going home, HEY HEY HEY over the hill!*"

— Você está preocupado com a sua mulher, Dave? — perguntou Isserley calmamente, mantendo os olhos na estrada.

— Tô, tô preocupado que ela descubra aonde eu vou, ah! ah!

— Filhos? — Ela estava abusando, tinha consciência disso, mas não estava a fim de perder tempo hoje.

— Nada de filhos! — respondeu Dave, elevando a voz abruptamente e pondo as mãos no colo.

Isserley imaginou que havia ultrapassado os limites. Então calou a boca, empinou os seios e seguiu dirigindo.

Pena que essa tal de Louise só pudesse levá-lo até Pitlochry, Dave ia refletindo. Nessa marcha ele chegaria a Glasgow umas quatro horas mais cedo do que planejara, e não seria mau negócio passar esse tempo com a garota. Não que ele fosse machista, imagine!, mas ela tinha aquele jeito direto de falar próprio das garotas fáceis, tinha dado carona para ele, um cara fortão, coisa que as mulheres quase nunca fazem, sejamos francos. Ela tinha uns peitos fantásticos, e olhos maiores até que os da Sinéad O'Connor, e cabelos bonitos também, mesmo sendo espetados que nem um esfregão, o que o impedia de ver o rosto dela assim de lado. Talvez fosse a isso que as mulheres se referiam quando diziam estar em um daqueles dias em que o cabelo está horrível. Quem sabe ele poderia mencionar algo a respeito de dias em que o cabelo está horrível, só para mostrar a ela que estava por dentro das coisas. As mulheres gostam de pensar que não há uma linha divisória irremediável entre os sexos; isso, para ele, era um verdadeiro abridor de pernas.

Quem sabe alguma coisa pudesse acontecer entre eles dois a caminho de Pitlochry?! Afinal de contas, cama não era essencial. Louise podia parar num acostamento e mostrar a ele o material de que era feita.

Vai sonhando, vai sonhando, Dave. O que vai acontecer realmente é o seguinte: em Pitlochry ela o largará na beira da estrada e seguirá viagem, piscando a lanterna traseira. E fim de papo.

Mas ele estava indo ver John Martyn, era bom não esquecer. Tentar sair com uma mulher seria sempre uma experiência um tanto embaraçosa toda vez que, mais tarde, você se lembrasse dela, mas um grande *show* de música seria algo inesquecível e excitante para sempre.

E por falar nisso: o que será que se passava com essa garota em matéria de música? Havia um toca-fitas bem ali, debaixo dos joelhos dela, e tempo suficiente para escutar uma fita de noventa minutos até Pitlochry!

— Não tem uma fita aí, não, hein? — perguntou, apontando para o aparelho. Isserley olhou para a bandeja de metal, tentando lembrar se havia ou não alguma coisa ali dentro desde que ela tinha comprado o carro, anos atrás.

— Eu acho que tem uma, sim — respondeu ela, recordando-se vagamente de ter levado um susto com uma música inesperada quando ainda estava se familiarizando com os controles do painel.

— Beleza! Então põe uma música aí — apressou-a, batucando nas coxas da sua calça jeans como se estivesse tocando bateria.

— Fique à vontade, pode pôr você mesmo — disse Isserley. — Estou dirigindo.

Ela sentiu que ele a olhava, incrédulo com tamanha cautela, mas muitos carros ultrapassavam seguidamente o deles e Isserley estava nervosa demais para olhar para baixo. Dirigir em alta velocidade com aquele maníaco do Esswis tinha mexido com ela, a ponto de não se sentir bem acima de setenta por hora.

Dave assumiu o controle do toca-fitas e logo o som começou, obedientemente. Primeiro, Isserley sentiu-se aliviada por ele ter encontrado o que queria, mas percebeu que não estava nada bem quando prestou atenção na música. Parecia submergir a cada segundo, como se atravessasse obstáculos aquáticos.

— Ah, meu Deus — Isserley se lamentou. — Será que esse aparelho está funcionando direito?

— Não, é a fita, hum! — disse ele. — Perdeu a tensão.

— Ah, meu Deus — repetiu Isserley, preocupada com um

carro que buzinava atrás dela aparentemente contrariado por ela não ter ultrapassado um ônibus de turismo. — Não é melhor... jogar fora?

— Não! — Dave lhe assegurou, já se entendendo às mil maravilhas com os controles do cassete enquanto ela era obrigada a agüentar o som da fita sendo esticada. — Só está precisando avançar e recuar algumas vezes, não se preocupe, você vai ver. O pessoal joga a fita fora pensando que não serve mais. Bobagem.

Ele se ocupou com o toca-fitas por mais algum tempo e então introduziu a fita. O som saiu claro e estridente dos alto-falantes. Uma voz de homem com um sotaque carregado cantava algo a respeito de dirigir um caminhão noite adentro, até colocar uma centena de quilômetros entre ele e uma cidade chamada Heartache. O tom era de um alegre desconsolo.

Isserley achou que Dave ficaria satisfeito agora, mas ele, ao contrário, parecia confuso.

— Ah, vou te dizer uma coisa, Louise — falou depois de algum tempo. — É engraçado você ter música caipira no carro.

— Por que engraçado?

— Bom... não é comum, para uma mulher. Ao menos uma mulher *jovem*, como você. É a primeira mulher jovem que eu conheço que tem uma fita de música caipira no carro.

— Que tipo de música você esperava encontrar? — Isserley quis saber. (Alguns postos de serviço costumavam vender fitas-cassete, talvez ela pudesse comprar outras mais apropriadas.)

— Ah, música pra dançar — respondeu ele, batendo ritmadamente no ar com as mãos fechadas. — Eternal. Dubstar. M Pipple. Ou talvez Björk, Pulp, Portishead... — Esses três últimos nomes soaram para Isserley como variedades de ração animal.

— Eu imagino que os meus gostos pareçam estranhos — provocou ela. — Você acha que eu gostaria de John Martyn? Como é a música dele? Você conseguiria descrevê-la para mim?

Tantas perguntas iluminaram o rosto do carona, que demonstrou uma concentração serena e intensa ao mesmo tempo, como se tivesse esperado por aquele momento a vida inteira e sentisse que estava à altura do desafio.

— Ele faz uma coisa assim, tipo ecoplex... pedais, você entende? É acústico, mas soa elétrico, cósmico, entendeu?

— Mm — disse Isserley.

— Em um minuto, ele está tocando uma guitarra acústica suave, em outro já é tipo WHAAANG! WAKKA WAKKA WAKKA WAKKA, quase arrebenta os ouvidos.

— Mm — repetiu Isserley. — Parece mesmo... impressionante.

— E como o cara canta! Não tem pra ninguém! É assim tipo... — Dave recomeçou a cantar, numa convulsão sonora de grunhidos e rosnados que o fazia parecer alarmantemente embriagado. Há anos que Isserley adotara a política de nunca permitir a entrada de caronas totalmente bêbados em seu carro, pois eles poderiam cair desacordados antes que ela tivesse tempo de tomar uma decisão adequada em relação à icpathua. Se Dave a tivesse brindado antes com aquela performance extraordinária ela seguramente não o teria acolhido. Mas, ele lhe garantia:

— É tudo planejado. Como o *jazz*, entende?

— Mm — murmurou. — Você já assistiu ao John Martyn muitas vezes?

— Oh, umas seis ou sete, durante estes anos. Mas ele vai muito fundo na bebida, entende? Ninguém pode garantir que não vá explodir qualquer dia desses. E aí você ficaria pensando "eu poderia ter assistido o John Martin, mas agora ele está morto. E o que foi que eu fiquei fazendo em vez disso?" Talvez assistindo à tevê!

— É isso que você faz do seu tempo, Dave?

— É isso aí! Isso aí — confessou ele enfaticamente.

— Durante o dia, inclusive?

— Não! — sorriu ele. — Aí eu tenho que trabalhar.

Isserley digeriu esta resposta, um tanto desapontada. Ela tinha tido um forte pressentimento de que ele estava desempregado.

— Então — continuou ela, esperando esconder a impressão de que ele era pouco afeito ao trabalho — quer dizer que você tirou uma folga hoje para ir ao *show*.

Ele a encarou com ar de pena.

— Hoje é sábado! — Dave informou com toda a gentileza.

Isserley estremeceu.

— Claro, claro — disse. A culpa de tudo isso só podia ser de Amlis Vess, ela tinha certeza. A única coisa que ele conseguiu com aquele ato de sabotagem idiota foi arruinar a concentração dela pelo resto do dia.

— Você está bem, Louise? — perguntou o vodsel, aproximando-se dela. — Dormiu do lado errado da cama, foi?

Ela abanou a cabeça e suspirou.

— Trabalhei demais.

— Eu imaginei isso — ele afirmou com simpatia. — Mas pode se alegrar: o fim de semana já chegou, pensou nisso?

Isserley sorriu. Ela aproveitaria o fim de semana, certamente — e ele também. Os colegas de trabalho só esperavam revê-lo na segunda-feira e, mesmo então, caso ele faltasse, iriam pensar que tinha tido dificuldade para voltar de Glasgow. Ela teria mesmo que levá-lo. Ele era ótimo.

— E onde você vai ficar em Glasgow? — perguntou ela, já com os dedos sobre o botão da icpathua, antecipando-se àquela lengalenga costumeira sobre amigos e hotéis.

— Minha mãe — respondeu ele prontamente.

— Sua mãe?

— Minha mãe — confirmou ele. — Ela é legal. Um coração de ouro, entende? Normalmente ela iria comigo ver o John Martyn, se não fosse esse tempo gelado.

— Que legal — comentou Isserley, afastando os dedos do botão da icpathua e devolvendo-os ao volante almofadado.

Houve pouca conversa no restante da viagem. A música caipira tocou até terminar a fita, e Dave trocou o lado, aproveitando ao máximo o que era de graça. O cantor de voz alegremente desconsolada derreteu-se em doces lembranças, longas estradas e oportunidades perdidas.

— Sabe, eu acho que já superei a fase de gostar dessa música — disse Isserley finalmente a Dave. — Gostava dela muitos anos atrás, mas agora me sinto pronta para seguir em frente. Talvez da próxima vez eu compre alguma fita do John Martyn.

— Ótimo — disse ele, encorajando-a.

Em Pitlochry, ela o deixou na beira da estrada e seguiu viagem piscando a lanterna traseira.

Ele ainda continuava no mesmo lugar, empunhando seu cartaz GLASGOW, quando ela passou de volta do outro lado da estrada, cinco minutos depois. Se ele a viu (e ela tinha quase certeza que sim) deve ter ficado imaginando o que dera errado.

Lá pelas duas da tarde, o sol fora atraído para dentro de um mar de nuvens cinza-escuro: mais neve à vista. Se viesse logo, a escuridão cairia quase que de imediato ao invés de ficar esperando mais uma hora e meia; aí apenas os seriamente lesados e os muito obstinados se aventurariam a pedir carona. Isserley não acreditava que tivesse forças para lidar com alguém seriamente lesado hoje, ou a sorte de encontrar algum obstinado. Da forma como estava transcorrendo o seu dia, era provavelmente mais razoável dá-lo por encerrado tão logo caísse o primeiro floco de neve.

E aí? Para onde iria então? Não queria voltar para a fazenda Ablach se tivesse alternativa — um lugar sossegado, onde ninguém a ficasse vigiando ou constrangendo. Um lugar que só ela conhecesse.

Talvez pudesse tentar dormir em Fearn Abbey — quer dizer, dormir de verdade, a noite inteira, não cochilar. Será que uma cama era mesmo essencial? Ela podia perfeitamente se arranjar sem uma e dormir como qualquer ser humano normal ao menos uma noite! Que Ensel e seus comparsas queimassem os miolos buscando saber o que lhe teria acontecido! Enquanto isso ela estaria dormindo à luz das estrelas, na maior privacidade.

Uma idéia tola, ela bem sabia. Sua coluna nunca a deixaria levá-la adiante. Não é possível crer que se possa deitar sobre qualquer superfície e aí se aninhar confortavelmente quando se teve metade da espinha dorsal amputada e pinos de metal espalhados pela parte que restou. De qualquer forma, havia um preço a pagar por ficar sentada durante muitas horas atrás do volante de um automóvel.

Novamente seguindo rumo ao norte, Isserley dirigia mecanicamente, atenta aos caronas na estrada e, bem mais além, às focas em Moray Firth. Entretanto, na sua mente aparecia ainda mais vívida a imagem de sua cama tão macia na fazenda: como ela gostaria de estar dormindo nela! Como seria maravilhoso deitar em sua posição predileta, em forma de X, transferindo ao colchão a tarefa de recolocá-la em ordem. A velha cama, freqüentada por gerações de vodseis, era na medida certa: arqueada o bastante para manter sua coluna relaxada, e meio curva, mas não a ponto de os grampos de metal acabarem espetando seus tendões do modo como faziam, sem piedade, toda vez que ela se reclinava demais sobre o volante. Era patético, mas era assim.

Como ela gostaria que os homens não largassem o que estavam fazendo, mal ela chegava, para vir correndo ver se trouxera algum vodsel para eles. Como e quando esse costume idiota havia começado? Será que eles não podiam esperar que ela desse algum sinal? Por que ela não podia, simplesmente, chegar à fazenda sem ser percebida nem observada, ir de mansinho para seu chalé e dormir? Haveria alguma boa razão para que nunca lhe tivessem dado permissão para desativar os alarmes da fazenda ao chegar? Será que todo aquele estardalhaço que sempre cercava seu regresso não passava da brilhante idéia de alguém para se assegurar de que ela se sentisse pressionada a produzir? Quem pensaria em algo assim? Todo mundo podia ir se foder, não importa quem fosse! O velho Vess era bem capaz de lançar mão desses estratagemas ridículos para manter os empregados na linha. Ele era provavelmente tão louco e degenerado quanto o filho, só que de um modo diferente...

De repente, numa manobra de causar enjôo, ela se viu como que transportada, no tempo e no espaço, para uma situação estranha e aterradora: buzinas eletrônicas soavam em volta dela, que estava perdida em algum lugar muito escuro, hipnotizada pela deslumbrante aproximação de uma luz que aumentava cada vez mais. Ela não tinha consciência de si mesma enquanto caminhava; poderia ser alguém indo ao encontro de um meteorito caído ou de uma bomba incendiária. Congelada, esperou a morte vir queimá-la até extinguir-se.

Somente quando o primeiro veículo cruzou com o dela, detonando seu espelho retrovisor com um barulho tremendo e uma chuva de vidro, é que Isserley se deu conta de onde estava e do que estava acontecendo. Ainda ofuscada pelos faróis, virou o volante no sentido contrário enquanto vários outros veículos passavam bem perto do carro, e fazendo com que ele balançasse em virtude do deslocamento de ar.

Em seguida, tão abruptamente como se desencadeara, o perigo foi varrido para o passado, e o carro de Isserley voltou a ser apenas mais um numa fila seguindo, disciplinadamente, por uma estrada crepuscular rumo a Thurso.

Na primeira oportunidade, Isserley parou no acostamento e ali ficou, tremendo e suando frio, enquanto a noite e a neve deixavam-se cair silenciosamente.

Ela não morrera, mas a consciência de que poderia estar morta neste momento a deixava aturdida. A vida humana é de fato tremendamente frágil, a tal ponto que se pode perdê-la de um momento para o outro, bastando para isso um mero desvio de direção. A sobrevivência não é uma coisa garantida: depende de concentração e sorte.

Essas coisas fazem a gente pensar.

Foi o episódio mais grave que já havia ocorrido com ela nas estradas, incluindo os primeiros dias de nervosismo e ansiedade atrás do volante. E de quem era a culpa? Isserley não tinha a menor dúvida: de Amlis Vess, claro. Ela já dirigia havia muitos anos, e durante todo esse tempo jamais provocara qualquer acidente. Provavelmente era a motorista mais cuidadosa da face da terra, então o que teria havido hoje? Amlis Vess, é isso. Ele e seu ato de sabotagem infantil haviam se mancomunado para fazê-la chegar muito perto das garras da morte.

Que porra ele estava *fazendo* aqui, afinal? Ele não era capaz de saber a diferença entre um vodsel e seu próprio rabo! Quem seria o responsável por deixá-lo embarcar naquele cargueiro? Será que o velho Vess não sabia que seu filho era perigoso? Com tantas coisas em jogo, como não havia *ninguém* no comando?

Passaram-se mais alguns minutos até Isserley se acalmar e perceber que estava histérica. E este histerismo estava dentro dela. Ainda agora, já cônscia de tudo, era quase impossível pensar com clareza. Durante o dia inteiro ondas de irracionalidade cresceram para cima dela, ameaçando derrubá-la. Ela precisou obrigar-se a fazer uma avaliação das suas necessidades práticas mais urgentes. Raiva de Amlis Vess, paranóia em relação a Ensel e seus parceiros imbecilóides — tudo isso prevaleceria enquanto ela se mantivesse fora da estrada, a salvo. (E mais: não era de surpreender que nenhum dos homens acorresse em sua defesa quando Vess a estava atacando! — eram todos farinha do mesmo saco, sem dúvida — *ou haveria alguma outra explicação além dessa?*) Deixa pra lá, deixa pra lá: atenção ao marcador da gasolina.

O tanque estava praticamente vazio. Tinha que prestar atenção nisso.

E seu estômago, agora que pensava nele, já havia horas que também andava pedindo combustível: ela se sentia absolutamente faminta, perto de desmaiar! Meu Deus, fazia quanto tempo que não comia nada? Desde ontem de manhã! E hoje ela estivera correndo de lá para cá feito uma doida desde antes do amanhecer, e ainda por cima praticamente sem dormir.

Com toda a franqueza, era preciso encarar os fatos: desde o momento em que fora para a estrada, hoje, alguma tragédia esperava por ela.

Com os ossos moídos e ainda meio atordoada, Isserley parou no Posto do Donny, em Kildary, para abastecer. Como seria bom se pudesse comprar um pouco de combustível para o corpo assim facilmente. Andando pela loja de conveniência enquanto outros clientes da fila eram atendidos, ela examinou detidamente a prateleira de biscoitos sob a luz fluorescente. Pelo visto, não havia nada adequado ao consumo humano.

Mas deveria haver algo, era só uma questão de saber escolher. O que não era fácil. A última vez em que ela se aventurou a comer alguma coisa própria para vodseis acabou de cama por três dias.

Na indecisão, resolveu rodar pela loja à procura de fitas-cassete de John Martyn, ou de algum outro músico com nome de ração para animais, a preço promocional, porém não havia nenhuma fita à venda.

Mas, voltando àquela aventura desastrada com comida de vodsel: talvez seu erro tenha sido querer alguma coisa parecida com serslida cozida em formato de barra. Quem sabe dessa vez ela pudesse escolher algo não pelo que parecia, mas pelo que era. O fato é que *precisava* escolher alguma coisa enquanto podia. Qualquer risco de ficar doente depois seria fatalmente superado pelos riscos de seguir adiante ainda mais faminta.

A fila diminuiu: ela tinha que pagar a gasolina ou se arriscaria a chamar a atenção. Pegou um pacote de batatas de uma pequena prateleira metálica e, com algum esforço, conseguiu ler na embalagem brilhante a lista microscópica de ingredientes. Não parecia conter nada de muito exótico, só batata, óleo e sal; os homens na fazenda comiam quase todos os dias uma porção muito parecida que era servida na cantina, só que preparada com um tipo diferente de óleo.

Comparando rapidamente os preços, Isserley escolheu três pacotes de batatas, uma caixa de chocolates e um exemplar do *Ross-shire Journal*. Pagou ao rapaz com cara de tédio que estava no caixa e correu para o carro.

Quinze minutos depois Isserley estava parada em outro acostamento. Ela se debruçava sobre o capô para limpar com a palma da mão a neve fofa do pára-brisa dianteiro. Pegava os punhados e levava à boca, deliciada. Ela não tinha sensibilidade nos lábios — nunca teve — mas a carne tenra das mucosas da boca e da garganta vibrava com a pureza derretida e o gosto celestial daquela umidade congelada. Três pacotes de batata crocantes a tinham deixado com uma sede formidável.

Só voltou ao assento do carro quando se sentiu saciada pela neve.

Faltando apenas quinze quilômetros para chegar em casa, Isserley passou por um carona, que acenava desesperançadamente na escuridão.

Deixa pra lá, ela pensou, vendo-o ficar para trás.

Mas então, como se ativada por alguma química fotográfica, uma imagem dele começou a se formar em sua mente. O cara parecia de fato impressionante. Mas, de qualquer modo, um segundo olhar fazia-se necessário. Eram só cinco horas da tarde, ainda praticamente de dia, se fosse verão. Um monte de caronas não necessariamente lesados deveria estar nas estradas. Ela não podia ser assim tão desleixada.

Isserley fez o retorno, de forma cuidadosa e segura como de hábito. Ninguém buzinou ou piscou o farol para ela; era uma motorista comum, habilitada como se exigia. Além do mais, sentia-se menos cansada e a comida caíra bem.

Quando passou por ele do outro lado da estrada, à luz dos faróis, o carona lhe pareceu meio soturno, porém inofensivo. Não tinha um cartaz dizendo para onde ia, e talvez estivesse com uma roupa um tanto inadequada para o tempo que fazia, mas nada muito estranho. Usava luvas de couro e uma jaqueta também de couro com o zíper puxado até o pescoço. Tinha neve nos cabelos pretos, no bigode e nos ombros. Era alto para os padrões escoceses, e de estrutura sólida. E, pelo que ela pôde perceber, seu rosto revelava impaciência e uma urgência já no limite, como se estivesse a ponto de desistir de ficar ali pedindo aquela maldita carona se alguém não parasse logo.

Então ela parou.

Ele encostou o rosto na janela do passageiro, cujo vidro ela havia abaixado um pouco.

— Tempo ruim para sair de casa— comentou Isserley, prudentemente, como que o desafiando a se explicar.

— Uma entrevista de emprego — respondeu ele, com a neve colada no bigode. — Acabou mais tarde que o previsto. Tem outro ônibus daqui a uma hora, mas eu resolvi tentar uma carona.

Ela abriu a porta, tirando do banco do carona os pacotes vazios de batatas.

— Obrigado — disse ele sem sorrir, mas dando um suspiro vago e profundo, presumivelmente de gratidão. Tirou as luvas para afivelar o cinto; uma andorinha tatuada voava em cada mão, no pedaço de carne entre o polegar e o indicador.

Enquanto voltavam à estrada, Isserley lembrou de algo.

— Hoje é sábado — disse.

— É — confirmou ele. — Este contato de trabalho não é oficial, é uma coisa particular. — Olhou para ela por um momento, como que avaliando se podia confiar, e aí acrescentou: — Eu disse a eles que estava com o carro estacionado aqui perto.

— É duro encontrar trabalho — disse Isserley. — Às vezes a gente tem que ser esperto para conseguir.

Ele não respondeu, como se tivesse receio de perder toda a dignidade logo de saída. Entretanto, após alguns instantes ele falou:

— Eu tenho *mesmo* um carro. Mas falta pagar o imposto, e fazer a vistoria. Com umas duas semanas de trabalho acho que ponho tudo em dia.

— E você acha que esse pessoal que você mal conhece vai lhe dar emprego? — disse Isserley, fazendo menção com a cabeça aos misteriosos entrevistadores que haviam ficado para trás.

A resposta foi instantânea e amarga.

— Pura perda de tempo. Eles só queriam testar a *idéia* de dar emprego a alguém, sacouoqueeuquerodizer?

— Acho que sim — disse Isserley, ajeitando-se no banco.

★

Observando sua salvadora, o carona não pareceu bem impressionado. "Que obsessão *era* essa das mulheres de hoje em ficar se exibindo?", ele se perguntava. Era só isso o que se via o tempo todo na televisão, todas aquelas mulheres jovens de Londres, de cabelos ensebados, indo às boates com uns vestidinhos pretos tão curtos que mal cobririam um cachorro bassê. Elas ficariam em estado de choque se tivessem que sobreviver na selva, era só o que ele podia dizer. Não era por acaso que o exército não andava nada satisfeito com os soldados mulheres. Quem confiaria a sua vida a uma pessoa que saía na neve com os peitos de fora?

Meu Deus, será que essa mulher não podia dirigir um pouco mais rápido?! Parece que estamos indo a pé. Ele devia sugerir uma troca de assentos, faria aquela coisa se mover a uma velocidade pelo menos duas vezes maior, mesmo se tratando de uma lesma japonesa. Ah, que saudade do Wolseley que possuíra nos anos 1980! Ainda se lembrava da alavanca de câmbio. Couro de primeira na manopla, sedoso como pele de porco. Provavelmente era *mesmo* pele de porco. Onde estaria agora o seu Wolseley? Talvez algum idiota de celular o estivesse dirigindo. Ou acabando com ele. Não era todo mundo que podia ter um Wolseley.

Hoje não tinha um maldito lugar para se ir sem dar de cara com esse tipo de gente exibida. Luzes que se acendem automaticamente assim que você se aproxima de casa. Um computador em cada quarto. Estantes cheias de merdas tipo *Feng Shui e Jardinagem* ou *O Prazer* da porra *do Sexo*, e uma Samoyed com *pedigree* que eles não fazem a mínima idéia de como cuidar direito. "Não roa o nosso lindo tapete de pele de carneiro, querida." Meu Deus, ele adoraria arrancar o tapete da boca daquela cadela e ensinar-lhe algumas noções básicas de obediência.

Quem sabe fosse uma boa idéia abrir uma escola para cães? A não ser pelo trabalho ainda maior de convencer aqueles merdinhas de que era mais necessário melhorar o comportamento de seus cães do que gastar uma dinheirama com jardineiros. Eram os *yuppies*. Nos velhos bons tempos, ele nunca tivera esse tipo de problemas com a aristocracia, que sabia muito bem que só se tem aquilo que se pode pagar. *E* eles sabiam educar um cachorro.

Bons tempos, bons tempos. Será que ainda voltariam? Muito provavelmente não. Classe, classe *de verdade*, é coisa que não se encontra mais em parte alguma. A rainha logo estará fora de moda. O novo milênio liberou geral para esses viadinhos que saem por aí com uns ternos folgadões, e para essas estrangeiras sem noção, bem exibidas.

Setenta quilômetros por hora! Ninguém merece!

Isserley olhou disfarçadamente para o carona tentando decifrá-lo, porque ele caíra no mais completo silêncio, sentado com os braços cruzados sobre o peito. Parecia exatamente um outro carona que ela pegara mais ou menos um ano atrás, que veio falando sem parar sobre o Exército Territorial, de Allness a Aviemore. Na verdade, por alguns instantes chegou a ter certeza de que *era* ele, até lembrar que não era possível: ela espetara aquele vodsel logo após ele contar como a sua dedicação ao exército tinha-lhe custado o casamento e servido para mostrar quem eram os verdadeiros amigos.

Claro que ela sabia que todas aquelas criaturas eram fundamentalmente as mesmas. Poucas semanas de cultura intensiva e alimentos padronizados tornaram isso bem evidente. Mas quando se vestiam, penteavam os cabelos em estilos excêntricos, e comiam coisas estranhas para adquirir formas artificiais, eles quase chegavam a parecer indivíduos — de maneira que, muitas vezes, tal como acontecia com os seres humanos, tinha-se a impressão de já ter visto um antes em algum lugar. Seja lá o que tenha feito aquele vodsel do Exército Territorial para se parecer daquele jeito, este aqui deve ter feito algo muito semelhante.

Ele cultivava um bigode fino rigorosamente alinhado com os limites de uma enorme boca vermelha. Os olhos eram injetados e cheios de um sofrimento estoicamente suportado que somente uma vingança tsunâmica e as justificativas torpes dos líderes mundiais podiam ter esperança de curar. Vincos profundos acrescentavam uma ênfase escultural a sua testa franzida, sob um cabelo simetricamente cortado e penteado para trás como um pincel enxaguado. Tinha um corpo musculoso mas que engrossava na cintura, e usava uma jaqueta de couro marrom-claro começando a descamar e calça jeans com pequenos furos e puída nos pontos em que ele guardava as chaves e a carteira.

Isserley ficou tentada a ir direto ao ponto e perguntar-lhe a respeito do Exército Territorial, mas achou surpreendentemente complicado fazê-lo. De novo, pôs a culpa em Amlis Vess; sua postura ética e sua falsa coragem a tinham deixado de tal forma irritada que estava achando difícil tolerar qualquer indício desses comportamentos em uma outra pessoa. Ela queria desvendar as paixões volúveis daquele vodsel, escancará-las brutalmente antes que ele tivesse a oportunidade de aborrecê-la com preâmbulos.

Desejava espetá-lo, acabar de vez com aquilo tudo, coisa que sabia ser um mau sinal. Significava que ela estava correndo perigo de fazer alguma bobagem não muito diferente, talvez, do que se esperaria de alguém como Amlis Vess. Era uma questão de orgulho pessoal e profissional não se permitir descer ao nível dele.

— Então me diga — disse ela, com franqueza — que tipo de emprego você esperava conseguir lá?

— Estou fazendo projetos de paisagismo, só para me sustentar — respondeu ele. — Minha verdadeira profissão é o que se pode chamar de "pegue o que pintar".

— Mas qual é *mesmo* a sua verdadeira profissão?

— Eu sou criador de cães.

— Cães?

— De raça. Principalmente cães farejadores e de guarda, embora já estivesse aceitando mastins e terriers nos últimos... anos. Só o *crème-de-la-crème*, sacouoqueeuquerodizer? Animais premiados.

— Fascinante — disse Isserley, deixando finalmente os antebraços esticados. — Imagino que você forneça cães para pessoas conhecidas e influentes, certo?

— Tiggy Legge-Burke ficou com um dos meus cães — afirmou o carona. — A princesa Michael de Kent. Muita gente do meio artístico. Mick McNeill do Simple Minds. Um outro do Wham. Todos ficaram com um.

Isserley não fazia idéia de quem era essa gente. Ela só via televisão para aprimorar a língua, e para verificar se havia alguma investigação policial sobre os caronas desaparecidos.

— Deve ser duro adestrar um cão e depois vê-lo ir embora — comentou ela, tentando não demonstrar que perdera o interesse nele. — O animal deve se apegar demais a você, não?

— Sem problema — ele aparentava indiferença. — A gente treina, depois passa pra frente. De um dono para outro. Os cães não têm problemas com essas coisas. São animais de bando. Precisam de um líder, não de um amigo, bem, não de um que só tenha duas pernas, bem entendido. As pessoas costumam ser muito sentimentais em relação aos cães. É porque não compreendem o principal a respeito deles.

— Tenho certeza de ser uma dessas que não compreende... — disse Isserley, perguntando-se se não teria perdido o momento correto de perguntar onde ele queria que ela o deixasse.

— A primeira coisa a se entender — disse o carona, como que retornando à vida — é que, para um cão, você é o líder da matilha. Mas você precisa lembrá-lo de quem é o chefe, tal como faria o líder da matilha. Nas matilhas não existe essa coisa de chefe bonzinho, sacouoqueeuquerodizer? Veja o caso da Gertie, minha cadela Shepherd. Quando a pego dormindo na minha cama eu simplesmente a empurro, wham!, direto para o chão, *assim*. — Ele esticou violentamente as duas mãos pesadas, e sem querer bateu na tampa do porta-luvas, que se abriu deixando cair no seu colo uma coisa cabeluda.

— Meu Deus, o que é isso? — falou assustado. Por sorte ele mesmo pegou a peruca, evitando que Isserley tivesse que lhe apalpar a virilha à procura dela. Tirando os olhos da estrada por um angustiante segundo, ela apanhou suavemente aquele chumaço de cabelos das mãos dele e arremessou-o para a escuridão do banco traseiro.

— Nada — respondeu ela, retirando a caixa de chocolates do porta-luvas todo revirado e trancando-o bem. — Pegue um, por favor.

Estava orgulhosa de si mesma por conseguir enfrentar tantos desafios enquanto dirigia, e não pôde esconder um sorriso.

— O que é mesmo que você estava dizendo? — perguntou enquanto ele brigava com o papel celofane. — Expulsa a cachorra da cama...

— Isso — confirmou ele. — É para ela saber que a cama é minha, sacouoqueeuquerodizer? Os cães *precisam* disso. Um cão com um líder fraco é um cão infeliz. Por isso é que começam a roer os tapetes, a fazer xixi no sofá, roubar comida da mesa, como as crianças, clamando por um pouco de disciplina. Não existe cachorro mau. O que há são donos sem pulso.

— Você parece mesmo saber tudo sobre os cães, deve ter sido um ótimo criador. Por que então está fazendo projetos de paisagismo?

— Enchi o saco desse negócio de criar cachorro no final dos anos 1990, só isso — disse ele num tom subitamente irritado.

— E o que causou isso? — ela quis saber.

— As couves-de-bruxelas — ele declarou laconicamente.

— Ah — fez Isserley, num esforço para entender a conexão entre cães e aquele vegetalzinho verde e arredondado. Ela tinha quase certeza de que os cachorros eram absolutamente carnívoros. Talvez este criador tenha alimentado os seus com legumes e vegetais; nesse caso, não foi à toa que seu negócio fracassou, afinal.

— Sapos, Legumes, Papos e Ciúmes — ele rimou expressivamente.

— Ah — foi só o que Isserley conseguiu dizer.

Ela percebeu que devia ter ouvido seus próprios pressentimentos antes que a noite caísse: só os lesados pediriam carona até mais tarde. Menos mal que o retorno para as cidades litorâneas estivesse a poucos minutos dali, e logo ela poderia se ver livre daquela criatura, a menos, é claro, que ele resolvesse avançar no pescoço dela. Ela esperava que não. Estava se sentindo péssima outra vez, um cansaço e uma inexplicável sensação de desgraça latejando dentro dela como veneno.

— Aqueles filhos da mãe ficam por aí criticando — vociferava o criador de cães, futucando com os dedos a caixa de chocolates — por que não se mandam logo pra bem longe dessa porra de país, com perdão da palavra, sacouoqueeuquerodizer?

— Mm. Vou fazer o retorno — disse ela, franzindo a sobrancelha e movendo a cabeça de um lado para o outro na escuridão à procura da placa familiar da B9175.

A reação dele pelo fato de ela se voltar momentaneamente para a estrada foi imediata e veemente.

— Meu Deus! — rugiu ele. — Você sequer está me ouvindo. Umas porras de uns forasteiros vindos sei lá de onde ferraram de vez com a minha vida, vocêsacou? Uma hora eu tinha oitenta mil no banco, um Wolseley, mulher, e mais cachorros do que eu podia dar conta. Cinco anos depois e olha eu aqui todo ferrado! Vivendo sozinho numa casa pré-fabricada naquela maldita ponte de Bonar, com uma droga de Mondeo enferrujando no quintal! Procurando trabalho como um maldito jardineiro! Que sentido tem tudo isso, hein? Me diz!

O dedo indicador já estava em riste, destacando-se na obscuridade da cabine. Isserley reduziu a marcha antes da curva, conferindo o fluxo do trânsito pelos espelhos parabólicos. Então voltou a encará-lo, seus olhos enormes encontrando os dele, pequenos e vidrados.

— Não faz o menor sentido — ela concordou, ao mesmo tempo em que acionava o botão da icpathua.

De volta à fazenda, Ensel foi, como sempre, o primeiro a aparecer, correndo em direção ao carro com uma avidez que beirava o grotesco. Via-se ainda contra a luz a silhueta dos dois companheiros que o vinham seguindo devagar, como se respeitassem o privilégio ritualístico de Ensel.

— Eu gostaria que você não fizesse mais isso — disse Isserley zangada ao ver que ele enfiava as fuças pela janela do passageiro para apreciar o vodsel paralisado.

— Fizesse o quê? — ele trovejou de volta.

Isserley inclinou-se sobre o corpo do criador de cães para destravar a porta.

— Correr dessa forma para ver o que eu trouxe — resmungou ela, meio cega de dor, sentindo como que uma punhalada na coluna. A porta se abriu e o corpo do vodsel foi levado nos braços de Ensel. Os outros dois acompanhavam tentando ajudar.

— Será que eu não posso chegar e deixar que você veja se eu consegui algo — prosseguiu Isserley, tratando de endireitar escrupulosamente sua postura — e depois ir direto para o meu chalé sem me aborrecer?

Ensel estava todo atrapalhado, tentando encontrar um apoio

seguro no torso do vodsel. O couro de vaca da jaqueta da criatura acabara se rompendo, ruidosamente, com um movimento mais brusco.

— Mas nós não nos importamos quando você não consegue pegar nada — Ensel protestou em tom ofendido. — Ninguém culpa você.

Isserley se agarrou ao volante e lutou para não deixar caírem lágrimas de ódio e cansaço.

— A questão não é se eu consegui ou não pegar alguma coisa — suspirou ela. — Às vezes eu... fico cansada, é isso. Quero ficar só.

Ensel afastou-se do carro, arrastando sua porção de vodsel para o carrinho à espera, fazendo careta à medida que ele e os colegas transportavam seu fardo nas costas em direção à luz. E fazendo careta também, provavelmente, por causa da forma como ela o havia atacado.

— Eu só... a gente só estava tentando ajudar, nada mais — ele mal conseguiu dizer.

Isserley apoiou a cabeça nos braços, debruçada sobre o volante.

— Ah, meu Deus — ela se lamentou num suspiro. Era só o que faltava para fechar um dia duro de trabalho, em circunstâncias impossíveis, e no qual ela escapara da morte por um triz: ter que lidar com as frágeis complexidades das emoções humanas. — Esqueça! — bradou ela, esquadrinhando a escuridão a seus pés, uma confusão nojenta de pedais, tapetes de borracha imundos, luvas de couro e chocolates esparramados. — Amanhã de manhã falaremos sobre isso!

Na hora em que a porta do galpão se fechou e o silêncio voltou à fazenda Ablach, Isserley estava chorando de novo, de forma que seus óculos, quando ela finalmente os tirou, quase escorregaram por entre os seus dedos.

Homens, pensou ela.

7

QUANDO ISSERLEY FINALMENTE voltou à consciência, saída de um buraco negro de sono, abriu os olhos e percebeu que ainda estava escuro. Como que flutuando no vazio, os números pequenininhos do relógio digital piscavam zero, zero, zero, zero. Precisava trocar a bateria. Ela já devia ter feito isso, pensava, em vez de... em vez de quê? Em vez de ficar gastando dinheiro em caixas de chocolates que não tinha a menor intenção de comer.

Ela permaneceu debaixo das cobertas sentindo-se confusa, desorientada, e meio ansiosa. Embora não conseguisse ver nada no escuro, a não ser o relógio piscando, subitamente teve uma visão clara do assoalho do seu carro, a última coisa que se lembrava de ter visto antes de cair dura de sono. Não podia esquecer de limpar aqueles chocolates antes de sair dirigindo novamente, senão eles ficariam esmigalhados sob seus pés. Ela vira o criador de cães dar uma dentada num deles. Tinha algum tipo de recheio dentro que faria uma sujeirada nojenta e certamente apodreceria logo.

As coisas andavam meio fora de controle ultimamente; na primeira oportunidade ela colocaria tudo em ordem.

Isserley não fazia idéia de quantas horas havia dormido, se a longa noite de inverno ainda começava ou se já amanhecia. Era possível até que tivesse adormecido ainda no fim da tarde, e que agora já fosse a noite do dia seguinte.

Baseando-se em como estava se sentindo ela procurou avaliar quanto tempo tinha permanecido inconsciente. Estava quente como um motor superaquecido, o suor escorrendo daquelas partes por onde ela ainda podia suar. O que significaria, se é que ainda dava para confiar nos seus ciclos, que ela dormira muito pouco ou por tempo demais.

Examinou detidamente cada parte do seu corpo; a dor não estava pior do que o normal, mas o normal era ruim. Ela deveria levantar-se e fazer alguns exercícios, não importa que hora fosse, ou acabaria incapaz de se levantar de vez, presa em seus próprios músculos e ossos.

O luar desenhava detalhes do quarto, agora que as pupilas dos seus olhos começavam finalmente a se dilatar. Contudo, como era um quarto quase vazio, esses detalhes eram coisas como rachaduras nas paredes, partes da pintura descascando, interruptores quebrados e, dentro da lareira, o brilho perolado e obtuso da televisão adormecida. Sentindo a boca seca, Isserley tateou pela mesa de cabeceira à procura do copo d'água, mas ele estava vazio. Mesmo assim levou-o aos lábios e o virou de cabeça para baixo para confirmar. Vazio. Tudo bem: ela podia esperar. Era forte. Nenhuma necessidade iria perturbá-la.

Sentou, tirou os lençóis e pulou do colchão para o solo, aterrissando desengonçada, quase caindo de cabeça na lateral da cama. Uma agulha comprida de dor espetou-lhe a base da coluna, bem no lugar amputado; tentou recuperar o equilíbrio recorrendo ao rabo, de novo. Balançou para frente e para trás, buscando o novo centro de gravidade; suas plantas dos pés, molhadas de suor, grudaram levemente nas frias tábuas do assoalho.

A luz do luar não era suficiente para executar os exercícios. Ela não entendia por que precisava *ver* os membros do seu corpo para poder exercitá-los, mas a verdade é que precisava. Era como se, na escuridão mais profunda, ela não pudesse ter certeza do tipo de criatura que era. Tinha necessidade de verificar o que restava do seu corpo.

Quem sabe a televisão, além de proporcionar alguma iluminação, pudesse servir também para orientá-la. A irrealidade a circundava da mesma forma que os sonhos delirantes sobre os poços de oxigênio no coração da Propriedade; ela havia fantasiado outra vez.

Depois dos sonhos com os poços, seria reconfortante acordar à luz do sol de um mundo seguro. Não sendo assim, seria tranqüilizador ver o mostrador do relógio irradiando promessas em sua direção. Mas se não pudesse ter nem uma coisa nem outra, ela poderia passar sem nada disso.

Isserley foi tropeçando até a lareira e ligou a televisão. A tela embaçada iluminou-se preguiçosamente, como brasas sopradas por uma brisa, até que uma imagem brilhante se materializou como um fogo psicodélico na lareira, enquanto Isserley se preparava para entrar em forma.

Dois vodseis machos, vestindo roupas de malha e chapéus verdes bizarros, como bonecos de brinquedo do Monstro do Lago Ness, estavam próximos a um buraco no chão de onde era arremessada terra fofa como pequenas nuvens de fumaça marrom. Um dos vodseis segurava uma pequena escultura branca na palma das mãos, uma versão tridimensional do símbolo de perigo que se via no galpão principal de Ablach.

— ...e agora a dondoca está aí, livre dos vermes — ele dizia, dirigindo-se à escultura em um dialeto mais estranho que o usado pelas classes proletárias no dia-a-dia urbano de Glasgow e arredores.

— ...sem rugas, pronta pra bater perna com o primeiro tarado que aparecer.

Isserley considerou aquilo por alguns segundos, resmungando ante a dificuldade de flexionar o torso emperrado contra o quadril direito repetidamente.

A câmera de TV levou-a (*ugh!*) para dentro daquele buraco no chão, onde um vodsel velho e feio cavava a terra. Ele trabalhava cantando, com uma voz rouca como a de John Martyn.

— *A pee caks and a spayed, a spayed friend, a shrouding sheet, oh, a pit of clay for to be made ...*

Era tudo deprimente, por isso Isserley ia trocando os canais com os dedos dos pés.

Uma multidão de vodseis vinha descendo por uma rua ensolarada pavimentada de pedras. Todos os manifestantes estavam enrolados num lençol, que só tinha uma nesga aberta para os olhos. Um deles empunhava no alto um cartaz no qual estava afixada uma fotografia de jornal ampliada e meio borrada de uma criatura igual a eles, toda enrolada num lençol. Uma voz de repórter dizia que, com o mundo inteiro observando, a grande questão era saber até onde essas mulheres poderiam ir.

Isserley olhou a manifestação por mais alguns segundos, curiosa para ver até onde os vodseis poderiam ir, mas as câmeras não lhe mostraram isso; passaram para algo totalmente diferente, uma grande quantidade de vodseis machos em um estádio esportivo. Muitos deles lembravam o criador de cães, e alguns trocavam socos e empurrões enquanto a polícia tratava de separá-los.

A câmera fez um close de um vodsel impressionantemente forte que mal cabia dentro de um uniforme colorido de futebol americano. Com os dedos polegares, ele levantava o lábio superior em direção ao nariz para mostrar a palavra BRITISH gravada sobre a carne rosada e úmida que envolvia seus dentes amarelos. Em seguida abaixou o lábio inferior sobre o queixo de modo a revelar a palavra BULLDOG.

Isserley mudou de canal. Uma vodsel fêmea de peitos tão avantajados quanto os dela gritava histericamente, apertando o rosto entre as mãos, à vista de uma criatura que Isserley não conseguiu identificar. Parecia um inseto gigante e agitava as pinças como um caranguejo, mas andava desajeitadament sobre duas pernas. Um vodsel macho entrou em cena e atirou no inseto-criatura com algo que parecia um raio de luz de archote lançado por uma pistola de plástico.

— Eu pensei que tinha dito para você ficar junto com os outros — disse o macho para a fêmea, enquanto o pobre do inseto-criatura agonizava. Seus gemidos finais, que mal podiam ser ouvidos em meio aos efeitos sonoros animais, soavam alarmantemente humanos, sibilantes como a paixão sexual.

Isserley desligou a TV. Mais desperta agora, lembrou-se de algo que deveria estar claro desde o começo, ou seja, que na televisão nada é orientado para a realidade. Ela só tornava as coisas piores.

Tempos atrás a televisão tinha sido uma excelente professora, fornecendo constantemente uns informativos aperitivos, que ela podia consumir se estivesse a fim, ou apenas ignorar. Diferentemente dos livros que Esswis lhe dera para estudar, a caixa luminosa tagarelava sem parar, quer ela estivesse escutando ou não, sem empacar numa palavra ou numa página. Em todos aqueles primeiros meses de leitura e releitura, Isserley jamais conseguiu decifrar mais do que uns poucos parágrafos da *História do Mundo*, do professor-doutor W.N. Weech (até o *Which Rotovator?*, tenebroso manual detalhado de agricultura, era menos assustador), enquanto o básico sobre a psicologia vodsel ela havia entendido com uma clareza cristalina, pela televisão, em apenas duas semanas.

Estranhamente, entretanto, parecia que ela alcançara um estágio, isso já há alguns anos, em que não havia mais espaço para nenhuma informação em conta-gotas. A televisão tinha vivido seu apogeu de inutilidade, e estava voltando a balbuciar.

Ela ainda queria saber qual era o dia da semana, e se o sol estava mais perto ou mais distante da terra. Ela decidiu que, tão logo estivesse em condições, sairia ao ar livre para interpretar a noite por si mesma. Na verdade, por que esperar? Poderia concluir seus exercícios na praia, escondida pela escuridão; tinha fortes suspeitas de que eram as primeiras horas da madrugada. Madrugada de domingo.

Ela estava reassumindo o controle.

Guiando-se pelo corrimão, desceu as escadas até o banheiro. O quarto e o banheiro eram as únicas dependências do chalé que ela conhecia bem; os demais aposentos eram um mistério. Mas o banheiro não constituía problema. Ela já o havia usado no escuro um número incontável de vezes — praticamente todas as manhãs durante os meses do inverno.

Isserley entrou, às cegas. As solas dos pés sentiram a mudança da madeira para o linóleo. Não era difícil encontrar o que precisava. O chuveiro, as torneiras, o xampu, a torrente de água pressurizada: tudo no lugar de sempre, esperando por ela.

Isserley banhou-se com cuidado e paciência, dando especial atenção às cicatrizes e às fendas alienígenas, regiões em que ela era perigosamente insensível: lugares onde poderiam ocorrer infecções e onde feridas que praticamente nunca se fecharam seriam bem capazes de recrudescer sorrateiramente. Suas mãos espalhavam grandes quantidades de sabonete por todo o corpo, na frente e nas costas, a esponja cheia de um produto cremoso que ela acreditava ser muito mais espumante do que provavelmente era. Via-se envolta em espuma, aureolada por pequenas nuvens de espuma — como aquelas bolhas de poluição que muitas vezes as ondas levavam até a praia de Ablach.

Absorta, ela ficou à deriva da consciência, balançando-se lentamente sob a cascata de água quente. Suas mãos e seus braços continuavam a lhe percorrer a carne, lisa de sabão, num ritmo e numa rota regulares. Isserley fechou os olhos.

Somente quando se deu conta de que alguns de seus dedos haviam se perdido entre as pernas, buscando às cegas o que já não podia ser achado ali, é que ela recobrou os sentidos e tratou de se enxaguar com eficiência metódica.

Toda vestida como se fosse trabalhar, Isserley caminhou por sob um túnel de árvores rumo ao mar. Suas botas faziam estalar suavemente o chão de barro gelado; seu cabelo ainda úmido soltava fumaça no ar frio. Movia-se cuidadosamente, medindo os passos nas sombras, as mãos afastadas dos quadris, prontas a evitar uma queda. Num determinado ponto ela se virou, esperando que a nuvem formada pela própria respiração se desfizesse para ver se já tinha ido muito longe. Seu chalé era uma vaga silhueta contra o céu noturno, com as duas janelas de cima refletindo a luz do luar como os olhos de uma coruja. Ela se voltou para o estuário e continuou a andar.

Após a alameda de árvores, a terra abria-se à atmosfera; o tamanho da fazenda Ablach ficou evidente, e Isserley percorreu uma longa trilha gramada que serpenteava entre imensos campos de cevada e de batatas. Dali já quase se podia ver o mar, e o som das ondas parecia envolvê-la.

A lua caía sobre o estuário, e estrelas sem conta brilhavam

desde os recônditos mais escuros e profundos do universo; devia ser por volta das duas ou três horas da manhã.

Na fazenda, os homens provavelmente estariam carregando o navio, afinal. Isso era bom. Quanto mais cedo terminassem, mais cedo o navio poderia partir. Chegaria a hora em que Amlis Vess seria mandado de volta para o lugar de onde viera. Que alívio quando isso acontecesse!

Ela respirou profundamente, curtindo a idéia, já vendo os homens escoltando-o até o porão do navio, ele, bem arrogante, exibindo o corpo sarado, malhado, mantendo a cabeça ereta em atitude de desprezo adolescente. Provavelmente ele se viraria, pouco antes de entrar, e lançaria um olhar penetrante sobre quem estivesse ao alcance, com aqueles olhos cor de âmbar incendiando o negrume primoroso de sua pele. E então ele iria embora. Iria embora.

Isserley alcançara a divisa da fazenda, cujas terras incluíam penhascos e trilhas escarpadas que acabavam na água. O portão era uma construção imponente de ferro fundido, madeira-de-lei e tela de arame, preso por gonzos a um par de colunas da grossura de troncos de árvores. Os cadeados e as dobradiças pareciam, especialmente assim ao luar, partes de um motor de automóvel soldadas à madeira. Por sorte, os donos anteriores haviam construído uma escadinha de madeira de cada lado do portão, para evitar problemas a visitantes de duas pernas. Isserley subiu por uma delas, escalando os três degraus de forma estranhamente cômica, agradecida por não haver ninguém para testemunhar sua dificuldade. Qualquer pessoa normal teria simplesmente pulado por cima dos degraus.

Do outro lado da cerca, não muito longe do portão, uma meia dúzia de bois e vacas estava deitada na faixa estreita de terreno entre a divisa de Ablach e a beira do penhasco. Eles mugiram, nervosos, à aproximação de Isserley, os mais claros luzindo tenuemente na escuridão. Um bezerro se levantou, com os olhos faiscando. Logo os outros também se levantaram e foram se afastando ao longo da cerca, produzindo os sons característicos de cascos pisando a terra e do *ploff* pesado das fezes.

Isserley se virou para olhar a fazenda. Seu chalé estava escondido pelas árvores, mas a fazenda era bem visível. As luzes estavam apagadas.

Esswis dormia, provavelmente. As aventuras cansativas do dia anterior pela manhã lhe haviam exigido mais do que ele poderia admitir para uma mulher, sem dúvida. Podia vê-lo estirado numa cama exatamente como a dela, ainda vestido com aquelas ridículas roupas de fazendeiro, e roncando alto. Sendo um homem forte ou não, era muito mais velho do que ela, e trabalhara pesado durante anos na Propriedade até ser fisgado pelas indústrias Vess; Isserley tinha sido resgatada apenas três dias depois. Ele também fora operado exatamente um ano antes dela. É bem possível que os cirurgiões tenham feito um trabalho pior nele, testando técnicas que ainda não dominavam perfeitamente até Isserley entrar na faca. Nesse caso, ela sentia pena de Esswis. Suas noites não devem ter sido fáceis.

Isserley desceu pela trilha do gado até a praia, estudando bem cada passo no penhasco íngreme. Venceu quase metade do caminho, chegando ao ponto em que a inclinação ficava mais suave, e fez uma pausa. Havia ovelhas pastando por ali, e não queria assustá-las. Ela gostava mais das ovelhas do que de qualquer outro bicho; tinham uma inocência e uma serenidade que ficavam muito longe da audácia brutal e da excitabilidade digamos humaníaca dos vodseis. Vistas sob pouca luz, quase podiam ser confundidas com crianças humanas.

Então Isserley parou, no meio do penhasco, para completar seus exercícios. Com os bois vagando tranqüilamente em algum ponto acima de sua cabeça, e as ovelhas pastando imperturbáveis abaixo dela, assumiu as posições corretas, esticando os braços para o horizonte prateado, em seguida curvando-se em direção à praia de Moray Firth, e logo inclinando-se lateralmente, ao norte para Rockfield e o farol, ao sul, para Balintore e outras povoações maiores, e, finalmente, erguendo-se na direção das estrelas.

Após um bom tempo repetindo e repetindo essa série, Isserley entrou em estado de semiconsciência, como que hipnotizada pela lua e pela monotonia, que durou mais tempo que o habitual, tornando-se tão natural que seus movimentos, por fim, fluíam graciosamente.

Ela parecia estar dançando.

De volta ao chalé, horas antes de amanhecer, Isserley sentiu que estava ficando novamente agitada. Revirava-se na cama, entediada e irritadiça.

Teria de pedir aos homens que providenciassem energia para aquela casa, de modo que ela pudesse ter luz elétrica. O galpão tinha luz elétrica, a fazenda de Esswis tinha luz elétrica; não havia razão para que o seu chalé não tivesse. Aliás, pensando bem, era realmente inacreditável que o chalé dela não tivesse luz — humilhante, até.

Tentou se lembrar das circunstâncias pelas quais tinha vindo morar aqui. Não da viagem, não do que acontecera na Propriedade, mas do que havia ocorrido imediatamente após sua chegada à fazenda Ablach. Que espécies de acordos foram feitos naquela época? Ou os homens esperavam que ela fosse morar junto com eles no galpão, em suas tocas fétidas? Nesse caso, ela teria tirado aquela idéia da cabeça deles rapidamente.

Então onde ela teria dormido na primeira noite? Sua memória estava tão confusa quanto os restos misturados e enegrecidos de uma fogueira extinta.

Talvez ela mesma tivesse escolhido aquele chalé, ou quem sabe fora uma sugestão de Esswis, que, afinal de contas, tinha tido um ano para se inteirar bem de tudo o que havia na fazenda. O que Isserley sabia era isso: ao contrário da fazenda de Esswis, seu chalé estava abandonado quando ela se mudou — e é claro que continuava mais ou menos abandonado agora.

Mas a extensão que serpenteava em volta de toda a casa dela, ligando a televisão, a secadora de roupa e a lâmpada de fora a um gerador: quem é que tinha feito aquilo, e com tamanha má-vontade? Seria este mais um exemplo de como ela era explorada, usada como uma peça de equipamento pesado?

Esforçou-se para lembrar, e acabou constrangida e levemente desconcertada quando conseguiu.

Os homens — Ensel, principalmente, embora não se lembrasse mais de todos eles — ficaram em volta dela desde a sua chegada, oferecendo-se para realizar toda espécie de serviço só para ela. Cobiçando-a e ao mesmo tempo com pena, juntaram-se para lhe oferecer total segurança. Certo, eles sabiam que o que as indústrias Vess haviam feito com ela não poderia mais ser mudado, mas não era o fim do mundo. Ajeitariam tudo direito. Transformariam aquele chalé, aquela quase ruína em um verdadeiro lar, em um ninho pequenino e aconchegante só para ela. Era uma pobre coitada, devia estar tão aborrecida... tão arrasada com tudo aquilo, eles compreendiam perfeitamente, veja o Esswis, velho patife; mas ela era guerreira, e como!, uma garota corajosa, e eles a iriam tratar como se não houvesse nada de estranho ou feio com ela, pois ela e eles eram todos a mesma coisa sob a pele, ou não eram?

Ela lhes disse que não queria nada deles, nada.

Ia fazer o serviço *dela*, e que cada um fizesse o seu.

Para fazer seu serviço corretamente só era preciso providenciar um mínimo de coisas: uma lâmpada no lugar em que o carro seria guardado, água corrente aquecida, e uma conexão de eletricidade para ligar um rádio ou algum equipamento do gênero. Quanto ao resto, ela ficaria bem. Sabia tomar conta de si mesma.

Na verdade, e ela estava pronta a dizer com todas as letras, caso eles fossem tão idiotas a ponto de não entender, o que ela mais desejava era privacidade. Que a deixassem sozinha.

"Mas ela não sentiria solidão?" perguntaram eles. Não, não sentiria, ela tinha respondido, estaria muito ocupada. Precisaria preparar-se para um serviço cuja complexidade e sutileza eles não podiam entender. Haveria muito trabalho intelectual a fazer. Teria que aprender tudo desde os princípios básicos, ou toda aquela empreitada acabaria por desabar sobre suas cabeças. Os desafios que ela estava prestes a enfrentar não eram tão fáceis de ser vencidos quanto carregar fardos de feno para uma cocheira ou cavar buracos pelo chão.

Isserley agora caminhava pelo quarto, atenta ao piscar constante do rádio-relógio. Seus passos soavam fortes e abafados nas tábuas do assoalho; não era comum ela usar sapatos dentro de casa a menos que já estivesse de saída.

Irritada, ligou de novo a televisão, muito embora já a houvesse ligado uma vez depois que voltou ao chalé e o resultado tenha sido mais aborrecimento.

Como fora desligado recentemente, o aparelho voltou a funcionar de imediato. O vodsel que, poucos minutos antes, bisbilhotava de binóculos um monte de calcinhas de cores berrantes a balançar num varal aparecia agora passando a língua nos lábios e apertando as próprias bochechas. Vodseis fêmeas debaixo do varal esticavam-se tentando despregar as peças de roupa. Inexplicavelmente, a corda estava mais alta do que elas conseguiam alcançar, e então se puseram nas pontas dos pés, pulando feito crianças, com os peitos rosados tremendo que nem gelatina.

Em outro canal, vários vodseis de aparência compenetrada, machos e fêmeas, estavam sentados atrás de uma mesa de trabalho, ombro com ombro. Sobre suas cabeças, uma placa eletrônica comprida, uma espécie de versão de brincadeira daquela que se localiza perto da ponte Kessock, exibia a seguinte seqüência de letras e espaços: I _ I _UI _Y

— R? — arriscava um dos vodseis.

— Nãoooooo, acho que não — respondia uma voz em *off*.

O carro de Isserley estava preguiçosamente estacionado na sua vaga, iluminado pela solitária lâmpada de tungstênio. Ela limpava o carro por dentro, lenta e contemplativamente, como se cada movimento fosse o último. O sol tinha ainda um longo caminho a percorrer, oculto pela curvatura do planeta.

Isserley estava de joelhos, debruçada no interior do veículo, cujas portas estavam abertas. Abriu o *Ross-shire Journal* para evitar sujar o tecido verde aveludado de suas calças. Com as pontas dos dedos catava os pedaços de chocolate e os jogava, um a um, por cima dos ombros. Ela estava certa de que os passarinhos comeriam tudo.

De repente sentiu-se fraca e cheia de fome. Não comera nada desde aqueles pacotinhos de batatas do dia anterior à tarde com um pouco de neve derretida, e mais ou menos um litro de água morna que bebera direto do chuveiro ainda de madrugada. Não era o bastante, convenhamos, para manter um ser humano abastecido.

Curioso que ela nunca se desse conta de estar com fome a não ser quando já se achava faminta, quase desmaiando. Uma parte infeliz de sua vida, e potencialmente perigosa: ela deveria ter cuidado ao lidar com isso. Era importante ter uma rotina, como tomar café com os homens todas as manhãs antes de sair para a estrada — rotina que tinha sido quebrada por Amlis Vess.

Respirando profundamente, como se umas poucas lufadas de ar fossem capazes de sustentá-la por mais algum tempo, Isserley continuou a limpar o carro. Os pedaços de chocolate pareciam não ter mais fim; achavam esconderijo em qualquer cantinho como besouros rotundos. Ela se perguntava se conseguiria ir a algum lugar após comer um único deles.

Pegou a caixa que, juntamente com as luvas do criador de cachorros, ela havia jogado no chão para queimar mais tarde. Examinando contra a luz o retângulo de papelão, ela deu com a lista de ingredientes. "Açúcar", "leite em pó" e "gorduras vegetais" soavam bastante inofensivos, mas "mistura de cacau", "emulsificante", "lecitina" e "aromatizantes artificiais" estavam assinalados com um círculo em volta. "Mistura de cacau" soava positivamente letal. Sua reação de sentir enjôos era, provavelmente, a forma que a Natureza encontrara para fazê-la restringir-se aos alimentos conhecidos.

Mas se fosse ao galpão para comer com os homens ela certamente correria direto para Amlis Vess. E isso era a última coisa que ela queria. Quanto tempo mais poderia suportar? Quanto demoraria ainda para que ele partisse? Ela olhava para o horizonte, ansiando pelo primeiro sinal de luz.

Ao longo dos anos, sua relutância em ter mais contato com os homens do que o mínimo necessário a havia deixado excessivamente autoconfiante, especialmente quando se tratava de cuidar do seu carro. Ela já havia substituído o retrovisor quebrado, trabalho para o qual, anteriormente, precisaria recorrer a Ensel. Se quisesse evitar problemas, ela ficaria com aquele carro para sempre sem precisar trocá-lo. Era de aço, vidro e plástico — por que haveria de se estragar? Era só botar combustível quando ele estivesse precisando, óleo, água, o que fosse. Ela guiava lentamente e com todo o cuidado, mantendo-o longe dos olhos da polícia.

Ela tirara o novo espelho retrovisor do seu velho Nissan já muito canibalizado, que não passava agora de uma triste carcaça. Mas não era caso para sentimentalismos, o espelho se ajustava perfeitamente ao seu pequeno Corolla vermelho. Não havia sinal do acidente.

Ainda admirando o capricho da cirurgia que ela havia protagonizado, Isserley acabou de limpar seu pequeno Corolla. O motor dele ainda estava amaciando, uma máquina bem azeitada processando gasolina aromática no ar puro. Ela gostava do carrinho, ele era muito bom, realmente. Se cuidasse bem dele, nunca a deixaria na mão. Meticulosamente, Isserley ia retirando barro e graxa dos pedais, passou um pano úmido no porta-luvas, completou o nível do reservatório de icpathua sob o assento do passageiro com um frasco especial.

Talvez ela pudesse sair dirigindo até encontrar um posto com loja de conveniência 24 horas e comprar alguma coisa para comer. Amlis Vess iria embora logo, talvez dentro de um ou dois dias. Comer comida de vodsel durante um dia ou dois certamente não iria matá-la. E depois que ele partisse ela poderia voltar ao normal.

Porém ela sabia que, se fosse para a estrada agora, havia o risco — remoto, mas real — de que algum carona lunático miserável estivesse também na pista, de polegar levantado. Conhecendo-se bem, ela provavelmente o pegaria, ele ficaria totalmente inconveniente, e ela acabaria nas montanhas geladas de Cairngorms. Aquele era o jeito dela.

Os homens sempre tomavam um belo café-da-manhã, com muita proteína e amido. Prato fundo, fumegando. Bolos de carne, salsichas, muito molho. Pão quente saído do forno, cortado em fatias grossas à vontade do freguês. Ela sempre se servia de fatias finas, e procurava se certificar de que as fatias fossem elegantes e sempre do mesmo tamanho, não como os nacos disformes que os homens cortavam com as mãos. Geralmente eram duas, três fatias no máximo, com pasta de gushu ou mussanta. Mas hoje...

Isserley parou e bateu a porta do carro. Não havia razão para ficar assim tão infeliz e ser criticada por algum criador de casos bobalhão, enquanto um bando de merdas da Propriedade ficava só observando para ver se ela iria desistir. Fome era uma coisa, princípios eram outra bem diferente.

Ela foi até a frente do carro e ergueu o capô. Inclinando-se, examinou o motor que trabalhava suavemente. Confirmou que havia colocado no lugar correto a vareta fina de aço inoxidável com a qual recentemente havia conferido o nível do óleo. Em seguida checou as velas e os cabos da ignição. Com os dedos, expôs à vista o cilindro brilhoso de líquido aviir, único item importado do motor nacional daquele veículo. O metal do cilindro era transparente, e Isserley pôde ver nitidamente o aviir lá dentro, sua tensão de superfície oleosa vibrando em sintonia com o motor. Aquele item também estava certo, como devia estar, embora ela esperasse, com um pouco de sorte, jamais ter que usá-lo.

Fechou o capô e, num impulso, sentou sobre ele. O metal quente e vibrante transmitiu-lhe uma sensação agradável através do tecido das calças, distraindo sua atenção do ronco insistente do estômago. No horizonte, uma nesga de sol nascente definia os contornos das montanhas. Bem diante do seu nariz, um floco de neve caiu em espiral.

— Isserley — disse pelo interfone.

A porta de correr do galpão abriu-se de imediato, e ela avançou para a luz. Um remoinho de neve, cortante como agulhas de pinheiro, entrou junto com ela, como se sugado por um vácuo. Então a porta de correr fechou-se novamente, e ela se viu abrigada do tempo.

Como esperado, o trabalho estava bem atrasado no hangar; dois homens carregavam o navio, um deles dentro do casco aguardando que lhe passassem mais cargas brilhantes. O outro cuidava dos carrinhos de transporte, que estavam carregados até em cima de caixotes de cor avermelhada. Uma fortuna de carne *in natura*, impecavelmente distribuída em porções embaladas em plástico transparente e acondicionadas em engradados plásticos.

— Oi, Isserley. — O homem que trabalhava com os carrinhos deu uma parada para cumprimentá-la. A caminho do elevador, ela retribuiu com um aceno, da maneira mais vaga possível. Sentindo-se encorajado, ele permitiu-se parar sua pequena torre giratória cheia de caixotes e dirigiu-se até ela. Isserley não fazia a menor idéia de quem podia ser.

Claro que tinha sido apresentada pessoalmente a cada homem logo que chegou à fazenda, mas não conseguia se lembrar do nome daquele. Ele tinha uma aparência meio abobalhada, era gordo e atarracado — uns vinte ou trinta centímetros mais baixo que Amlis Vess — e seu pêlo fazia-a lembrar de uma coisa morta esturricando à beira da A9, uma massa dura e acinzentada que os pneus dos carros e a própria natureza tornaram irreconhecível. De quebra, o sujeito ainda tinha uma espécie de doença de pele repulsiva, que fazia metade do seu rosto parecer uma fruta bolorenta. Isserley teve dificuldade, de início, em olhar diretamente para ele; depois, com receio de ofendê-lo e provocar uma retaliação da sua parte, visto que ela própria era desfigurada, chegou mais perto e fixou os olhos nos dele.

— Oi, Isserley — repetiu ele, como se a tentativa de propor que compartilhassem uma linguagem fosse boa demais para se perder.

— Estou indo tomar café — anunciou Isserley em tom estritamente profissional — antes de começar a trabalhar. A barra está limpa?

— A barra? — O homem-bolor olhou-a confuso. Sua cabeça inconscientemente voltou-se em direção ao estuário.

— Quero dizer, o Amlis Vess está por aí?

— Ah!, agora entendi... Ele não enche a gente, não — disse o homem-bolor, com uma voz arrastada e um sotaque duas vezes mais acentuado que o de Ensel. — Ele fica só ali na área do refeitório, quando não está lá embaixo, no cercado dos vodseis, enquanto a gente vai tocando o carregamento aqui, sem problema.

Isserley abriu a boca para falar, mas não sabia o que dizer.

— Ele agora não faz mais nada — garantiu o homem-bolor. — Yns e Ensel tomam conta dele em turnos. Fica só falando abobrinhas. Não está nem aí que nem se dê bola para o que ele diz. Vai conversar com os bichos quando os humanos se cansam dele.

Por um momento, Isserley se esqueceu de que os vodseis não tinham língua, e ficou alarmada ao pensar que eles podiam estar se comunicando com Amlis Vess, mas logo se tranqüilizou quando o homem-bolor riu de maneira vulgar e acrescentou:

— A gente pergunta pra ele: os animais respondem a você?

Ele riu de novo, um relincho desprezível aperfeiçoado ao longo de metade da vida na Propriedade.

— É um cara engraçado, bom para matar o tédio. Vamos querer que ele volte depois que tiver ido embora — concluiu, piscando bem os olhos.

— É, quem sabe... se você está dizendo — Isserley fez cara de nojo, apressando-se em direção ao elevador. — Desculpe, estou faminta.

E se foi.

Amlis Vess não estava na área de refeição e de recreio.

Isserley certificou-se disso, dando mais uma boa olhada em volta daquelas instalações simples e de teto baixo, permitindo-se afinal respirar aliviada.

O espaço era bem amplo, um retângulo grosseiramente escavado sem reentrâncias ou recessos, contendo apenas algumas mesas baixas; não havia nada com altura suficiente para esconder um homem alto de traços surpreendentemente belos. Ele definitivamente não estava ali.

Embora o lugar estivesse vazio, o corredor comprido que levava à cozinha estava entupido de recipientes para molhos e temperos, tigelas cheias de verduras frescas, vidros de mussanta, cestas de pão recém-saído do forno, bolos, jarras de água e ezziin, grandes bandejas plásticas com talheres. Um cheiro divino de assado vinha da cozinha.

Isserley pegou o pão e cortou duas fatias, que untou com uma grande quantidade de pasta de mussanta. Fazendo um sanduíche, começou a comer, empurrando a comida através dos lábios insensíveis para dentro de sua boca ansiosa. A pasta de mussanta nunca lhe parecera tão deliciosa. Engoliu tudo logo, mastigando energicamente, impaciente para se servir novamente do pão e passar um pouco mais de pasta.

O cheiro vindo da cozinha era indescritível. Algo muito melhor do que o de costume estava sendo preparado lá dentro, alguma coisa sem dúvida mais interessante do que batatas fritas. É verdade que Isserley raramente estava por perto quando a comida era preparada; em geral ela fazia as refeições frias, depois que o cozinheiro já saíra e a maioria dos homens havia comido. Ela beliscava as sobras, tentando parecer indiferente, associando sua falta de apetite ao cheiro da gordura. Mas o cheiro, hoje, estava ótimo!

Sempre atracada ao sanduíche, Isserley foi até a porta aberta da cozinha e arriscou uma olhadela para dentro, esperando ver as grandes costas negras de Hilis, o cozinheiro. Conhecido pelos sentidos aguçados, ele logo se deu conta da presença dela.

— Que droga! — gritou em tom de brincadeira, sem sequer se virar. — Ainda não está pronto!

Meio envergonhada, Isserley já ia se retirando quando Hilis percebeu quem era e estendeu os braços fortes e chamuscados em sinal de reconciliação.

— Isserley — gritou, exibindo o sorriso mais escancarado que suas fuças imponentes permitiam. — Por que você tem sempre que comer essa droga? Isso me parte o coração! Vem cá ver o que eu vou servir agora mesmo!

Timidamente ela se aventurou cozinha adentro, abandonando o sanduíche, desprezando-o na bancada do lado de fora. Normalmente ninguém podia entrar; Hilis zelava por seus domínios, circulando sozinho por ali como um cientista obsessivo num laboratório úmido e mal iluminado. Utensílios de prata de todos os tamanhos estavam pendurados nas paredes, como as ferramentas na oficina do Donny, uma infinidade de implementos especializados e engenhocas. Jarras transparentes cheias de pimenta e garrafas de molho nas prateleiras e bancadas de trabalho emprestavam um certo colorido às superfícies metálicas, embora a maior parte dos verdadeiros alimentos estivesse guardada nos refrigeradores e em cilindros de metal. O próprio Hilis era, incontestavelmente, a coisa mais vividamente orgânica naquela cozinha, um feixe poderoso de energia nervosa envolto por uma pele espessa. Isserley mal o conhecia; haviam trocado no máximo umas quarenta frases durante todos esses anos.

— Vem, vem! — insistia ele. — Mas olhe onde pisa.

Os fornos ficavam embutidos no chão, de modo que um humano pudesse vigiar a comida sem se desequilibrar. Hilis curvou-se sobre o maior deles, olhando pela porta de vidro grosso para o interior da cavidade em brasa. Com gestos apressados, ele convidou Isserley a fazer o mesmo.

Ela se ajoelhou junto a ele.

— Olha isso — disse ele com orgulho.

Dentro do forno, tremeluzindo num halo alaranjado, seis espetos giravam lentamente, cada um com quatro ou cinco nacos idênticos de carne. Eles tinham aquele dourado da terra recém-lavrada, e o aroma era absolutamente celestial, crepitando e reluzindo no próprio suco.

— Parece bom — admitiu Isserley.

— *É* bom — corrigiu Hilis, levando o narigão o mais perto possível, quase encostando no vidro. — Melhor do que o que costumam me dar aqui para trabalhar, isso eu garanto.

Todo mundo sabia que aquele era um motivo de mágoa para Hilis: as melhores peças de carne eram sempre reservadas para o navio de carga, ele recebia somente carne de qualidade inferior, pescoços, vísceras e extremidades.

— Quando eu soube que o filho do velho Vess viria para cá — ele falou, aquecendo-se junto ao forno — eu entendi que teria direito a algo especial para variar...

— Mas... — balbuciou Isserley, decifrando a demora entre a chegada de Amlis e aqueles belos pedaços de carne que agora giravam no forno.

Hilis a interrompeu, excitado.

— Eu estou com esses *steaks* marinando há mais de 24 horas e aquele desgraçado ainda não chegou! Que é que eu vou fazer? Deixá-los ir pelo ralo? Esses merdinhas são perfeitos, estou lhe dizendo, absolutamente perfeitos para um espeto. Vão ficar incrivelmente saborosos! — O entusiasmo estava deixando Hilis hiperativo.

Isserley olhou a carne assando. O aroma se infiltrava pelo vidro e ia direto para suas narinas.

— Você está sentindo o cheiro, não está? — Hilis proclamou triunfante, como se fosse o responsável por algo que, contra todas as expectativas, conseguira penetrar naquele nariz cirurgicamente mutilado e pateticamente reduzido que era o dela. — Não é maravilhoso?!

Isserley meneou a cabeça, perturbada com tamanho desejo.

— É sim — suspirou.

Hilis, incapaz de se acalmar, caminhava em círculos pela cozinha, nervoso e irrequieto.

— Isserley, por favor — pedia ele, trocando, a toda hora, um garfo e uma faca afiada de mãos. — Por favor, você *tem que* provar um pedacinho disso. Faça um velho feliz. Eu *sei* que você sabe apreciar uma boa comida. Freqüentava a Elite quando era moça, é o que os homens sempre dizem. Não cresceu comendo lixo como esses palermas da Propriedade.

Num estado de excitação exibicionista ele abriu a porta do forno, liberando um ar quente tremendamente cheiroso.

— Isserley — já quase implorava ele —, deixe que eu corte um pedaço para você. Por favor!!!

Ela sorriu, embaraçada.

— Tudo bem, vamos então! — acedeu ela de um ímpeto.

Ágil como um tubarão, ele pôs em prática toda a sua técnica de trinchar num piscar de olhos.

— Simsim*sim* — ele se empolgou, erguendo-se num salto. Isserley recuou com a agilidade de uma mola, vendo um naco de carne a polegadas de sua boca, empalado na ponta fina do trinchante. Delicadamente ela segurou a carne entre os dentes e puxou com força.

Uma voz doce ecoou da porta da cozinha.

— Você não tem idéia do que está fazendo — suspirou Amlis Vess.

— Não admito pessoal não-autorizado na minha cozinha! — retrucou Hilis instantaneamente.

Amlis Vess deu um passo atrás; para ser exato, ele ainda não havia penetrado totalmente no recinto, apenas seu rosto negro, cheio de curiosidade, e talvez a projeção do seu peito branco. Seu recuo nem poderia ser considerado um recuo, seria mais um realinhamento natural do corpo, um ajuste muscular. Tecnicamente, ele foi se acomodar do lado de fora da cozinha, mas com a intensidade do olhar ainda ocupando uma boa porção do espaço interno. E seu olhar fixo recaía diretamente sobre Isserley e não sobre Hilis.

Excessivamente nervosa para se mexer do lugar, Isserley mastigou sem pensar o que restara do delicioso bocado. Felizmente a carne estava praticamente se desmanchando na boca, de tão macia.

— Qual é o problema, Sr. Vess? — ela conseguiu falar finalmente.

O queixo de Amlis tremia de ódio, e os músculos de seus ombros vibravam como se ele estivesse pensando em atacá-la; em vez disso, ele relaxou repentinamente, como se houvesse injetado em si próprio alguma droga sedativa.

— Esta carne que você acabou de comer — disse ele com toda a calma — é o corpo de uma criatura que vivia e respirava tal como você e eu.

Hilis suspirou e revirou os olhos em sinal de desalento e compaixão, pelo comportamento pretensioso e confuso dos jovens. Em seguida, para espanto de Isserley, virou as costas e voltou a se concentrar no trabalho, agarrando a panela mais próxima.

Com as palavras de Amlis ainda nos ouvidos, Isserley tomou coragem, tal como da outra vez, reparando no sotaque e na dicção aveludada, típicos das classes superiores, que ele adquirira ao longo de uma vida de saúde e privilégios. Recordou como fora mimada e depois descartada pela Elite; reviu mentalmente as autoridades que decretaram que ela se adaptaria melhor à vida na Propriedade, homens com o mesmo sotaque de Amlis Vess. Invocou esse sotaque e, obedecendo à corda de ressentimento que ainda vibrava, aguda, bem dentro dela, deixou-a reverberar.

— Sr. Vess — disse friamente —, lamento lhe dizer isso, mas eu tenho sérias dúvidas de que haja alguma similaridade entre os modos como o senhor e *eu* vivemos e respiramos, muito menos entre mim — nesse momento ela passou a língua nos dentes para provocá-lo — e meu café-da-manhã.

— Somos todos iguais sob a pele — replicou Amlis, um tanto desconcertado, ela achou. Ela deveria esperar aquela reação frouxa da parte dele, aquela necessidade de negar a realidade social característica dos ricaços idealistas safados.

— Por isso é que é ainda mais curioso que o senhor tenha feito toda esta ginástica para ficar bisbilhotando — zombou ela.

Um tapa na cara, Isserley percebeu. Amlis parecia prestes a saltar de novo sobre ela, os olhos faiscando, mas ainda uma vez conseguiu relaxar: outra dose da mesma droga.

— Isso não vai nos levar a parte alguma — suspirou ele. — Venha comigo.

Isserley ficou boquiaberta.

— Ir com o senhor?

— Isso mesmo — Amlis falou, como quem confirma os mínimos detalhes de um negócio já acordado. — Vamos lá para baixo. Lá onde ficam os vodseis.

— O senhor... o senhor só pode estar brincando — disse ela, emitindo um risinho que pretendia parecer insolente, mas que saiu apenas trêmulo.

— E por que não? — desafiou ele, fingindo inocência.

Ela engasgou antes de conseguir dar uma resposta; talvez por causa de algum pedacinho de carne na garganta. Porque tenho pavor das profundezas, ela pensava. Ou porque não quero ser queimada viva novamente.

— Porque tenho muito trabalho a fazer — respondeu ela.

Ele olhava fixamente para os olhos dela, não de forma agressiva, mas como se medisse a distância, a logística de um salto para dentro da alma dela.

— Por favor — disse ele. — Eu vi alguma coisa lá embaixo, e preciso que você me explique do que se trata. Sério! Perguntei aos homens, nenhum deles sabe o que é. Por favor.

Fez-se uma pausa, durante a qual ela e Amlis ficaram imóveis enquanto Hilis enchia o ar de pancadas e batidas. Então, estarrecida, Isserley ouviu sua resposta anterior como se viesse de grande distância. Escutou-a vagamente; nem tinha certeza das palavras exatas. Mas, fosse qual fosse, queria dizer sim. No sonho, com um acompanhamento surreal de metais batendo e carne chiando, ela dizia sim para ele.

Ele se virou, o corpo ágil parecendo flutuar. Ela o seguiu, saindo da cozinha de Hilis em direção ao elevador.

Vários homens concentravam-se naquele momento na área do refeitório, fazendo hora, fofocando, mastigando chiclete; vendo Isserley e Amlis Vess passar por eles.

Nenhum deles fez menção de intervir.

Ninguém ameaçou Amlis de morte se ousasse dar mais um passo.

Os alarmes não acionaram quando o elevador se abriu, as portas do elevador não se recusaram a fechar quando os dois entraram.

Nem mesmo o universo parecia compreender que alguma coisa estava fora da ordem.

Absolutamente perplexa, Isserley ficou bem próxima a Amlis dentro dos limites do elevador, um de frente para o outro, sentindo o pescoço negro esguio e a cabeça dele bem perto dos seus ombros, o flanco macio dele pulsando a centímetros de suas costelas. A cabine desceu silenciosamente e chegou com um silvado.

A porta abriu e Isserley mergulhou numa angústia claustrofóbica. Tudo ali estava na mais completa escuridão, como se os objetos e as coisas tivessem sido sugados para dentro de uma estreita fenda entre duas camadas de rocha compacta com apenas uma lanterninha de criança a guiá-los. Havia um fedor de urina e fezes fermentadas, teias de aranha cobriam as lâmpadas infravermelhas, e por todo lado, em volta deles, o faiscar de um enxame de olhos.

— Você sabe onde acende a luz? — perguntou Amlis educadamente.

8

ISSERLEY TATEOU ATÉ descobrir o interruptor. Um facho de luz invadiu o ambiente, do piso ao teto, como a maré tapando um buraco.

— Ah — murmurou ela, aliviada. Ficar assim tão longe, embaixo da terra, era um pesadelo transformado em realidade.

— Horrível, não acha? — disse Amlis Vess.

Isserley olhou-o, assustada e precisando ser consolada, mas ele estava se referindo ao rebanho, certamente, não à claustrofobia — ela pôde perceber pela expressão de revolta em seu rosto. Homem típico: obcecado pelo próprio ideal, era incapaz de ter empatia por um ser humano que estava sofrendo debaixo do seu nariz.

Isserley saiu do elevador determinada a não se humilhar diante dele. Poucos minutos atrás estava quase encostando o rosto no pelo negro e macio do pescoço dele, colando-se àquele corpo perfeitamente proporcional; agora tinha vontade de matá-lo.

— É só o fedor dos animais — disse ela, farejando o ar, evitando olhá-lo enquanto caminhavam lado a lado. O elevador fechou atrás deles e desapareceu.

Ao escavar esse que era o nível mais profundo do solo, os homens retiraram o mínimo absolutamente necessário da sólida rocha triássica. O teto não teria muito mais do que um metro e meio de altura, e os eflúvios acumulados da respiração do gado pairavam sobre as faixas fluorescentes. As baias dos vodseis, uma bateria de cercadinhos que se sucediam ao longo das paredes, ocupavam praticamente o andar inteiro; só havia um espaço no meio para o corredor. Nas jaulas à esquerda ficavam os de um mês; à direita, os que estavam em processo; e bem ao fundo, junto à última parede defronte ao elevador, os recém-chegados.

— É a sua primeira vez, não é? — a voz de Amlis fez-se ouvir.

— Não — respondeu ela, entre irritada e nervosa pela proximidade com que ele poderia estar observando o modo como ela agia.

Na verdade, ela já estivera ali uma outra vez, no começo, quando ainda não havia animais. Os homens queriam mostrar o que tinham construído em homenagem à chegada dela à fazenda, tudo prontinho à espera da sua contribuição vital.

— Impressionante — dissera ela então, ou algo semelhante, tratando de escapar dali o quanto antes.

Agora, anos depois, ei-la de volta, ao lado de um dos jovens mais poderosos do mundo, que desejava fazer-lhe uma pergunta. "Surreal" era pouco para tentar descrever a situação.

Pelo que se lembrava, as jaulas eram menores e mais sombrias do que antes; as peças de madeira descascadas e sem verniz, as grades enferrujadas, com sinais de fezes e outras substâncias não identificáveis em vários pontos. E, claro, o gado acrescentara mau cheiro e uma densidade vultosa de carne, criando esse ambiente úmido com ar reciclado. Ao todo devia haver pouco mais de trinta vodseis confinados ali, fato que deixou Isserley ainda mais chocada: ela ainda não se dera conta do quanto vinha trabalhando duro.

Os poucos vodseis com cerca de um mês de processamento amontoavam-se formando uma massa de carne pulsante, de tal modo que era difícil distinguir o que separava um corpo do próximo, os membros se confundindo. Mãos e pés espalhados ao acaso, como se uma resposta coordenada lutasse em vão para emergir de um organismo coletivo embriagado. Suas cabecinhas gordas eram idênticas, movendo-se em bloco como pólipos de uma anêmona, piscando intensamente por causa da luz repentina. Ninguém diria que eram capazes de sair correndo se ficassem à solta.

Em torno dos espécimes de um mês, as esteiras de palha grossa reluziam com a diarréia escura daquele estágio de maturidade. Nada que pudesse causar o menor dano à digestão humana sobrevivia em seus intestinos grossos; cada micróbio externo fora retirado e substituído pela melhor e mais confiável das bactérias. Eles se agarravam uns aos outros, como para preservar a espécie. Restavam quatro deles; ontem eram cinco, anteontem, seis.

Do outro lado da divisória, aqueles em processo estavam acocorados nas jaulas, cada um na sua esteira. Dividindo o espaço disponível segundo uma aritmética instintiva, não falada, eles procuravam manter sua individualidade, nem que fosse uma questão de polegadas. Olharam ameaçadores para Isserley e Amlis, alguns deles mastigando com desconfiança a comida nova e desconhecida, outros coçando o cabelo que crescia ralo e musgoso, outros ainda comprimindo os pulsos contra as partes castradas.

Embora vagamente diferentes no físico e na coloração, eles viam o futuro irremediavelmente à sua frente. Estavam amadurecendo devagar rumo ao seu destino, de um modo natural.

No final do corredor, os três que haviam chegado mais recentemente estavam de pé, encostados à grade de ferro, acenando e gesticulando.

— Ng! Ng! Ng! — gritavam.

Amlis Vess apressou-se a responder, com a cauda exuberante balançando entre as nádegas rijas e sedosas enquanto ele corria. Isserley foi atrás dele, lenta e cautelosamente. Ela torcia para que todas as línguas dos vodseis tivessem sido inteiramente extirpadas. O que Amlis não soubesse não poderia afetá-lo.

Assim que Isserley parou à entrada de uma jaula, quase morreu de pavor: alguma coisa se projetou lá de dentro exatamente em sua direção, chocando-se contra a tela de metal com um estrondo formidável. Por um momento ela teve certeza de que a barreira tinha sido rompida, mas o vulto pulou para trás e o vodsel desabou no chão, berrando de dor e fúria. O interior de sua boca aberta era negro, no lugar em que a língua fora cauterizada; uma saliva branca escorria do bigode. Ele fazia força para ficar de pé, tentando com toda a certeza lançar-se ainda uma vez sobre Isserley, mas dois outros vodseis o seguraram e o levaram para longe da cerca.

Subjugado por um indivíduo alto e atlético bem mais jovem do que ele, o vodsel nervoso deixou-se cair impotente em sua esteira, com os joelhos ainda tremendo. A terceira criatura foi cambaleando até se ajoelhar num canto bem próximo à cerca. Ficou ali grunhindo e resfolegando, aflito, como se tivesse perdido algo.

— Tudo bem, rapaz — disse Amlis, procurando reanimá-lo. — Tente de novo, você consegue. Eu sei que você vai conseguir.

O vodsel se curvou sobre a terra, apagando as pegadas do seu colega furioso com a palma de uma das mãos. Seu saco escrotal vazio, ainda manchado pelo sangue pisado da castração, balançava para frente e para trás à medida que ele alisava o chão de terra à cata de fragmentos de palha. Finalmente conseguiu juntar uns pedaços maiores de palha, enrolou-os e dobrou-os fazendo uma varinha, e então começou a desenhar no chão empoeirado.

— Olhe! — falou Amlis.

Isserley olhou, perturbada, o vodsel escrever uma palavra com grande concentração, dando-se ao trabalho de modelar em relevo cada letra de alto a baixo, de modo que pudesse ser identificada sem dificuldades por quem estivesse do outro lado da tela.

— Ninguém me falou que eles tinham uma linguagem — observou Amlis, extasiado, e parecendo impressionado demais para se sentir aborrecido. — Meu pai sempre os descreveu como legumes com pernas.

— Depende do que você considera linguagem — disse Isserley em tom esnobe. O vodsel se postara atrás de sua obra, cabeça baixa e olhos úmidos e brilhantes.

— Mas o que *quer dizer* isso? — insistiu Amlis.

Isserley observou a mensagem: CLEMÊNCIA. Tratava-se de uma palavra que ela encontrara poucas vezes em suas leituras, e nunca na televisão. Deu tratos à bola tentando traduzi-la, e por fim se deu conta de que aquela palavra não tinha registro na sua língua, era um conceito que pura e simplesmente não existia.

Isserley estacou, a boca escondida por trás de uma das mãos, como se achasse o mau cheiro cada vez mais difícil de suportar. Apesar do rosto impassível, sua mente estava a mil. Como impedir Amlis de fazer um escândalo?

Tentou pronunciar aquela palavra estranha contorcendo os

lábios e franzindo a testa, como se lhe tivessem pedido para imitar uma galinha cacarejando ou uma vaca mugindo. Assim, se Amlis lhe perguntasse qual o significado, poderia afirmar com toda a honestidade que não havia palavra alguma para aquilo na língua dos seres humanos. Abriu a boca para falar, mas percebeu a tempo que seria um erro bem idiota. Segundo ela, só o fato de pronunciar a palavra já lhe conferiria, de saída, um *status* de palavra; Amlis, sem a menor dúvida, entraria em êxtase com a capacidade do vodsel de estabelecer uma relação entre símbolos escritos e um som específico, ainda que gutural e ininteligível. Ela estaria, aos olhos dele, de uma única vez enobrecendo os vodseis com ambas as coisas, escrita e fala.

Mas, ela se perguntava, será que eles não possuíam, de fato, tal nobreza?

Isserley tratou de tirar isso do pensamento. Bastava olhar para aquelas criaturas! Seu corpanzil grosseiro, seu mau cheiro, seu olhar imbecilizado, a forma que o suor escorria por entre os dedos de seus pés gordos. Será que ela tinha sido tão mal moldada, próxima demais à condição animal, fisicamente falando, que estava perdendo contato com a humanidade e, realmente, passando a se *identificar* com os animais? Se não tomasse cuidado acabaria vivendo no meio deles, cacarejando e mugindo em total desamparo, como aquelas coisas esquisitas que a televisão mostrava.

Tudo isso passou pela cabeça dela em questão de segundos. Mais um ou dois segundos e ela arquitetou sua resposta a Amlis.

— O que *você quer dizer* com esse "Mas o que quer dizer isso"? — exclamou ela. — São uns rabiscos que querem dizer algo para os vodseis, é óbvio. Como posso saber o que significam?

Ela olhou direto nos olhos de Amlis, para aumentar o poder de convencimento da sua afirmativa.

— Bom, eu posso imaginar o que significa — observou ele com toda a tranqüilidade.

— Claro, estou certa de que você não se deixaria deter por algo assim tão ridículo como a ignorância — falou Isserley, notando pela primeira vez uns fios de cabelo branco nas sobrancelhas dele.

— Tudo o que estou querendo é fazer com que você entenda — disse ele exasperado — que o naco de carne que você comia há pouco é a mesma carne que está tentando se comunicar conosco aqui embaixo.

Isserley deu um suspiro e cruzou os braços na altura do peito, sentindo-se incomodada pela luz fluorescente que ofuscava, pela respiração ofegante de trinta bestas presas dentro de uma fenda na rocha nas profundezas da terra.

— *Comigo* não se comunicou, não, Amlis — disse ela, ruborizada por haver se descuidado chamando-o pelo primeiro nome. — Podemos voltar agora?

Amlis franziu o cenho e olhou para os rabiscos no solo.

— Tem certeza de que não sabe o que isso quer dizer? — perguntou ele, num tom de voz de desconfiança.

— Não sei o que você quer de mim — explodiu Isserley, já perto de começar a chorar. — Eu sou um ser humano, não um vodsel.

Amlis olhou-a de cima abaixo, como se só então notasse sua aparência horrivelmente desfigurada. Ficou ali parado, em toda a sua beleza, o pelo negro brilhando no ar úmido, olhando ora para Isserley, ora para os vodseis e as marcas no chão.

— Desculpe — disse ele por fim, voltando-se em direção ao elevador.

Horas depois, dirigindo pela estrada, respirando grandes porções de ar pela janela aberta do carro, Isserley refletiu sobre seu encontro com Amlis.

Saíra-se bem, pensava. Não tinha do que se envergonhar. Ele é que se excedera, tanto que pediu desculpas.

Esse negócio dos vodseis, qualquer um que estivesse por fora do assunto era bem capaz de interpretá-lo tremendamente mal. Havia sempre uma tendência à antropomorfização. Um vodsel deveria fazer algo que parecesse uma ação humana; deveria emitir sons análogos aos sofrimentos humanos, ou fazer um gesto análogo à súplica humana — e era isso que levava um observador ignorante a tirar conclusões.

A verdade, entretanto, é que os vodseis não podiam fazer nenhuma das coisas que realmente definem um ser humano. Não podiam siuwil, não podiam mesnishtil, não tinham o conceito de slan. Em sua rudeza, nunca poderiam evoluir para usar hunshur; suas comunidades eram tão rudimentares que não possuíam hississins, nem tais criaturas pareciam necessitar de chail, ou mesmo de chailsinn.

Olhando bem dentro dos seus olhinhos de vidro é possível compreender por quê.

Desde que se olhasse inocentemente, é claro.

E por essa razão, era melhor que Amlis Vess não soubesse que os vodseis tinham uma linguagem.

Ela precisava ficar atenta, portanto, e nunca falar dessas coisas perto dele. Serviria apenas para provocá-lo, não levaria a nada. Nesses casos, saber um pouco era mais perigoso do que não saber absolutamente nada.

Era bom que os vodseis sempre estivessem inconscientes quando eram levados para dentro do galpão. Dessa forma, quando voltassem a si, já teriam sido tratados e não poderiam mais fazer qualquer barulho. Isso cortava todos os problemas pela raiz.

Se fosse possível manter Amlis sob controle até que o cargueiro estivesse pronto para zarpar, ele nunca precisaria tomar conhecimento de... mais nada.

Assim, uma vez na cabine do navio, ele poderia acalmar sua consciência superdesenvolvida, seu sentimentalismo, para o bem do próprio coração. Se quisesse lançar ao mar o que sobrara dos vodseis, como forma de assegurar a liberdade póstuma das criaturas, poderia fazê-lo perfeitamente, o problema seria de qualquer um, nunca dela.

O problema *dela* era mais real, e não incluía autocomplacência: havia um trabalho duro a ser feito, e que só ela podia fazer.

Nas imediações da fazenda Dalmore, em Alness, ela avistou um carona, de pé à beira da estrada como um farol no topo de uma colina. Fechou a janela e ligou o ar quente. Pronto, o trabalho estava começando.

Mesmo à distância de uns cem metros ou mais dava para perceber que ele era talhado como uma peça de maquinaria pesada de fazenda, uma criatura capaz de encarar qualquer tipo de trabalho pesado que deixaria cansado até um trator. Sua compleição maciça era por demais evidente para ficar contida dentro de um macacão amarelo qualquer. Ele devia ser um acessório experimental de trânsito.

Ao se aproximar ela notou que o macacão amarelo estava tão velho e desbotado que era quase preto: as cores de uma casca de banana podre. Macacões surrados e decrépitos como aquele não podiam, com toda a certeza, pertencer a nenhum funcionário de empresa; o cara devia ser seu próprio patrão, ou talvez sequer trabalhasse.

Isso era bom. Vodseis desempregados eram sempre um risco. Embora para Isserley eles parecessem tão apropriados quanto os que trabalhavam, ela achava que eles eram muitas vezes excluídos da sociedade, isolados e vulneráveis. E, uma vez à margem, tinham de passar o resto da vida na periferia da manada, disputando um olhar dos machos mais bem-sucedidos e das fêmeas disponíveis para casamento que eles ansiavam por conhecer mas das quais nunca podiam se aproximar por medo de uma punição pronta e severa. De certo modo, a própria comunidade vodsel parecia estar selecionando aqueles entre os seus membros que ela se felicitava de haver rejeitado.

Isserley alcançou o carona e passou bem perto dele, na sua marcha lenta costumeira. Ele respondeu à aparente esnobada com indiferença; sabia perfeitamente que suas cores de banana podre eram incompatíveis com o estofamento refinado de camurça da maior parte dos veículos. Mas de onde ela viera havia muitos outros motoristas, portanto, que ela se danasse, era o que ele parecia estar pensando.

Ela o analisava enquanto dirigia. Sem dúvida, ele tinha muito mais carne do que o necessário, carne em excesso até. Gordura era uma coisa ruim: não era apenas um recheio inútil que devia ser eliminado, mas infiltrava-se profundamente — foi algo assim que Unser, o processador-chefe, lhe ensinara certa vez. A gordura era tão prejudicial à boa alimentação quanto uma lombriga escondida.

Mas esse carona poderia ser só músculos. Ela saiu da estrada, aguardou o momento certo e cuidadosamente fez o retorno.

Outra coisa: ele era completamente careca, nem um cabelo na cabeça — o que não tinha a menor importância, ela pensou, porque caso o pegasse ele acabaria sem cabelo da mesma maneira. Mas o que será que fazia com que alguns vodseis ficassem carecas antes do tempo? Ela esperava que não fosse algum defeito capaz de afetar a qualidade da carne, alguma espécie de doença. Uma voz em *off* na televisão tinha dito, certa vez, que vítimas de câncer costumavam perder o cabelo. Este carona de macacão amarelo — lá estava ele de novo! — não a deixava chocada como as vítimas de câncer; ele parecia capaz de demolir um hospital só com as mãos. E aquele vodsel a quem ela dera carona algum tempo atrás, um com câncer no pulmão? Ele tinha muito cabelo, ela se recordava muito bem.

Passou novamente bem pertinho do careca, confirmando que ele possuía músculos suficientes para satisfazer qualquer um. Tão logo pôde, fez o retorno mais uma vez.

Era realmente curioso que ela nunca houvesse apanhado um carona completamente careca antes. Estatisticamente isso já deveria ter acontecido. Sua careca brilhante, associada a um físico de aço e a roupas estranhas poderia explicar o estado de apreensão irracional em que ela se encontrava à medida que ia parando o carro.

— Quer uma carona? — perguntou ela de modo totalmente desnecessário quando ele se aproximou da porta que se abria.

— Tá — foi o som que ele fez, tentando se acomodar. Seu macacão fez uns chiados cômicos quando ele se curvou; Isserley soltou a trava do assento para lhe dar mais espaço.

Ele pareceu constrangido com aquele gesto de delicadeza da parte dela e, após se sentar, não desgrudou os olhos do pára-brisa nem para prender o cinto de segurança. Teve que afrouxar uns bons centímetros da correia até conseguir que lhe envolvesse a cintura.

— Pronto — disse ele quando o cinto finalmente fechou.

Ela deu a partida; o rosto dele, ao seu lado, era um melão rosado encimando uma pilastra protuberante de cor amarelo-escuro.

Após um minuto, o carona, finalmente, virou-se devagar na direção dela. Olhou-a de cima abaixo e voltou à sua janela.

*

Ele pensava: É o meu dia de sorte.

— É o meu dia de sorte — falou ele.

— Tomara que sim — disse Isserley, em um tom simpático e com bom humor, apesar de uma dorzinha inexplicável na coluna. — Para onde está indo?

A pergunta ficou no ar, esfriando como comida na mesa, e por fim congelando. Ele continuava a olhar fixamente para a frente.

Isserley pensou em perguntar outra vez, mas não se sentiu à vontade para fazê-lo. Na verdade, estava muito pouco à vontade. Sem perceber, ela ia se curvando ligeiramente, esticando os cotovelos para esconder os seios.

— Que belo par de seios você tem — disse ele.

— Obrigada — respondeu ela. A atmosfera na cabine começou imediatamente a pulsar com as moléculas excitadas.

— Eles não cresceram da noite para o dia — provocou ele.

— Não, não cresceram — concordou ela.

Suas tetas verdadeiras, que brotavam naturalmente do abdome, haviam sido cirurgicamente removidas numa operação distinta daquela que enxertara em seu tórax esses seios artificiais tão elogiados. Os cirurgiões recorreram a fotos de uma revista que Esswis lhes mandara a título de orientação.

— Os maiores que eu já vi nos últimos tempos — acrescentou o carona, evidentemente relutando em abandonar um tema de conversa tão interessante.

— Hum — devolveu Isserley, observando uma placa da estrada e fazendo mentalmente alguns cálculos rápidos. Um dia ela teria que contar a Esswis que jamais, em todas as suas viagens para além do seu pequeno domínio de campos e cercas, vira uma vodsel com seios como aqueles da revista.

— Estava esperando ali faz muito tempo? — perguntou ela, para mudar de assunto.

— Um bocado — resmungou ele.

— Aonde você pensava em ir? — Ela tinha esperança de que, talvez agora, a pergunta penetrasse em seu cérebro.

— Resolvo quando chegar lá — falou ele.

— Bom, eu receio só poder ir até Evanton — disse ela. — De toda maneira, vai ser uma mudança de cenário para você.

— Certo, sem problema — respondeu ele.

De novo as moléculas circulavam entre eles, invisíveis, silenciosas.

— E o que o levou à estrada hoje? — perguntou ela vivamente.

— Tinha coisas para fazer, só isso.

— Eu não quis ser intrometida — prosseguiu ela. — É apenas curiosidade em relação às pessoas.

— Está bem. Sou um homem calado — falou ele, como se isso fosse uma distinção especial que lhe fora conferida ao nascer, tal como riqueza ou uma boa aparência. Sem querer, Isserley pensou em Amlis. — Você é uma tremenda assanhada, não é? — perguntou o carona desafiadoramente.

— Perdão, não entendi — retrucou ela, desconhecendo aquele termo.

— Sexo — explicou ele, sem meias palavras, com sua enorme cabeça de melão corando de novo. — Na cabeça. Eu consigo ver a quilômetros de distância. Você adora isso, não é...

Isserley se mexeu no assento, sem graça, e olhou pelo retrovisor.

— Na verdade, estou sempre trabalhando muito para pensar nessas coisas — disse ela, procurando um tom casual.

— Bobagem — ele replicou friamente. — Agora mesmo você está pensando nisso.

— Estou pensando... estou pensando nos problemas do trabalho, verdade — disse ela, imaginando que ele fosse perguntar qual o trabalho dela. Tinha decidido se passar por uma policial à paisana.

— Uma garota como você não precisa pensar — ironizou.

Faltavam mais ou menos uns oito minutos até Evanton. Ela devia ter dito Ballachraggan, que ficava à meia distância dali, mas ele poderia ficar aborrecido com uma carona tão curta.

— Imagino que não foram poucos os caras que já pegaram neles, hein? — Ele se saiu com essa assim de repente, como se sendo mais direto, ela ficasse surpresa a ponto de deixar escapar algo mais.

— Não muitos — declarou ela. A conta exata, de fato, era nenhum.

— Não acredito — disse ele, recostando a cabeça no apoio do assento e semicerrando os olhos.

— Mas... é verdade. — Isserley deu um suspiro de desconsolo. Segundo o relógio digital, apenas cinqüenta segundos tinham se passado.

Entretanto, o universo parecia finalmente ter ouvido suas preces. Os olhos do carona foram se estreitando, até se fecharem para uma cochilada. A cabeça pendeu para dentro da gola do macacão. Os minutos se passaram e, pouco a pouco, o barulho do motor e a maré cinzenta deslizante da estrada recuperaram uma realidade que haviam perdido. Evanton distava apenas a poucos quilômetros quando o careca voltou a falar.

— Você sabe o que me deixa louco? — falou ele, ligeiramente mais animado.

— Não. O quê? — Isserley estava mais tranqüila, agradecendo por sentir o ar menos denso, as moléculas movimentando-se mais calmamente.

— Supermodelos — disse ele.

Primeiro Isserley pensou em automóveis sofisticados; em seguida achou que ele estivesse se referindo aos desenhos animados que passavam na televisão todas as manhãs bem cedinho: mulheres estilosas voando pelo espaço vestidas com luvas compridas e botas de salto alto. Bem a tempo, quando já ia abrir a boca para falar, é que se lembrou do verdadeiro significado daquela palavra: certa vez vira uma dessas criaturas extraordinárias no jornal.

— Você gosta delas? — ela quis saber.

— Odeio!

— Elas ganham um pouquinho mais do que você e eu, não ganham? — observou ela, lutando para achar algum ponto de entrada na vida dele.

— Pra trepar com todo o mundo — falou ele.

— A vida nem sempre é justa — comentou ela.

Ele franziu os lábios, como quem se prepara para fazer um terrível desabafo.

— Algumas supermodelos — observou ele — como a Kate Moss e aquela negra, bom... são um mistério pra mim. Um mistério.

Disse a palavra como se fosse algo muito caro que ele tivesse encontrado na rua, que normalmente estaria bem acima do seu poder aquisitivo mas que, agora, ele pretendia esfregar na cara de todo mundo.

— O que é um mistério para você? — perguntou Isserley, meio confusa.

— Onde estão os seios delas, é isso o que eu queria saber! — ele exclamou, colocando uma das mãos rudes em forma de xícara na frente do próprio peito. — Supermodelos... e nem peitos elas têm! Como é possível isso?

— Não sei quem é que decide esse tipo de coisa. — Isserley infelizmente teve que admitir, sentindo que a atmosfera fervilhava de novo dentro da cabine.

— Bichonas, eu aposto — rosnou ele. — Por que *eles* haveriam de se preocupar com seios? Para mim, só pode ser isso.

— Pode ser — disse Isserley em voz baixa, quase inaudível. Sentia-se pressionada, Evanton já estava bem perto, e necessitaria de toda a energia que ainda lhe restara para fazê-lo deixar o carro.

— Você daria uma ótima modelo — disse ele, deixando escapar, olhando-a de alto abaixo novamente. — Material de primeira.

Ela suspirou, dando-lhe um sorriso amarelo.

— Talvez eu precisasse de seios menores, hein? Como os dasss supermodelos. — Sua imitação canhestra do jeito dele de falar soou falsa e desastrada; ela perdera o controle. Meu Deus, o que ele iria pensar?!

— Fodam-se asss supermodelos! — exclamou ele, num tom confiante quase grosseiro. — Prefiro o *seu* corpo. Aquelas mulheres não têm nada de natural, devem é tomar muito esteróide! Que nem as atletas russas. Perdem as tetas e ganham voz rouca e um bigode. O que a gente vê na porra desse mundo não tem limite! E ninguém faz nada... Mistério.

— Este mundo é um lugar esquisito — concordou ela. E logo em seguida: — Estamos quase chegando.

— Aonde? — perguntou ele desconfiado.

— Evanton — lembrou ela. — É o mais distante que posso ir.

— Oh, não acredito — respondeu ele num tom surdo, quase cavernoso. — Você pode ir um pouco mais longe, tenho certeza.

O coração de Isserley começou a bater mais forte.

— Não — insistiu ela. — Evanton é o máximo.

O carona tirou de dentro do macacão uma grande faca Stanley com a lâmina triangular brilhante já desembainhada.

— Vá em frente — ordenou ele com toda a calma.

Isserley segurou o volante com força, lutando para controlar a respiração.

— Você não vai fazer uma coisa dessas — disse ela.

Isso finalmente o fez dar uma risada.

— Vire à esquerda um pouco antes da próxima estrada — mandou ele.

— Seria melhor... para nós dois... — gaguejava ela — se a gente parasse com isso... eu o deixo ir embora. — O dedo indicador da mão direita tremia sobre o botão da icpathua.

Ele parecia não escutar. Podia-se ver uma velha igreja com as janelas chumbadas com cimento no lado esquerdo da estrada, tendo um caminho comprido coberto de cascalho na lateral que desaparecia no mato fechado.

— Pronto, é aí mesmo — avisou ele docemente.

Isserley olhou para trás pelo espelho. O próximo carro vinha a algumas centenas de metros. Se ela resolvesse pisar no acelerador e, em seguida, desacelerar de repente, sem aviso, poderia ganhar o tempo necessário para parar a salvo no acostamento, com as janelas escurecidas. Ela acionou o botão da icpathua.

— Dobra à esquerda aqui, eu falei! — gritou o carona. — À esquerda!

Com o pânico avançando dentro dela como um gás que penetra num líquido, ela forçou as marchas provocando uma barulheira de revirar o estômago. Na mesma hora olhou para o banco do passageiro. As calças do macacão do careca, como só agora ela se dava conta, eram mais grossas que couro de vaca e cobertas por uma camada amarela extra de algo que parecia um encerado. As agulhas da icpathua simplesmente não conseguiram perfurá-las.

Ela sentiu a dor de uma súbita estocada no lado. Era a ponta da faca Stanley cutucando-lhe a carne através do tecido fino da blusa.

— Está bem, está bem! — guinchou ela ansiosa, acionando a seta e entrando na trilha que ele indicara. O cascalho arremessado pelas rodas vinha se chocar com estrondo no chassi. As mãos dela agarravam violentamente o volante, tentando contrabalançar a súbita manobra de retorno, e a cada respiração mais profunda ela sentia a lâmina no quadril.

— Está bem, está bem! — gritava ela.

Ele afastou a arma e, com a mão livre, assumiu o controle do volante com uma pegada firme e suave ao mesmo tempo, como se a estivesse ensinando a dirigir. A mão dele era duas vezes maior que a dela.

— Por favor, pense melhor... sobre isso — implorava Isserley.

Ele não respondeu, mas tirou a mão do volante, satisfeito por ela estar novamente fazendo direito o seu trabalho. O carro avançava aos solavancos em meio a um cenário abandonado de vegetação baixa e fardos de feno em decomposição. Mais acima, divisava-se um conjunto de antigas casas de colonos da fazenda, esqueletos de concreto rachado e aço retorcido. A A9 simplesmente desaparecera do espelho retrovisor, podendo apenas ser pressentida como um rio distante.

— Vire à direita naquela pilha de pneus, e depois pare o carro — instruiu o carona.

Isserley fez exatamente como ele mandou. Pararam atrás de um muro sólido, de três metros de altura por dez de comprimento. O resto da construção se acabara, mas o muro permaneceu.

— Muito bem — falou o carona.

Isserley mantinha a respiração sob controle, tentando concentrar toda a sua energia na cabeça. Somente a inteligência poderia salvá-la, pois não tinha como fugir. Logo ela, que um dia fora capaz de correr mais velozmente que uma ovelha, não podia mais sair correndo.

— Eu tenho amigos em altos escalões — apelou ela.

Ele riu novamente, um som curto e seco que mais parecia tosse.

— Saia do carro — disse ele.

Os dois abriram as portas e pisaram no chão rochoso. Ele caminhou para o lado dela e fechou a porta do motorista. Fez com que ela encostasse na lateral do carro e, sempre empunhando a faca Stanley com uma das mãos, agarrou com a outra a blusa preta de algodão e a levantou acima dos seios. Ele era tão forte que o puxão que deu na roupa dela, presa sob as axilas, quase a ergueu do chão. Rapidamente, ela levantou os braços para permitir que a blusa fosse removida.

— Nós podemos ter uma... experiência maravilhosamente agradável — prometeu ela, cobrindo os seios com as mãos delicadas e trêmulas — se você deixar.

Impassível, o rosto vermelho, ele tomou posição à distância de um braço dela. Aí então começou a apalpar-lhe os seios com a mão que não segurava a faca, um seio de cada vez, fazendo rodar os mamilos entre o polegar e o indicador, enrolando-os como se fossem bolinhas de massa de pão.

— Está gostoso, hein? — disse ele.

— Mmmmm — ela respondeu. Claro que ela não tinha sensibilidade alguma nos seios, mas sua coluna estava experimentando uma forte sensação por estar pressionada contra a carroceria abaulada do carro. O suor frio, eletrizante de dor e medo escorria-lhe pelas costas.

Ele ficou alisando os seios dela uma eternidade. A respiração dos dois se misturava, formando uma névoa no ar frio. Ao longe, um sol pálido surgiu fazendo refletir a cabeça em forma de cúpula do careca. O motor do carro fez um barulho à medida que suas peças esfriavam e o tempo frio ia se infiltrando nelas.

Por fim o carona deixou os mamilos de lado e deu um passo atrás.

— Fique de joelhos — disse ele. Enquanto Isserley apressava-se em obedecer, ele correu a mão desocupada pela abertura central do macacão para abrir o fecho, deixando ver uma cueca surpreendentemente alva em meio àquele trapo imundo preto e amarelo. Com o macacão afrouxado até o meio das pernas, botou para fora os genitais, com o saco escrotal e tudo, e foi avançando até ficar com o pênis bem na frente do rosto dela.

Colocou a faca no meio da nuca de Isserley, fazendo-a sentir o fio da lâmina entre os cabelos.

— E não quero sentir nenhum dente, entendeu? — avisou ele.

O pênis dele era bem comprido, mais gordo e mais descorado que o de um humano, com a cabeça assimétrica arroxeada. Na ponta havia um buraquinho, como o olho não totalmente fechado de um gato morto.

— Entendi — respondeu ela.

Após cerca de um minuto com aquela carne sabor urina na boca, ela sentiu a lâmina da faca em sua nuca levantar-se ligeiramente, substituída pelas pontas duras dos seus dedos.

— Chega, chega — grunhiu ele, puxando-lhe o cabelo.

Dando um passo atrás, deixou o pênis escapar da boca de Isserley e, sem qualquer aviso, levantou-a pelos cotovelos. Ela não teve tempo de tensionar os músculos na forma característica dos vodseis, e seu braço pendeu, desconjuntado, em vários pontos, num ziguezague de ângulos indisfarçavelmente humanos. O carona pareceu não perceber. E foi isto, mais do que qualquer outra coisa, que provocou em Isserley um terror nauseante.

Uma vez de pé, o carona a foi conduzindo-a, aos empurrões, até o capô do carro.

— Vire-se — falou ele.

Ela obedeceu e ele, imediatamente, abaixou-lhe as calças de veludo verde até os joelhos com um único puxão.

— Meu Deus — resmungou ele atrás dela. — Você sofreu algum acidente de carro?

— Sofri, sim. Desculpe — sussurrou ela.

Por um instante interminável ela achou que ele ficara desencorajado, mas aí sentiu a palma da mão em suas costas, empurrando-a para cima do capô.

Desesperada, ela procurou a palavra certa, a palavra que poderia fazê-lo parar. Sabia qual era, mas apenas a vira escrita — na realidade, naquela manhã mesmo um vodsel a havia pronunciado. Ela nunca tinha ouvido ninguém pronunciá-la antes.

— Demência — ela arriscou.

As duas mãos dele estavam sobre o seu traseiro minguado, a ponta da faca Stanley espetava-lhe a espinha, o pênis forçava caminho entre as suas coxas, tentando penetrar.

— Por favor — implorou ela. — Deixa eu mostrar uma coisa, vai ser muito melhor para você, eu juro.

Debruçada no capô, com os seios e as maçãs do rosto comprimidas no metal liso, ela levou as mãos às nádegas e separou-as com força. Ela sabia que seus genitais estavam enterrados para sempre numa massa de tecido horrivelmente cicatrizado devido à amputação da cauda. Mas as próprias cicatrizes lembravam a forma do sexo de uma vodsel.

— Não estou vendo nada — resmungou ele.

— Chega mais perto. — Ela o estimulou, virando a cabeça com dificuldade até conseguir ver a cabeça de cúpula dele. — Aí, olha.

Num segundo, aproveitando o fato de estar bem equilibrada sobre o capô do carro, Isserley arremessou os braços para frente e para trás como se fossem dois chicotes. E com tamanha precisão que dois dedos de cada mão foram parar direto dentro de cada olho do carona, enterrando-se até as falangetas, alcançando-lhe quase o meio do crânio.

Ofegante, ela recolheu os dedos, apoiou as mãos no capô do carro e tratou de se recompor enquanto o careca caía de joelhos; nervosa, com as calças em volta dos quadris, foi tropeçando para longe dele, que a essa altura desabava de cabeça sobre o pára-choque, num estrondo.

— Argh! Argh! Argh! — ela gritava histérica, esfregando os dedos com nojo nas coxas nuas. — Argh! Argh! Argh!

Levantou as calças e abaixou-se para pegar a blusa do chão.

— Argh! Argh! Argh!— continuou gritando enquanto percorria o caminho de volta, com a roupa úmida e enlameada. Grãos de areia lhe arranharam os ombros e os cotovelos quando ela puxou as mangas até os pulsos trêmulos.

Refugiou-se de novo no carro e deu a partida. O motor pegou e ela acelerou fundo. Desviou do corpo do careca, o motor fez um barulho e morreu.

Quando já ia ligar de novo o motor e sair com o carro, não resistiu a dar mais uma boa esfregada nos dedos, com a flanela de limpar o pára-brisa. Foi quando notou a falta de um pedaço considerável de uma das unhas. Apoiando-se no volante, saiu do carro e seguiu até o corpo do carona para resgatar o que não poderia, de modo algum, ser descoberto e levado para análise.

Demorou algum tempo, e ela precisou improvisar ferramentas na vegetação em torno.

Quando acabou, ela entrou no carro e saiu dirigindo de volta à estrada principal.

Outros carros buzinaram quando ela tentou entrar no meio deles.

Estava com os faróis altos.

Isso não era permitido, se ela quisesse se juntar a eles naquele pacífico cortejo.

9

ISSERLEY FOI DIRETO A Tarbat Ness, para um quebra-mar que ela conhecia. Era no final de uma estrada curta e perigosamente íngreme, assinalada por uma placa em que se via um carro estilizado mergulhando nas ondas do mar.

Isserley dirigiu com cuidado, estacionou o mais próximo possível do quebra-mar e puxou o freio de mão como se estivesse resgatando algo que, caso contrário, poderia se perder. Só então descansou os braços sobre o volante e permitiu-se sentir o que estava se passando com ela. Nada se passava com ela.

O mar ainda estava adormecido, cor de chumbo. Isserley admirou-o pelo vidro do pára-brisa, sem piscar, por um longo tempo. As focas costumavam ir brincar ali; havia uma placa informando sobre isso, em algum lugar atrás dela. Ficou parada em frente ao mar por quase duas horas, determinada a não deixar que nada escapasse à sua atenção. O mar começou a escurecer ainda mais, uma imensidão de vidro pintado. Podia até haver focas lá embaixo, mas nenhuma veio à superfície.

Aos poucos a maré foi enchendo, lambendo o quebra-mar. Isserley não sabia se a água poderia subir a ponto de levantar o seu carro e carregá-lo para dentro do mar. Se a água a sugasse para baixo ela imaginava que se afogaria. Já fora uma excelente nadadora, mas isso quando tinha um outro corpo, bem diferente do atual.

Ela buscou ânimo para ligar o motor e partir a salvo, mas simplesmente não conseguiu. Pensar em algum outro lugar onde pudesse estar era um desafio impossível. *Aquele* era o lugar para onde ela havia decidido ir quando ainda encontrava ânimo para tomar decisões; agora tal ânimo não existia mais. Ela permaneceria ali. O mar a levaria ou a deixaria ficar. Que importância tinha?

Quanto mais esperava no quebra-mar, mais tinha a sensação de que mal havia chegado, de que se achava ali havia poucos momentos. O sol viajou pelo céu como o brilho fugaz dos faróis distantes que nunca se aproximam. A água do Mar do Norte batia suavemente sob o chassi do carro, Isserley continuava a olhar pelo pára-brisa. Algo importante a estava evitando, ela teria que esperá-lo ali, para sempre se fosse preciso.

Uma grande nuvem no céu escuro mudava de forma a todo instante. Embora aparentemente não houvesse vento, devia haver forças poderosas lá em cima que modelavam a nuvem, não gostavam do resultado, esculpiam outra forma. Começou como um mapa flutuante de algum continente, em seguida virou um navio, depois evoluiu para algo muito parecido com uma baleia.

Finalmente, quando a noite caiu, transformou-se numa coisa muito maior, mais difusa, abstrata, sem sentido.

Veio a escuridão e Isserley ainda não tivera tempo suficiente para decidir o que fazer. O carro balançava levemente, como se ondas o embalassem no colo. Partiria quando estivesse pronta.

A noite passou em segundos, seguramente não mais do que alguns milhares deles. Isserley não dormiu. Ficou sentada ao volante vendo a noite passar. Durante aquelas horas escuras, o mar desistiu de lhe meter medo, e saiu de fininho.

Quando amanheceu, Isserley piscou várias vezes. Tirou os óculos, mas o problema era o pára-brisa, embaçado pela condensação. Seu corpo parecia gerar um vapor quente e úmido, como se tivesse dormido. Mas ela não podia ter adormecido, era impossível. Não baixara a guarda nem por um minuto.

Acionou o limpador de pára-brisa, para se livrar daquela névoa luminosa. Nada aconteceu. Ligou o motor, que tossiu fracamente, estremeceu e silenciou.

— Se é assim que você quer — disse bem alto, com a voz tremendo de raiva.

Ela precisava fazer alguma coisa.

Uma hora depois, ou pouco mais, as janelas clarearam sozinhas. Isserley sentiu uma dor no lado. Coçou o lugar com a ponta dos dedos; o pano da blusa estava colado à carne com o que parecia ser sangue. Ela o puxou com força para soltar, irritada. Achava que não tinha se machucado.

Isserley experimentou mexer os quadris no assento, ou levantar as coxas. Nada. Tudo abaixo da cintura parecia estar morto. Ela precisava fazer alguma coisa.

Baixou um pouquinho o vidro do lado do motorista e olhou pela fresta. A maré havia recuado, deixando à mostra, na praia, algas marinhas gelatinosas, matéria em decomposição e pedras pontudas cheias daqueles moluscos que as pessoas — os vodseis — catavam. Mexilhões. A palavra era essa. Mexilhões.

Ao longe, duas figuras vinham andando pela beira da praia, na direção do quebra-mar de Isserley. Ela as via avançando, torcendo para que fossem embora. Apesar da força do seu pensamento, elas não retrocederam.

A cerca de uns cinqüenta metros, mais ou menos, Isserley conseguiu identificar as figuras como uma vodsel fêmea e um cachorro de raça indefinida. A vodsel fêmea era pequenina e delicada. Vestia um casaco de pele de carneiro e saia verde. Tinha pernas compridas e finas, enfiadas em botas de borracha também verdes. Os cabelos, compridos e volumosos, caíam-lhe no rosto. Andava pelas pedras chamando pelo cachorro, numa voz totalmente diferente da voz de um vodsel macho.

O cachorro não estava descoberto; vestia um casaquinho de xadrez vermelho que tremulava quando ele andava, lutando para manter o equilíbrio sobre as pedras escorregadias. Olhava a toda hora para a vodsel fêmea.

Assim que os dois chegaram perto de Isserley, a ponto de ela cogitar de recolocar os óculos, detiveram-se nas trilhas. A vodsel fêmea acenou. Logo virou as costas e foi embora, com o cachorro nos calcanhares.

Isserley respirou aliviada. Ela só queria continuar vendo as nuvens, apreciando o mar.

Quando, finalmente, o carro parecia haver secado ao sol, ela tentou dar a partida novamente. O motor pegou, obediente. Ela o desligou. Partiria quando estivesse pronta.

Voltando a cabeça para o lado do passageiro, olhou para o banco manchado e acionou o botão da icpathua. Duas agulhas de prata atravessaram o estofamento, e dois jatos finos de um líquido esguicharam no ar.

Isserley acomodou-se de novo no banco, fechou os olhos e começou a chorar baixinho.

10

ISSERLEY SEMPRE PASSAVA direto por um carona assim que o via, para ter tempo de avaliá-lo. Era o que fazia sempre. E era o que faria agora, que tinha um carona à vista. Passou direto por ele.

Estava atrás de músculos. Tipos franzinos, esquálidos não serviam para ela. Este era franzino e esquálido. Seguiu em frente.

Já havia escurecido. O mundo físico não existia para ela, a não ser a faixa de asfalto de cor cinza sobre a qual trafegava. A natureza a distraía. Ela se recusou a se deixar distrair.

A A9 parecia vazia, mas não dava para confiar. Tudo podia acontecer, a qualquer momento. Por isso ela mantinha os olhos sempre na estrada.

Três horas mais tarde surgiu um novo carona. Era fêmea. Isserley não tinha interesse por fêmeas.

Em algum ponto sobre a roda, no lado do passageiro, começou um ruído. Ela já ouvira esse ruído antes. Ele fingiu que tinha ido embora mas permaneceu escondido em alguma parte do carro. Isserley não ia tolerar isto. Levaria o carro de volta para a fazenda quando terminasse o serviço, descobriria a origem do ruído e o consertaria de vez.

Duas horas e meia depois, outro carona à vista. Isserley sempre passava direto por um carona assim que o via, para ganhar tempo. Assim fez.

Ele estava portando um enorme cartaz em que se lia PERTH POR FAVOR. Não era careca. Não usava macacão. Seu corpo era maior na parte de cima, um torso em forma de V sobre umas pernas bem compridas. Será que aquelas pernas seriam mesmo tão finas? As calças jeans desbotadas balançavam em volta delas; devia estar ventando muito hoje.

Ela fez o retorno e analisou-o novamente. Tinha bons braços, ombros excelentes. O peitoral era forte, apesar da cintura fina.

Fazendo novo retorno, ela passou à frente dele pela terceira vez. Tinha cabelos ruivos encaracolados e rebeldes, e vestia um blusão grosso tricotado em cores variadas de lã. Todos os vodseis com que Isserley havia se deparado e que vestiam blusões de tricô eram desempregados, e viviam como párias. Na verdade, ela pensou, eles deviam ser obrigados a usar aquele tipo de roupa por alguma autoridade governamental, como uma espécie de estigma de classe.

Este vodsel que acenava agora para ela devia ser um desclassificado. E as pernas dele iriam engrossar bastante.

Ela saiu da estrada, e ele correu para o carro, sorrindo.

Isserley abriu a porta do passageiro pensando em perguntar: "Quer uma carona?"

Mas de repente isso lhe pareceu absurdo. Claro que ele ia querer. Estava com um cartaz imenso dizendo PERTH POR FAVOR; ela parara para ele. Nada poderia ser mais auto-explicativo. Palavras eram uma perda de energia.

Em silêncio, ela o observou afivelar o cinto de segurança.

— Eu... foi muito legal da sua parte — disse o carona, sorrindo agradecido e meio desajeitado, passando as mãos pelos cabelos abundantes que, imediatamente, voltaram a lhe cair sobre os olhos. — Eu já estava quase congelando.

Ela balançou a cabeça, tentando sorrir-lhe de volta. Não estava segura de estar se saindo bem. Os músculos do seu rosto pareciam menos conectados aos lábios do que o normal.

O carona perguntou:

— Posso deixar meu cartaz aqui mesmo no chão? Dá para você passar as marchas direito, não dá?

Ela fez que sim de novo com a cabeça, e trocou de marcha. Interiormente sentia-se incomodada por não conseguir falar; parecia ter perdido esta capacidade; havia algum problema com a sua garganta. O coração dela já batia fortemente, apesar de nada ainda ter ocorrido e nada estar decidido quanto ao futuro.

Determinada a agir normalmente, ela abriu a boca para falar, mas foi um erro. Percebeu que o som que brotava de sua garganta não significaria coisa alguma para um vodsel, daí ela o engoliu novamente.

O carona coçava o queixo nervosamente. Possuía uma barba ruiva macia, tão rala que era praticamente invisível à distância. Ele sorriu mais uma vez e corou.

Isserley tomou um fôlego profundo, a respiração ligeiramente ofegante, ligou a seta e arrancou, encarando a estrada de frente.

Falaria quando estivesse pronta.

★

O carona acomodou o cartaz, tentando capturar o olhar dela ao se curvar para a frente. Ela não se deixou capturar. Ele tornou a se encostar no assento, meio confuso, esfregando uma das mãos frias na outra e em seguida enfiando ambas dentro das mangas felpudas do blusão.

Ele não sabia mais o que dizer para deixá-la à vontade; por que ela se dispusera a pegá-lo se não queria falar? Deve ter tido alguma razão. A questão era adivinhar que razão. A julgar pela expressão do seu rosto, antes que o virasse, ela estava um caco; talvez estivesse cochilando ao volante, e por isso tenha resolvido dar uma carona a alguém para se manter acordada. Se fosse assim, devia estar esperando que ele puxasse conversa.

Era um pensamento perturbador; afinal, ele não era do tipo que conseguia simplesmente bater papo. Seu negócio era mais uma conversa intelectual de pessoa para pessoa, como o que ele tivera na noite passada com a Cathy quando os dois já estavam meio chapados. Pena que não pudesse dar uma força àquela mulher para ela se soltar um pouco.

Em vez disso, ele pensou em comentar alguma coisa a respeito do tempo. Não de maneira vulgar, mas dizendo o que de fato sentia em dias como aquele, quando o céu parecia um... um mar de neve. Era espantoso como tudo podia ficar assim suspenso no ar, toda aquela água sólida, suficiente para sepultar um bairro inteiro sob toneladas de gelo em pó branco, todo ele flutuando, flutuando tão sossegadamente como uma nuvem. Um milagre.

Olhou novamente para a mulher. Ela dirigia feito um robô, as costas retas como uma barra de metal. Dava a impressão de que as coisas belas da natureza não tinham a mínima importância para ela. Não havia nada em comum entre ambos.

"Oi, me chamo William", ele poderia dizer. Talvez já fosse até meio tarde. Mas precisava quebrar aquele silêncio de algum modo. Ela poderia estar seguindo direto para Perth, e se fosse viajar por duzentos quilômetros sem que os dois trocassem uma só palavra, no fim da viagem ele estaria um lixo.

Talvez a entonação de "Oi, me chamo William" fosse um tanto grosseira, meio americana, mais ou menos como "Oi, me chamo Arnold, e serei o seu garçom esta noite". Talvez fosse melhor algo menos formal, tipo "Eu sou o William, por falar nisso". Como se mencionasse o nome no meio de uma conversa entusiasmada que os dois já estivessem tendo. E que, infelizmente, não estavam.

O que havia de *errado* com aquela mulher, afinal de contas?

Ele ficou ruminando por um minuto, fazendo um esforço para deixar de lado seu próprio incômodo e concentrar-se nela. Tentou vê-la da mesma maneira que Cathy a veria se estivesse sentada naquele banco em vez dele; Cathy era um gênio para sacar as pessoas.

Seriamente empenhado em se conectar com seu lado intuitivo feminino, William rapidamente concluiu que havia algo muito, muito errado com aquela mulher. Ela estava com alguma dificuldade, com algum tipo de angústia. Talvez até estivesse em estado de choque.

Ou, quem sabe, ele é que estivesse fazendo drama? Dave, aquele amigo escritor de Cathy, *sempre* parecia estar em estado de choque. Desde que se conheceram ele era assim, provavelmente nascera assim. Esta mulher, entretanto: ela emitia as mais estranhas vibrações. Mais estranhas até do que as de Dave. E, definitivamente, ela não estava em boa forma física.

O cabelo estava todo desgrenhado, besuntado com listras que pareciam graxa de automóvel, e cheio de tufos formando os ângulos mais esquisitos. Ali estava uma mulher que não se olhava num espelho havia bastante tempo, isso era certo. Ela cheirava — fedia, para ser mais criterioso — a suor ressecado e a maresia.

Suas roupas estavam cobertas de barro seco. Talvez tivesse caído, ou sofrido algum acidente. Será que ele não deveria perguntar se ela estava bem? Ela poderia se sentir ofendida caso ele fizesse algum comentário sobre o estado das suas roupas. Talvez pudesse até pensar que ele estivesse tentando assediá-la sexualmente. Como era difícil para um homem ser simpático, de um jeito autenticamente humano, em relação a mulheres estranhas! Você podia ser cortês e afável, o que não era a mesma coisa; essa era a maneira de tratar os funcionários no Ministério do Trabalho. Você não podia dizer a uma mulher desconhecida que gostava dos brincos dela, ou que seu cabelo era lindo — ou perguntar como aquela lama tinha ido parar nas suas roupas.

O excesso de civilização é que levava a isso, provavelmente. Dois animais, ou dois seres primitivos, jamais se preocupariam com essa espécie de coisa. Se um estivesse enlameado, o outro simplesmente começaria a limpar ou a escovar ou a fazer o que fosse preciso. Nada havia de sexual nisso.

Talvez estivesse sendo hipócrita. Ele certamente reconhecia aquela mulher como... bem... uma mulher, não? Era uma fêmea, e ele um macho. Essas eram realidades eternas, imutáveis. E, vamos encarar os fatos, ela estava usando muito pouca roupa para o tempo que estava fazendo. Ele nunca vira tantas aberturas em público desde muito antes de o inverno começar.

Os seios dela eram estranhamente firmes e desafiavam a gravidade em função do tamanho; talvez ela os houvesse bombado com silicone, o que seria uma lástima. Havia riscos de saúde envolvidos nisso — vazamento, câncer. Além do mais, era uma coisa totalmente desnecessária. Toda mulher era bonita. Seios pequenos cabiam perfeitamente dentro das mãos, ficando aquecidos e seguros. Era o que ele falava para Cathy, toda vez que o último catálogo de *lingeries* aparecia na caixa de correio e ela ficava deprimida.

Talvez aquela mulher estivesse simplesmente usando uma dessas peças íntimas diabolicamente desenhadas para realçar o corpo. Os homens costumavam ser ingênuos em relação a esses artifícios. Examinou-a de lado, do cotovelo à cintura, em busca de sinais reveladores de roupas de baixo rendadas ou alguma coisa do gênero. Não viu nada, exceto um furinho no tecido da sua blusa, provocado por arame farpado ou por um galho pontudo. O tecido em volta do furo estava manchado por alguma substância seca. Seria sangue? Ele estava doido para perguntar. Gostaria de ser médico nessa hora, para poder perguntar e conhecer a verdade. E por que não poderia passar por médico? Ele sabia um pouquinho a respeito do assunto, devido às gestações de Cathy, ao seu acidente de moto, à doença do pai, ao vício de Suzie.

"Desculpe, eu sou médico", ele bem poderia dizer, "e não pude deixar de notar..." Mas ele não gostava de mentir. "Oh, que emaranhada é a teia que começa por uma mentira", como disse Shakespeare. E Shakespeare não tinha nada de bobo.

Quanto mais olhava para aquela garota, mais ela lhe parecia estranha. Suas calças de veludo verde eram bem retrô-chique anos 1970, não se levando em conta os joelhos enlameados, mas ela decididamente não tinha as pernas de uma modelo. Tremendo ligeiramente sob aquele tecido fino, tão curtinhas que mal alcançavam os pedais, pareciam as pernas de alguém que sofria de paralisia cerebral. Virou a cabeça para olhar o espaço entre os bancos, como que esperando ver uma cadeira de rodas dobrável na parte de trás. Só viu um velho anoraque, um daqueles casacos com capuz que ele bem podia imaginar que ela usasse. Suas botas pareciam as de Doc Martens, só que mais curtas, como as de Boris Karloff.

O mais estranho de tudo, no entanto, era a pele. Todas as partes do seu corpo que ele conseguia ver, tirando os seios lisos, tinham a mesma textura de couro de gato castrado, com o pelo recomeçando a crescer. Havia cicatrizes por todo lado: nas bordas das mãos, nas clavículas, e sobretudo no rosto, que não dava para ver agora, oculto como estava por aquela coisa confusa que era o seu cabelo, mas que ele tinha visto muito bem anteriormente: havia cicatrizes ao longo de toda a linha do queixo, no pescoço, no nariz, debaixo dos olhos. E as lentes corretivas? Deveriam ser do maior grau conhecido pela optometria, para ela ter uns olhos grandes daquele jeito...

Ele odiava julgar as pessoas pela aparência. Era o interior que importava. Mas quando a aparência externa de uma mulher se mostrava assim tão incomum era porque, muito provavelmente, teve toda a vida marcada por ela. A história daquela mulher, fosse qual fosse, devia ser extraordinária: talvez trágica, talvez inspiradora.

Ele queria muito perguntar.

Como seria triste se nunca ficasse sabendo. Passaria o resto da vida conjeturando, disso ele tinha certeza. Já experimentara algo semelhante uns oito anos antes. Na época, ele tinha um carro, e foi logo oferecer carona a um homem que desatou a chorar, bem ali no carro, ao seu lado. William não lhe perguntou o motivo; o sujeito, um rapaz de seus 20 anos, ficou muito constrangido. Aos poucos foi parando de chorar, chegou ao destino, saltou do carro, agradecendo a carona. Desde então, pelo menos uma vez por semana, William se pegava pensando naquele homem.

"Tudo bem com você?" ele poderia perfeitamente perguntar. Se ela o quisesse enganar, era só colocá-lo em seu devido lugar. Ou poderia responder de modo a deixar as coisas mais claras.

William molhou os lábios, tentando trazer as palavras até a língua. Seu coração batia acelerado, tal como sua respiração. O fato de que ela não olhava para ele tornava as coisas ainda piores. Pensou em limpar a garganta, como via os homens fazer no cinema, mas corou ao perceber como essa idéia era babaca. Seu esterno vibrava como um surdo, ou talvez fossem os pulmões.

Isso era ridículo. Já dava para ouvir sua respiração pesada. Ela devia estar pensando que ele estava a ponto de pular sobre ela, ou algo assim.

Respirou profundamente e desistiu da idéia de perguntar qualquer coisa a ela, pelo menos de uma forma inusitada. Talvez daqui a pouco alguma coisa brotasse naturalmente.

Se ele pudesse introduzir Cathy na conversa, quem sabe ela se sentisse mais confiante? Aí ela ficaria sabendo que ele era o companheiro de outra mulher, pai de duas crianças, alguém que jamais sequer pensaria em violentar ou apenas molestar outra pessoa. Mas como trazer o assunto, se ela não perguntava? Não dava para sair dizendo "E a propósito, caso você esteja interessada em saber, eu tenho uma companheira que eu amo perdidamente". Isso soaria babaca demais! Não, pior: positivamente lamentável, quase psicótico.

Era nisso que a mentira transformara o mundo. Todas as mentiras que as pessoas engendraram desde a aurora dos tempos, todas as mentiras que elas continuavam engendrando. O preço que a gente paga por isso é a morte da confiança. Significa que dois humanos, por mais inocentes que sejam, jamais poderão se aproximar um do outro como dois animais. Civilização!

William esperava poder se lembrar de todas essas coisas para discuti-las com Cathy quando chegasse em casa. Estava diante de algo bastante interessante, pensava ele.

Apesar de que, se ele falasse demais sobre essa mulher que lhe dera carona, talvez Cathy levasse para o lado errado. Falar da Melissa, sua antiga namorada, e do passeio que os dois fizeram pela Catalunha, foi uma coisa que não pegou nada bem, ele tinha de admitir, mesmo agora, depois que Cathy já o havia mais ou menos perdoado.

Meu Deus, por que essa garota não falava com ele?

Isserley olhava fixamente para a frente, desesperada. Ainda não tinha condições de falar, e o carona evidentemente não estava a fim de conversar. Como sempre, dependia dela. Tudo dependia dela.

Uma enorme placa verde na estrada informava que faltavam cento e oitenta quilômetros para Perth. Ela tinha que dizer a ele até onde poderia ir. Ela não fazia idéia de até onde poderia ir. Olhou pelo espelho retrovisor. A estrada estava vazia, era difícil ver claramente sob aquela luz meio acinzentada que a neve produzia. Tudo o que podia fazer era seguir dirigindo, quase sem mover as mãos sobre o volante, um grito atormentado preso na garganta.

Ainda que conseguisse começar uma conversa, só a lembrança do trabalho que daria sustentá-la fazia seu coração desfalecer. Ele era um típico macho da espécie: estúpido, pouco comunicativo, mas esperto como um rato para fugir. Ela se dirigiria a ele e, em resposta, ele apenas grunhiria, respondendo com meias palavras suas perguntas mais inteligentes e silenciando na primeira oportunidade. Ela jogaria o jogo dela, ele jogaria o dele e assim seguiriam talvez durante horas.

Isserley compreendeu, subitamente, que simplesmente não tinha mais forças para continuar jogando.

Olhos fixos na estrada deserta que se estendia à sua frente, via-se humilhada pelo absurdo de tudo aquilo, do trabalho cansativo de ficar atrás dele como se fosse uma pérola sem preço que devesse ser extraída do esconderijo de sua concha com todos os cuidados. A paciência que isso requeria dela era sobre-humana. E para quê? Um vodsel como qualquer outro, um dos bilhões que infestavam o planeta. Uma ínfima porção de um carregamento de carne.

Por que ela precisava se esforçar tanto para jogar aquele jogo dia após dia? Seria assim que iria passar o resto da sua vida? Desempenhando esse papel indefinidamente, virando-se pelo avesso só para acabar de mãos vazias (na maior parte das vezes) e tendo que começar tudo de novo?

Não dava mais para suportar.

Olhou pelo retrovisor, depois de esguelha para o carona. Seus olhos se encontraram; o cretino corou e lhe deu um sorriso pretensioso, respirando com força. Sua natureza alienígena e abrutalhada atingiu-a como um soco; e, com o mesmo ímpeto com que vem a náusea após uma repentina perda de sangue, ela sentiu ódio dele.

— Hasusse — falou ela entre dentes, e acionou o botão da icpathua.

Ele começou a tombar para cima dela; ela o empurrou de volta com a palma da mão. Ele caiu para o outro lado, com os ombros largos curvando-se como um fardo de feno instável, a cabeça batendo na janela do passageiro. Isserley ligou a seta e saiu da estrada.

Estacionada em segurança no acostamento, com o motor ainda ligado, ela apertou o botão para escurecer as janelas. Era a primeira vez que tinha consciência de ter feito isto. Geralmente se achava flutuando em algum ponto do espaço quando esse momento chegava; hoje ela estava solidamente ancorada no banco do motorista, no controle da situação. Os vidros foram ficando âmbar em volta dela, o mundo escureceu e desapareceu, e a luz da cabina se acendeu. Ela se recostou no apoio de cabeça do banco e tirou os óculos, ouvindo o ruído do tráfego sobrepondo-se ao do motor do seu carro.

Notou que sua respiração estava perfeitamente normal. O coração, que batia um tanto acelerado — era preciso admitir — quando ela levou pela primeira vez um vodsel em seu carro, agora trabalhava tranqüilo.

Não importa que tipo de problema ela tivera, no passado, em matéria de reações físicas, parecia finalmente estar sanado.

Ela se inclinou para abrir o porta-luvas. Duas lágrimas lhe caíram dos olhos, sobre as calças jeans do carona. Ela franziu a testa, incapaz de explicar aquilo.

Isserley voltou direto para a fazenda Ablach, tentando entender, durante todo o percurso, o que poderia estar errado.

Claro, o que acontecera ontem... ou teria sido anteontem?... Ela não tinha bem certeza de quanto tempo passara no quebra-mar... mas, de qualquer forma, aqueles acontecimentos... bom, eles a *haviam* deixado chateada, como negar? Mas tudo isso já era passado. Água por baixo da ponte, como os vodseis... como ela ouvira dizer.

Agora ela ia dirigindo de volta, já bem perto de casa, tendo um belo exemplar de vodsel acomodado bem próximo a ela, tal como todo dia. A vida continuava, havia muito que fazer. O passado ia sumindo, como se fosse virando um pontinho no espelho retrovisor, e o futuro brilhava através do pára-brisa, exigindo-lhe total atenção. Na placa para Ablach ela acionou o comando de seta.

Ao passar pela Colina do Coelho ela já admitia que talvez não estivesse em muito boa forma. Porém, decidida a recuperar seu autocontrole o quanto antes, compreendeu o que teria que fazer para sentir-se melhor. Algo dentro dela estava aprisionado. Algo pequeno: nada muito sério. Mas estava aprisionado, sim.

Para completar sua recuperação, para voltar ao normal, necessitava libertá-lo.

Ela tinha certeza de que sabia como fazer isso.

Parando em frente ao galpão, ela buzinou impaciente, querendo que os homens viessem logo.

A porta deslizou, revelando, como de hábito, Ensel e seus dois colegas cujos nomes ela nunca se interessara em guardar. Ensel, como de hábito, veio correndo olhar pela janela do lado do carona para ver o que ela lhes havia trazido dessa vez. Isserley preparou-se para escutar as mesmas bobagens de sempre a respeito da qualidade do espécime.

— Você está bem? — Ensel perguntou-lhe pelo vidro. Ele olhava direto para ela, ignorando o vodsel enfiado numa peruca loura mal-ajambrada e num anoraque todo torto. — Você... ahn... você está com a roupa cheia de lama.

— Quando lavar sai — respondeu Isserley friamente.

— Claro, claro — disse Ensel, intimidado com o tom dela. Ele abriu a porta e o vodsel desabou para fora do carro feito um saco de batatas. Ensel recuou, assustado, depois sorriu envergonhado, e tentou fazer graça com o incidente. — Humm... esse é dos bons, hein? Um dos melhores — falou em tom malicioso.

Isserley nem se dignou a responder, apenas escancarou a porta do carro e saltou para fora. Ensel, já carregando o vodsel nas costas com a ajuda dos outros dois, apenas registrou a reação dela com um olhar espantado.

— Alguma coisa errada? — grunhiu ele enquanto lutava para colocar seu fardo num carrinho de mão. A trama do blusão de tricô do vodsel era muito frouxa e praticamente inútil como alça para as mãos.

— Não — disse Isserley. — Só estou indo com vocês.

Ela caminhou à frente deles com passos largos e encostou-se na parede do galpão enquanto os homens vinham zigueza-gueando com o vodsel no carrinho.

— Uh... algum problema? — disse Ensel.

— Não — disse Isserley, observando calmamente os três alcançarem a porta. — Só quero ver o que vai acontecer agora.

— Ah, é? — disse Ensel, espantado. Os outros dois levantaram a cabeça para se entreolhar. Mudos, foram enveredando pelo hangar, com Isserley ao seu lado.

No elevador, houve um momento ainda mais embaraçoso. Só havia espaço para os homens e sua carga, não dava para Isserley.

— Humm... você sabe que não há muito que ver. — Ensel deu um sorriso forçado, espremendo-se com os companheiros dentro do grande barril.

Isserley arrancou os óculos e pendurou-os no decote da blusa, encarando Ensel com um olhar duro à medida que o elevador começava a se fechar.

— Não comecem sem mim — avisou ela.

Isserley, sozinha no elevador fracamente iluminado, deixou-se levar cada vez mais profundamente para dentro da terra. Passou o piso do refeitório e da área de lazer, descendo ainda mais abaixo dos alojamentos dos homens.

Enquanto descia por aqueles cabos bem lubrificados e sem ruído, ela fixou os olhos na linha de junção que se abriria quando chegasse ao Piso de Trânsito. O Piso de Trânsito ficava três níveis abaixo do solo. Não havia nada mais abaixo, a não ser os próprios cercados dos vodseis.

Ela achou que iria passar mal, que iria entrar em pânico, indo assim tão fundo. Mas quando o elevador parou e a porta se abriu, a sabe-se lá quantos metros debaixo da terra, Isserley não sentiu náusea alguma. Ela teve certeza de que ficaria bem. Ela iria conseguir o que precisava.

O Salão de Processamento era o maior do labirinto de aposentos interligados de que se compunha o Piso de Trânsito. Tinha teto alto, dimensões bastante generosas, iluminação feérica que não deixava nenhum canto nas sombras. Era como um *showroom* de automóveis sem seu conteúdo e reformado tendo em vista propósitos mais orgânicos. Havia ar à vontade, fornecido pelas inúmeras saídas de ar-condicionado distribuídas pelas paredes brancas. Podia-se mesmo sentir um cheirinho de mar.

Três lados do salão estavam equipados com enormes bancadas de metal, fora de uso até aquele momento. Ensel e os outros homens, assim como Unser, o processador-chefe, estavam no centro do salão, concentrados em torno de um equipamento mecânico que Isserley supunha ser o Berço.

O Berço, construído com peças de máquinas agrícolas, era uma obra-prima de *design* especializado. Sua base era o mecanismo canibalizado de uma escavadeira, acoplado a um bebedouro de gado todo em aço inoxidável. No topo, à altura do peito de um humano, foi montado um segmento de cerca de dois metros de calha para escoamento de grãos, engenhosamente soldado de forma a que os cantos pontudos ficassem inofensivamente abaulados. Resplandecente e elegante como uma molheira gigante, a calha estava sendo mecanicamente trabalhada para ganhar uma posição perfeitamente horizontal.

Quem ajustava a balança do Berço era Ensel, todo compenetrado na função de assistente pessoal do processador-chefe; seus dois companheiros estavam envolvidos na tarefa menos nobre de despir o vodsel, deitado ali perto.

Unser, o processador-chefe — ou o açougueiro, como ele mesmo insistia em ser chamado — estava se lavando. Era um homem compacto, rijo, que seria só um pouquinho mais alto que Isserley se fosse bípede. Apesar disso, tinha punhos maciços, salientes, e mãos fortes que mantinha levantadas ao se apoiar sobre as patas traseiras perto de uma cuba de metal.

Ele ergueu a cabeça, quase anormalmente pequena, com cabelos curtos e eriçados, e farejou o ar, como se percebesse um cheiro desconhecido — o de Isserley, não o do vodsel.

— Uhr-rhum — ele disse, numa linguagem que não era nem de humanos nem de vodseis. Estava simplesmente limpando a garganta.

Isserley saíra do elevador, que se fechara atrás dela. Ficou esperando para ver se seria recriminada ou bem recebida. Os homens não fizeram nem uma coisa nem outra; apenas seguiram com suas atividades como se ela fosse invisível. Ensel empurrava um carrinho de metal cheio de instrumentos brilhantes para perto de Unser. Os dois companheiros que despiam o vodsel bufavam e ofegavam com o esforço, mas os sons que emitiam eram abafados pela música ambiente.

Música de verdade, música humana, que se fazia ouvir por todo o salão graças a alto-falantes colocados nas paredes. Cantos suaves e o dedilhar de cordas deixavam no ar uma sensação caseira, um aroma penetrante de melodias que remetiam à infância. Uma melodia que acalmava.

Os homens tinham conseguido tirar o blusão de lã do recém-chegado e agora estavam lutando com o restante das roupas. A carne pálida estava envolta em muitas camadas de roupa, como camadas de repolhos ou rabanetes. Na verdade, havia muito menos vodsel dentro delas do que Isserley havia pensado.

— Cuidado, cuidado — pedia Unser enquanto os homens manuseavam desajeitadamente os tornozelos do vodsel tentando arrancar-lhe as meias de lã grossa. As pernas de um animal ficavam próximas do lugar onde suas fezes cairiam depois que ele estivesse no cercado; qualquer laceração poderia infeccionar.

Arfantes, os homens concluíram seu trabalho, lançando a

última peça em cima da pilha de roupas. Durante todos esses anos, Isserley sempre recebera as roupas e objetos pessoais dos vodseis num saco, que lhe era entregue na porta do galpão; essa era a primeira vez que ela via como aquele saco era preenchido.

— Uhr-rhum — fez Unser de novo. Usando o rabo para se equilibrar, ele foi saltitando nas pernas traseiras até o Berço, sempre com os braços para cima. Seus braços eram de um negro reluzente, tanto quanto o de Amlis, contrastando com o resto do pêlo, que era cinzento. Isso, porém, era porque ele só tinha lavado os braços até a altura dos ombros, e o pêlo, saturado de água, estava grudado na pele.

Ele olhou fixamente para Isserley, como se só naquele instante tivesse se dado conta da sua presença.

— Posso ajudá-la? — perguntou, comprimindo com as mãos o pêlo dos antebraços. Gotas de água caíram no chão, aos seus pés.

— Eu... eu só vim assistir — respondeu Isserley.

O olhar desconfiado do processador-chefe a queimava; ela percebeu que estava arqueada, com os braços cruzados sobre o peito, tentando parecer o mais humana possível.

— Assistir? — Unser repetiu, debochado, enquanto os homens lutavam para erguer o vodsel do chão.

Isserley concordou com a cabeça. Ela estava perfeitamente consciente de que tinha evitado ir ali por quatro anos, e de que só falara com Unser na entrada do refeitório. Ela esperava que, pelo menos, ele soubesse, por essas raras conversas, que ela o respeitava e tinha até um certo medo dele. Era um verdadeiro profissional, tal como ela.

Unser limpou a garganta novamente. Estava sempre limpando a garganta; os homens diziam que ele tinha uma doença.

— Bom... fique bem longe — avisou ele asperamente. — parece que você andou rastejando na bosta.

Isserley concordou com a cabeça, e deu um passo atrás.

— Certo. Ponham-no aqui — disse Unser.

O corpo do vodsel foi atirado para dentro do Berço, e depois virado para ficar de frente para o teto fluorescente. Seus membros foram devidamente alinhados, os ombros bem encaixados num entalhe especial, esculpido sob medida no próprio metal da calha. Sua cabeça repousou na beirada da calha, com os cabelos ruivos pendurados um pouco acima do grande cocho de metal.

Durante todo esse tempo o vodsel, embora flexível, não fez o menor movimento por si mesmo, exceto pela contração autônoma dos seus bagos dentro do saco escrotal encolhido.

Quando o corpo ficou na posição desejada por Unser e o carrinho com os instrumentos foi posto ao lado do Berço, o açougueiro começou a trabalhar. Equilibrando-se sobre o rabo e numa das pernas traseiras, ele levantou a outra perna traseira até o rosto do vodsel e enganchou dois dedos do pé nas narinas do vodsel. Com um puxão para cima recolocou a cabeça do animal na posição correta e lhe escancarou a boca. Interrompendo apenas para se certificar de seu equilíbrio, Unser flexionou as mãos livres e em seguida, do carrinho ao seu lado, tomou uma ferramenta prateada no formato de uma letra q alongada, e outra que parecia uma foice pequena. Os dois instrumentos foram imediatamente introduzidos na boca do vodsel.

Isserley se esticou toda para ver, mas os pulsos grandes de Unser e o movimento de torção dos seus dedos impediram que ela visse a extirpação da língua do vodsel. O sangue começou a jorrar pelas bochechas do vodsel enquanto Unser devolvia as ferramentas ao carrinho com estrépito. Sem hesitar, pegou um aparelho elétrico parecendo uma enorme chave Philips e, apertando os olhos, concentrado, guiou-o para dentro da boca do vodsel. Fachos de luz fulgiam nos espaços entre os dedos ágeis de Unser enquanto ele procurava os vasos sangüíneos para cauterizá-los com um chiado.

Ele já estava secando a boca do vodsel com uma bomba de sucção quando o cheiro de carne queimando invadiu o ar. O vodsel tossiu: a primeira prova efetiva de que, longe de estar morto, ele não sofria de nada mais sério além de icpathuase.

— Prontinho — murmurou Unser, apertando o pomo-de-adão da criatura para fazê-la engolir. — Uhr-rhum.

Tão logo se deu por satisfeito com o estado da boca do animal, Unser voltou as atenções para os genitais. Tomando um instrumento limpo, ele abriu o saco escrotal e, com incisões rápidas, delicadas, quase trepidantes do bisturi, removeu os testículos. Foi um trabalho muito mais rápido do que o de cortar a língua; tinha durado não mais do que trinta segundos. Antes que Isserley pudesse registrar o que ocorrera, Unser já havia cauterizado o sangramento e suturava o escroto com mãos hábeis.

— Pronto — anunciou ele, largando a agulha no carrinho. — Agora acabou. Uhr-rhum. — E olhou para a convidada.

Isserley relanceou os olhos para ele, com dificuldade para controlar a respiração.

— Eu nunca pensei... que isso poderia... acabar tão depressa — admitiu ela com a voz rouca, num misto de cumprimento e bajulação. — Eu esperava... muito mais... sangue.

— Ah, sim — falou Unser, penteando com os dedos o cabelo do vodsel. — A rapidez minimiza o trauma. Além disso, não queremos causar sofrimento além da conta, não é mesmo? Uhr-rhum. — Ele se permitiu um tênue sorriso de orgulho. — Todo açougueiro tem que ter um pouquinho de cirurgião, você não acha?

— Ah, é realmente... impressionante... a forma como você faz — Isserley mal conseguiu dizer, tremendo e abraçando o próprio corpo.

— Obrigado — disse Unser, pondo-se novamente de quatro com um grunhido de alívio.

Ensel havia inclinado o Berço de lado e os outros homens já estavam tirando o vodsel dali, recolocando o corpo no carrinho para conduzi-lo de volta ao elevador.

Isserley mordeu os lábios insensíveis para não gritar de frustração. Como aquilo podia terminar assim tão rápido! E de modo tão pouco violento, tão pouco... dramático? Seu coração martelava no peito, os olhos ardiam, suas unhas cravavam-se nos punhos cerrados. Ela necessitava liberar aquela raiva dentro dela, contida até o ponto de explodir, e no entanto o calvário do vodsel estava concluído; ele já estava pronto a se juntar aos outros de sua espécie lá embaixo nos cercados.

— Não arrastem os pés dele na porra do degrau! — exclamou Unser irritado enquanto os homens arrastavam sua carga para dentro do elevador. — Já disse isso a vocês milhares de vezes!

Lançou um olhar cúmplice para Isserley, dando a entender que só ela, entre todas as pessoas dali, tinha uma idéia acurada da quantidade de vezes que ele havia repreendido os homens daquela forma.

— Está bem, centenas de vezes talvez — admitiu ele.

O elevador fechou com um assovio. Isserley e Unser ficaram sozinhos no salão com o Berço e o cheiro de queimado.

— Uhr-rhum — anunciou Unser quando o silêncio se tornou constrangedor. — Mais alguma coisa que eu possa fazer por você?

Isserley apertou o próprio corpo com os braços, guardando tudo lá dentro.

— Eu só estava... aqui pensando — ela disse. — Você vai... existe ainda algum... algum espécime de um mês para ser... processado?

Unser foi trotando até o tonel de água e mergulhou os braços nele.

— Não, já preparamos a quantidade necessária — respondeu ele.

A agitação da água combinava com a música que vinha dos alto-falantes.

— Você está querendo dizer — falou Isserley — que não há mais nenhum pronto no momento?

— Oh, ainda tem um sim — disse Unser, retirando os braços do tonel e eliminando o excesso de água com veementes pancadas. — Mas ele pode esperar. Vai na próxima leva.

— E por que não pode ir *desta* vez? — insistiu Isserley. — Eu adoraria ver — ela mordeu novamente os lábios — como você faz isso. O produto final.

Unser sorriu com modéstia enquanto ficava outra vez de quatro.

— Receio que a cota normal já tenha sido embarcada — afirmou ele em tom de lamento.

— Quer dizer — insistiu Isserley — que não há mais espaço no navio de carga?

Unser olhava para baixo, examinando as mãos, erguendo-as uma de cada vez do chão úmido.

— Não, espaço tem até de sobra — respondeu ele pensativo. — É que... uhr-rhum... bom, *Eles*... — e revirou os olhos para o céu — estão esperando uma quantidade determinada de carne, sabe como é. Com base naquilo que costumamos enviar. Se mandarmos mais, eles vão querer receber a mesma quantidade no mês que vem, entende?

Isserley apertou as mãos contra o peito, tentando acalmar as batidas do coração. Havia muito mais coisa por trás dessa história.

— Tudo bem — disse ela a Unser, num tom insistente. — Eu... eu posso trazer mais vodseis. Sem problemas. Há muitos deles por aí a qualquer hora. E eu estou me aperfeiçoando cada vez mais nesse tipo de trabalho.

Unser ficou olhando para ela com o cenho franzido, confuso, obviamente sem saber o que fazer com ela.

Isserley encarou-o, doente de ansiedade. As partes do rosto de uma mulher a que ela poderia ter recorrido para negociar com ele, para implorar-lhe sem usar palavras, haviam sido extraídas ou mutiladas. Só lhe restaram os olhos. E eles brilharam intensamente quando ela o fitou sem pestanejar.

Minutos depois, por ordem de Unser, o último dos espécimes de um mês foi trazido ao Salão de Processamento.

Ao contrário daquele que o tinha precedido, que estava paralisado, este não precisou ser carregado. Andava ereto, docilmente, conduzido por dois homens. Na verdade, nem precisava que o conduzissem; ele arrastava sua massa cor-de-rosa para a frente como se estivesse sonâmbulo. Os homens se limitavam a cutucá-lo com os quadris quando ele ameaçava tropeçar ou se desviar do caminho. Eles o acompanhavam: era esse o termo exato. Acompanhavam-no ao Berço.

A rigidez inchada do seu corpanzil era tamanha que, quando chegou ao Berço e perdeu o equilíbrio, desabou como uma árvore tombada, caindo de costas sobre o receptáculo liso com um barulho surdo de carne. Ele próprio pareceu surpreso quando seu peso elefantino o fez escorregar pela calha; os homens precisaram apenas guiá-lo de modo que os ombros ficassem bem encaixados nas respectivas cavidades.

Isserley chegara mais perto, curiosa para ver o rosto dele. Os olhos de porco piscando em sua cabeça careca eram pequenos demais para ser entendidos à distância. E ela de modo algum poderia perder o que estava para ser escrito neles.

Os olhos do espécime de um mês piscavam rapidamente; formava-se um franzido em sua testa de cúpula. Ia acontecer alguma coisa com ele que estava além da sua capacidade de suportar corajosamente. Ele confiava nas próprias forças, em sua própria resistência às aflições. Mas agora sentia que estava prestes a perder essa condição. A ansiedade crescia dentro dele, procurando exprimir-se em algum ponto das células de sua fisionomia totalmente deformada.

Embora sedado, o vodsel lutava, não com os homens que o acompanhavam, mas sim com a própria memória. Parecia-lhe já ter visto Isserley antes; ou talvez apenas reconhecesse que ela era a única criatura naquele salão que se parecia um pouquinho com ele. Se alguém podia fazer algo por ele, esse alguém só podia ser ela.

Isserley chegou ainda mais perto, deixando que o vodsel a encarasse. Ela também estava tentando localizá-lo na memória. As pestanas, os poucos cabelos que lhe restavam sobre a cabeça, eram-lhe extraordinariamente familiares.

O vodsel estava de tal forma concentrado em resgatar alguma lembrança de Isserley que pareceu não perceber que algo ia sendo baixado sobre sua testa, algo semelhante ao bico de uma bomba de gasolina, ligado à base do Berço por um cabo longo e flexível. Unser conduziu a ponta metálica do equipamento em direção à carne sem rugas da testa do vodsel, e apertou a alça. Houve uma queda de luz quase imperceptível no prédio. Os olhos do vodsel piscaram mais uma vez enquanto a corrente operava em seu cérebro e descia pelo filamento da sua coluna. Uma leve espiral de fumaça subiu de uma mancha escura em sua testa.

Unser puxou-lhe o queixo para deixar o pescoço à mostra. Com dois movimentos precisos de pulso, cortou as artérias no pescoço do vodsel recuando para evitar o jato de sangue que esguichou, lançando um vapor quente e incrivelmente vermelho contra o cocho prateado.

— Sim! — Isserley deixou escapar. — Sim!

Enquanto seu grito ainda ecoava pelo Salão de Processamento, a atividade cessou totalmente. Fez-se um terrível silêncio, piorado por uma pausa na música dos alto-falantes. Nada se mexia, a não ser o jato de sangue que não parava de esguichar do pescoço cortado do vodsel, aquele líquido espumoso brilhando e fervilhando pelo rosto e pela cabeça do vodsel, chafurdando-lhe as pestanas como se fossem brotos de alga-marinha na maré. Os homens — Unser, Ensel e os demais — ficaram paralisados, os olhos postos sobre Isserley.

Isserley curvou-se tanto que quase caiu para a frente. Abria e fechava as mãos de agonia e frustração.

A ponta da faca de Unser pairava sobre o torso do vodsel; Isserley sabia que a ação seguinte seria, certamente, abrir o animal do pescoço até o gancho das pernas, separando a carne da pele como se fosse a frente de dois macacões. Ela olhou demoradamente para a faca que permanecia no ar por um tempo enorme. Então, resolutamente, Unser parou e deixou-a cair na bandeja.

— Desculpe, Isserley — disse ele, calmamente —, mas eu não acho que seja uma boa idéia você ficar aqui.

— Por favor — suplicou Isserley. — Não pare por minha causa!

— Nós estamos trabalhando — disse o processador-chefe severamente. — Aqui não há lugar para sentimentos.

— Eu sei, eu *sei* — insistiu Isserley. — Por favor, continue como se eu não estivesse aqui.

Unser debruçou-se sobre o Berço, impedindo que ela visse a cabeça ensangüentada do vodsel.

— Eu acho que seria melhor você sair daqui — disse ele, com uma clareza exagerada. Ensel e os outros olhavam nervosamente ora para ele, ora para o objeto da sua desaprovação.

— Olha... — teimou Isserley. — Para que isso? Basta você ... basta...

Ela olhou para as próprias mãos pois sentiu que estavam reparando nelas. Ficou chocada ao ver seus dedos escavando o ar, como se ela estivesse tentando dilacerar alguma coisa com as unhas.

— Ensel — disse Unser com um ar cansado. — Eu acho que Isserley... não está bem.

Os homens começaram a caminhar em direção a Isserley, suas imagens refletidas no chão molhado.

— Fiquem longe de mim — ameaçou ela.

— Por favor, Isserley — disse Ensel, sempre avançando. — Você está parecendo... — Com um esgar. — É duro ver você assim.

— Fiquem longe de mim — repetiu ela.

Nos confins lúgubres do Salão de Processamento, Isserley teve a impressão de que a luz começava a se intensificar sobrenaturalmente, a voltagem se multiplicando a cada segundo. Também a música parecia estar desafinada, penetrando nauseantemente pela sua espinha. O suor lhe escorria pelos olhos e descia pelas costas. Ela estava, como de repente se lembrou, bem no fundo da terra. O ar era viciado, reciclado através de toneladas de rocha compacta, com aquele cheiro horrivelmente artificial de mar. Ela estava acuada, cercada por seres para os quais aquilo tudo era perfeitamente normal.

Subitamente, braços masculinos vigorosos ergueram-se de todos os lados, agarrando seus pulsos, seus ombros, sua roupa.

— Tirem suas patas fedorentas de cima de mim! — berrou ela. Mas eles eram muito mais fortes do que seus protestos desesperados de resistência.

— Não! Nãooooo! Nãooooooo! — gritava ela enquanto eles a erguiam.

No instante em que ela caiu, tudo ao redor começou a se contrair de modo nauseante. As paredes se libertaram das suas fundações e deslizaram até o meio do salão, como se atraídas pelo combate. O teto, uma laje retangular de concreto maciço pintada de branco fluorescente, também estremeceu e desabou sobre ela.

Com um grito estridente, Isserley tentou encolher-se no chão, mas foi imobilizada por mãos fortes. Então, as paredes e o teto fecharam-se sobre ela e ela foi engolfada pelas trevas.

11

ANTES DE RECOBRAR PLENAMENTE a consciência, Isserley sentiu dois cheiros surrealmente misturados: carne crua e chuva recente. Abriu os olhos. O céu noturno sem fim pairava sobre ela, brilhando com um milhão de estrelas distantes.

Estava deitada de costas, num veículo de capota aberta, estacionado numa garagem a céu aberto.

Não era o carro dela; não era um carro, na verdade, como foi percebendo. Estava deitada no interior do amplo casco do navio cargueiro, bem debaixo de uma abertura escancarada no teto do galpão.

— Eu os convenci de que um pouco de ar fresco lhe faria bem — disse Amlis Vess, de algum ponto não muito distante.

Isserley tentou virar a cabeça para vê-lo, mas seu pescoço estava tão duro que parecia ter sido apertado num torno. Mal respirando, com medo de sentir dor, ela ficou deitada quietinha, imaginando o que estaria mantendo sua cabeça levantada do chão metálico. Com os dedos úmidos ela sentiu, ao longo das costelas paralisadas, a textura do que havia debaixo dela: uma esteira de palha rústica, do tipo que os humanos gostavam de usar para dormir.

— Quando a trouxeram do elevador, você parecia em estado de choque, quase sufocada — prosseguiu Amlis. — Eu tentei levá-la para fora, mas os outros homens não deixaram. E ainda se recusaram a fazê-lo eles mesmos. Então eu consegui que concordassem com isso.

— Obrigada — murmurou ela com frieza. — Tenho certeza de que eu sobreviveria de qualquer modo.

— Claro — concordou ele. — Não tenho dúvida quanto a isso.

Isserley examinou o céu mais detidamente. Havia ainda um tom de violeta, e a lua mal começava a aparecer. Deviam ser umas seis da tarde, sete no máximo. Ela tentou levantar a cabeça, mas a resposta do corpo não foi das melhores.

— Posso ajudá-la? — perguntou Amlis.

— Só estou descansando — ela lhe assegurou. — Tive um dia muito cansativo.

Os minutos se passaram. Isserley empenhava-se em se adaptar àquele contratempo, que lhe pareceu ao mesmo tempo medonho e risível. Ela mexeu os dedos dos pés e depois tentou mexer os quadris, disfarçadamente. Sentiu uma agulhada na altura do cóccix.

Amlis Vess, com muito tato, evitou comentar a respeito da sua expressão de dor. Ao invés disso, falou:

— Estou admirando esse céu desde que cheguei aqui.

— Ah, é? — disse Isserley. Ela estava sentindo os olhos desconfortavelmente colados toda vez que piscava. Como gostaria de poder esfregá-los!

— Não estava preparado para nada disso — continuou Amlis. Sua sinceridade era inequívoca, e Isserley achou-a estranhamente tocante.

— Eu também me sentia assim, no começo — disse ela.

— É inteiramente azul durante o dia — observou ele, como se ela não tivesse notado ainda e ele é que tivesse chamado sua atenção.

Diante da pura sinceridade do entusiasmo dele, ela de repente se pegou sorrindo.

— É sim — concordou ela.

— E tem muitas outras cores — acrescentou ele.

Então ela não conseguir conter o riso, uma risada que era quase de dor.

— É, muitas mesmo — disse ela com os dentes semicerrados. Afinal tinha conseguido erguer as mãos, e dessa forma conseguia alisar a barriga de um jeito que achava reconfortante. De centímetro em centímetro estava voltando à vida.

— Sabe? Caiu um pouco de água do céu não faz muito tempo — continuou Amlis, a voz um pouco mais elevada que o normal, cheia de deslumbramento. — Caiu do céu, assim. Em gotinhas, todas juntas, milhares delas. Olhei para cima para ver de onde vinham. Pareciam materializar-se do nada. Mal pude acreditar. Aí abri bem a boca, e algumas gotas caíram direto lá dentro. Foi uma sensação indescritível, como se a natureza estivesse querendo me alimentar.

Isserley alisou o tecido da blusa sobre a barriga; estava úmido, mas não tanto. A chuva não deve ter durado muito tempo.

— A água parou de cair tão de repente como começou — disse Amlis. — Mas até agora o cheiro das coisas está mudado.

Isserley já conseguia virar a cabeça devagar. Notou que estava deitada bem em frente a um dos refrigeradores do navio, com a base do crânio apoiada numa barra comprida que funcionava como pedal para abrir e fechar o teto. Sua cabeça não tinha peso suficiente para fazer acionar o mecanismo; para isso seria necessário um corpo de homem.

À direita, no chão metálico, quase à altura do seu ombro, havia duas bandejas de carne embrulhada em plástico transparente. Numa delas havia carne de primeira, vermelha-escura e intercalada. A outra, maior, era de vísceras: talvez entranhas, ou cérebros. O cheiro era forte, mesmo as carnes estando embrulhadas. Os homens deveriam ter acabado de empacotá-las antes de deixá-las ali.

Virou a cabeça para a esquerda. Amlis estava sentado a uma certa distância dela, lindo como sempre, as pernas traseiras recolhidas sob o corpo, os braços eretos, a cabeça ligeiramente levantada na direção do teto aberto do galpão. Ela vislumbrou seus dentes brancos pontiagudos; ele estava comendo alguma coisa.

— Você não precisava ter ficado aqui comigo — disse ela, tentando dobrar os joelhos sem que ele notasse o esforço que isso requeria.

— Eu fico sentado aqui praticamente todo dia e toda noite — explicou ele. — Os homens não me deixam sair do prédio, claro. Mas vejo as coisas mais incríveis através desse buraco no teto. — Mas voltando sua atenção para ela, ele se levantou para chegar mais perto de onde ela estava deitada. Ela escutou a pisada suave dos dedos de unhas afiadas sobre o chão metálico.

Amlis parou a uma distância respeitável do corpo dela, talvez um braço, e acomodou-se de novo sobre as ancas, com as pernas encolhidas sob o corpo. Seus braços permaneciam eretos, e o pêlo branco e despenteado do peito avançava entre eles. Ela se esquecera de como era preta a lanugem de sua cabeça, como eram dourados os seus olhos.

— Essa carne toda não deixa você perturbado? — brincou ela.

Ele ignorou a ironia.

— Está tudo morto agora — respondeu ele simplesmente. — Não posso fazer nada, posso?

— Eu pensei que você ainda estivesse trabalhando as mentes e os corações dos homens, sabe como é — prosseguiu Isserley, exagerando na dose de sarcasmo.

— Bom, eu fiz o melhor que pude — disse Amlis, como que zombando de si mesmo. — Mas sei quando enfrento uma causa perdida. De qualquer forma, não é a mente *de vocês* que eu preciso mudar. — E deu uma olhada para as cargas do navio em volta, avaliando a escala da matança e seus objetivos comerciais.

Isserley observou o pescoço e os ombros dele, o pêlo tão macio que balançava com a brisa. Sua implicância em relação a ele diminuía, à medida que ficava a imaginá-lo descansando o peito quente e felpudo em suas costas, aqueles dentes brancos lhe mordiscando suavemente o pescoço.

— O que você está comendo? — perguntou ela, porque suas presas pareciam estar em constante atividade.

— Não estou comendo nada — declarou ele com indiferença, recomeçando a mastigar.

Isserley sentiu uma ponta de desprezo: ele era como qualquer pessoa rica e poderosa — mentia descaradamente, mostrava uma arrogante insensibilidade para com os sentimentos dos outros. Ela fez um ar de desaprovação, como se dissesse "Faça como quiser". Ele entendeu logo, a despeito da estranheza de suas feições.

— Eu não estou comendo, estou mascando — respondeu ele solenemente, mas seus olhos cor de âmbar tinham um brilho de gozação. — Na verdade, é icpathua.

Isserley agora se lembrava da má reputação dele nesse assunto e, embora intrigada, fez um ar de superioridade.

— Eu achei que você estava crescido o bastante para ter parado com isso — disse ela.

Mas Amlis não engoliu a isca.

— Icpathua não é um comportamento, uma atitude adolescente ou coisa assim — observou ele com a maior tranqüilidade. — É uma planta com propriedades únicas.

— Bom, bom — suspirou Isserley, virando a cabeça e concentrando a atenção novamente no céu estrelado. — Você vai acabar morrendo, de qualquer modo.

Ela o ouviu rir, mas não pôde ver. Lamentou não ter visto, e depois ficou irritada consigo mesma por lamentar.

— Para isso eu precisaria engolir um pedaço do meu tamanho — disse Amlis.

Ela riu, mesmo não querendo; imaginá-lo tentando fazer algo assim era tremendamente engraçado. Tentou esconder o riso com a mão, mas a dor nas costas era muito forte e ela permaneceu rígida, rindo baixinho desatinadamente, o rosto escondido dele. Quanto mais ria, menos conseguia se controlar; só esperava que ele entendesse que o motivo do seu riso era a visão ridícula de um Amlis Vess inchado que nem uma vaca prenha.

— A icpathua é um analgésico extraordinariamente eficaz, você sabia? — observou ele com toda a calma. — Por que não experimenta?

Isso limpou o riso do rosto de Isserley.

— Não estou sentindo dor — respondeu ela, friamente.

— Claro que está sentindo dor — respondeu ele, num tom de repreensão que acentuava ainda mais suas vogais bem projetadas. Com raiva, ela se apoiou nos cotovelos para lançar sobre ele seu olhar mais feroz.

— Eu não estou sentindo dor, você ouviu? — repetiu ela, enquanto o suor frio da agonia lhe formigava a carne do torso.

Por um momento os olhos dele fulguraram de volta, mas

então ele piscou lenta e langorosamente, como se uma nova dose de sedativo tivesse afinal alcançado sua corrente sangüínea.

— Como você preferir, Isserley.

Nunca antes ele pronunciara o nome dela, ao que se lembrava. Nunca até então. Ela gostaria de saber o que o fizera dizê-lo, e se as mesmas condições poderiam voltar a ocorrer algum dia.

Mas ela realmente precisava livrar-se dele, de um modo ou de outro. Precisava fazer um pouco de exercício para retornar à forma, e jamais faria isso na frente dele.

A coisa mais óbvia seria desculpar-se e ir para o chalé, aonde ele não poderia segui-la. Porém, as dores eram fortes demais para vencer a meia-dúzia de degraus de metal entre o casco do navio e o chão do galpão.

Agora que estava sobre os cotovelos, podia flexionar um pouco os ombros e a coluna, sem que isso ficasse tão óbvio. Poderia distraí-lo conversando.

— O que você acha que seu pai fará com você quando você voltar? — perguntou ela.

— Fazer comigo? — A questão parecia, a princípio, não fazer sentido algum para ele. De novo ela havia colidido, sem querer, com a experiência de vida mansa dele. Com certeza a idéia de alguém fazendo alguma coisa contra ele era estapafúrdia. Vulnerabilidade era para as classes mais baixas.

— Na verdade, meu pai nem sabe que estou aqui — disse ele afinal, sem conseguir evitar um ar de satisfação no tom da voz. — Ele pensa que estou em Yssiis, ou em alguma outra parte do Oriente Médio. É para onde eu disse que estava indo da última vez que nos falamos.

— Mas você veio para cá nessa coisa — lembrou Isserley, acenando com a cabeça para a carne e os refrigeradores ao redor. — Num navio cargueiro das indústrias Vess.

— É verdade — admitiu ele — mas não graças à permissão oficial de alguém. — Sua satisfação era juvenil, quase infantil. Olhou para o céu, e novamente o pêlo da sua garganta balançou como o trigo ao vento. — Sabe — disse ele —, meu pai ainda conserva essa esperança descabida de que um dia eu vou assumir os negócios. "Vamos manter a coisa em família", é o que ele costuma dizer. O que ele quer dizer, claro, é que não suportaria ver o mais novo e mais valioso produto do mundo ser usurpado por algum concorrente. Agora mesmo, as palavras "voddissin" e "Vess" são inseparáveis; quem quer que queira sentir o sabor de algo inimaginavelmente divino pensará imediatamente em "Vess"...

— Muito conveniente para vocês dois — disse Isserley.

— Isso não tem nada a ver comigo. Depois que eu cresci o suficiente para fazer perguntas, bem entendido. Meu pai me trata como um sassynil. "O que mais você precisa saber?", diz ele. "Essa coisa cresce, nós colhemos e despachamos de navio para cá." Mas comigo ele não é *tão* discreto quanto é com todo mundo. É só eu demonstrar um mínimo de interesse no negócio para ele fraquejar. Sempre esperando que eu veja a luz. Acho que é por isso que ele sempre está me dando livre acesso a tudo — inclusive às docas Vess.

— E daí?

— E daí que o que eu estou querendo dizer é que... Nesse navio eu era um... qual é mesmo a palavra? Um passageiro clandestino.

Ela riu de novo. Os ossos e músculos dos seus braços traíram-na e ela arriou de costas mais uma vez.

— Suponho que quanto mais rico se é, mais fundo é preciso ir para encontrar emoções — observou ela.

Ele se ofendeu, finalmente.

— Eu tinha que ver por mim mesmo o que estava acontecendo aqui — resmungou ele.

Isserley tentou erguer-se de novo, e disfarçou seu fracasso com um suspiro condescendente.

— Não há nada de estranho ocorrendo aqui — falou ela. — É apenas uma questão de... oferta e procura — Recitou essas últimas palavras como se formassem um par inseparável, eterno, como noite e dia, macho e fêmea.

— Bom, isso só confirma meus piores temores — prosseguiu ele, sem fazer caso da observação dela. — Todo esse negócio se baseia na mais terrível crueldade.

— Você não sabe o que é crueldade — disse ela, sentindo cada uma das partes do seu corpo que havia sofrido alguma mutilação. Como era feliz aquele mocinho mimado! Ter como "piores temores" os relacionados ao bem-estar de animais exóticos em vez dos horrores que ele próprio deveria enfrentar na luta pela sobrevivência.

— Você alguma vez já esteve lá embaixo na Propriedade, Amlis? — disse, em tom de desafio.

— Já — respondeu ele, com sua dicção excessivamente correta. — Claro. Todo mundo devia ver como é aquilo lá.

— Mas não por muito tempo, a ponto de se sentir mal, hein? — provocou Isserley.

O comentário irônico levou-o à exasperação; ele levantou as orelhas.

— O que você queria que eu fizesse? — disse ele. — Que me apresentasse como voluntário para trabalhos pesados? Que tivesse a cabeça despedaçada por bandidos? Eu sou *rico*, Isserley. Vou deixar que me matem para compensar isso?

Isserley evitou responder. Seus dedos tinham descoberto uma crosta em torno dos olhos. Era uma casquinha de lágrimas secas, vertidas durante o sono. Ela a limpou.

— *Você* veio aqui — disse Amlis — para fugir de uma vida dura, não foi? *Eu* nunca precisei sofrer uma vida dura, pelo que sou imensamente grato, juro. Ninguém quer passar por isso, se conseguir escapar. Certamente, como seres humanos, desejamos as mesmas coisas.

— Você nunca vai saber o que eu quero — retrucou Isserley com uma veemência que surpreendeu até ela mesma.

A conversa entrou em calmaria por um instante. Lufadas de vento frio sopraram pelo teto do galpão adentro; o céu escureceu; a lua surgiu, um lago redondo de fosforescência flutuante. O vento carregou uma folha para o interior do prédio; ela veio planando sobre o casco até ser imediatamente colhida por Amlis, que a virou e revirou entre as mãos, enquanto Isserley tentava virar para o outro lado.

— Fale-me de *seus* pais — disse ele afinal, como se a estivesse convidando para fazer a sua parte no melhor e mais proveitoso negócio que se podia imaginar. Isserley sentiu como que um cutucão na raiva não digerida que havia em seu intestino.

— Eu não tenho pais — respondeu ela secamente.

— Está bem, então me conte como eles *eram* quando estavam vivos — emendou ele.

— Não falo sobre meus pais — afirmou Isserley. — Nunca. Não há nada para dizer.

Amlis olhou-a nos olhos, e logo se deu conta de que aquela era uma área a que ele, mesmo sendo Amlis Vess, dificilmente teria acesso. Deu um suspiro.

— Sabe — disse ele, quase devaneando — às vezes eu acho que a única coisa de que realmente vale a pena se falar é daquilo que as pessoas se recusam decididamente a discutir.

— É isso mesmo. — Isserley concordou — Por exemplo, como certas pessoas nascem para uma vida de prazeres e filosofia, enquanto outras são empurradas para o buraco e têm que lutar por uma merda de emprego.

Amlis deu uma mascada na icpathua, com os olhos revelando raiva e compaixão.

— Tudo tem seu preço, Isserley — retrucou ele. — Até nascer rico.

— Ah, claro — zombou ela, com uma vontade louca de afagar aquela pelúcia branca do peito dele, correr a mão pelo flanco sedoso. — Estou vendo como isso prejudicou *você*.

— Nem todo prejuízo é assim tão óbvio — disse ele com voz macia.

— Não — replicou ela com amargura —, mas é o prejuízo *óbvio* que deixa as cabeças viradas, não acha? A marca registrada que todo mundo reconhece, não é, Sr. Vess?

Ameaçadoramente, ele se levantou, parou rente aos ombros dela e baixou a cabeça bem perto, perigosamente perto da dela.

— Isserley, ouça — pediu ele, com a lanugem negra do seu rosto eriçada e o hálito de sua boca levando calor ao pescoço dela. — Você acha que eu não noto que metade do seu rosto foi retalhada? Você acha que eu não percebo essas protuberâncias estranhas que enxertaram em você, que seus seios foram extirpados, sua cauda amputada, seus pêlos raspados? Você acha que eu não imagino como você deve se sentir em relação a tudo isso?

— Tenho dúvidas sobre isso, — disse ela com voz ofegante e olhos aflitos.

— Claro que eu posso ver o que fizeram com você, mas o que me interessa realmente é o que a pessoa é por dentro — insistiu ele.

— Oh, Amlis, *por favor*: poupe-me dessa merda! — gemeu Isserley, olhando através dele enquanto lágrimas brotavam dos seus olhos e rolavam pelas bochechas até desaparecerem dentro do horrendo orifício artificial de sua orelha mutilada.

— Você acha que ninguém é capaz de notar que por baixo de tudo isso existe um ser humano? — exclamou ele.

— Se os da sua laia tivessem percebido que eu era uma porra de ser humano não me teriam mandado para a Propriedade, ou não é? — berrou ela como resposta.

— Isserley, *eu* não mandei você para a Propriedade.

— Ah, não — continuava ela tomada pelo ódio —, ninguém é individualmente responsável, não é assim?

Ela se afastou violentamente, esquecendo de se preparar para a dor, que lhe percorreu a coluna como um espeto penetrando das costelas até o reto. Amlis correu para o lado dela quando ouviu o grito de dor.

— Deixe-me ajudá-la — disse ele, passando um braço em torno dos seus ombros, e o rabo em volta da parte inferior das costas.

— Deixe-me sozinha! — implorou ela.

— Primeiro quero que você fique sentada — foi a resposta dele.

Ele a ajudou a dobrar os joelhos, com a testa ossuda e aveludada roçando a garganta dela; e recuou imediatamente, permitindo-lhe encontrar um apoio.

Ela flexionou os membros emperrados, sentindo a tensão espasmódica bem profundamente na carne, a excitação prolongada do toque dele na superfície da pele. Suas omoplatas estalaram perigosamente quando ela os movimentou; não podia deixar de se preocupar quanto à impressão que causava naquele momento. Ela olhou para Amlis e viu que ele fazia uma rápida pesquisa pelo porão do navio.

— Aqui, experimente um pouco disso — disse ele, aproximando-se dela, apoiado em três membros, com o quarto carregando um pedaço de algo vegetal. Parecia bastante compenetrado, o que Isserley julgou inexplicavelmente engraçado.

— Eu sou contra as drogas — protestou ela, logo em seguida desatando a rir, suas frágeis defesas vencidas pela dor. Com as lágrimas escorrendo pelas bochechas, aceitou o raminho musgoso de icpathua que ele oferecia e levou-o à boca.

— É só mascar?

— É — disse ele. — Logo vira uma espécie de bolo, e você nem vai se lembrar mais dele.

Meia hora depois Isserley já se sentia muito melhor. Uma sensação de anestesiamento, de quase bem-estar, se espalhava pelo seu corpo. Fazia exercícios bem na frente de Amlis Vess, e não se preocupava com o que ele pudesse pensar. Ele falava sem parar sobre os malefícios de comer carne, e tudo que dizia parecia a ela comovente e divertido. Ele era de fato um rapaz agradável — desde que não se levassem muito a sério seus delírios hipócritas. Entretida em sua fala mansa, ela ia movendo lentamente os membros, tentando se concentrar no próprio corpo, mascando sem parar aquela erva amargosa.

— Sabe? — dizia Amlis. — Depois que as pessoas começaram a comer carne, certas doenças misteriosas foram identificadas e ocorreram algumas mortes inexplicáveis.

Isserley deu um sorrisinho; suas pregações apocalípticas eram solenemente hilárias.

— Até a Elite anda achando que pode haver riscos — insistia ele.

— Bom — replicou ela, meio desatenta —, o que eu sei dizer é que tudo é feito segundo os padrões mais elevados para tal fim.

Ela chegou a engasgar de tanto rir, e, para sua surpresa, ele também.

— Quanto estará custando um filé de voddisin, na minha terra? — perguntou ela, esticando os braços para o céu noturno.

— Uns nove ou dez mil liss.

Ela interrompeu seus movimentos giratórios para olhá-lo,

incrédula. Dez mil liss equivaliam, para qualquer pessoa comum, ao preço de água e de oxigênio para um mês inteiro.

— Você está brincando!? — disse, embasbacada, com as mãos estendidas ao longo do corpo.

— Se custar menos de nove mil, pode apostar que foi adulterado com alguma outra coisa.

— Mas... quem pode pagar isso?

— Quase ninguém. O que o torna tremendamente desejável, é claro.

Amlis cheirava atentamente um pacote de carne escarlate envolta em plástico, tentando verificar se era o mesmo cheiro que ele sentia na sua forma final, em casa.

— Para quem quer subornar um funcionário público, agradar um cliente... seduzir uma mulher... Não há coisa melhor.

Isserley ainda não conseguia aceitar aquilo.

— Dez mil liss... — repetia estupefata.

— Realmente — Amlis prosseguia —, carne é uma coisa *tão* valiosa que atualmente estão tentando produzi-la em laboratório.

— Isso vai acabar com o meu emprego, hein?— falou Isserley, retornando aos seus exercícios.

— Talvez — disse Amlis. — As indústrias Vess gastam uma fortuna com transporte.

— Tenho certeza de que isso não é um grande problema.

— Claro. Mas mesmo assim prefeririam não ter toda essa amolação.

Isserley esticou os braços horizontalmente e lentamente os foi erguendo para o alto.

— Os ricos sempre vão querer o melhor — declarou ela.

Amlis brincava com sua folha de icpathua, manipulando-a o máximo possível sem destruí-la.

— Há projetos — disse ele — para vender carne aos pobres, em forma modificada. Meu pai é esperto, claro. Mas eu fiquei sabendo que já fizeram algumas experiências interessantes. São negócios. Meu pai seria capaz de dividir o planeta em pedaços se achasse que daria lucro.

Isserley estava rodopiando lentamente, como uma hélice ou um cata-vento, coisa que não teria condições de fazer se seu corpo não tivesse sido modificado. De um jeito tímido, estava mostrando isso a Amlis.

— Há um tipo de comida quase asquerosa — explicava ele —, que é muito popular na Propriedade: pedaços bem finos de um tubérculo duro fritos na gordura e que depois de secos ficam crocantes. A Vess Incorporated vem acrescentando a essa coisa o sabor artificial de uma espécie de subproduto de vodsel. A procura é fenomenal.

— Lixo come lixo — disse Isserley, estirando-se novamente para os céus.

Ouviu-se um som sibilante do lado de fora do navio. Isserley e Amlis correram até a amurada para olhar o galpão lá embaixo, e viram Ensel e um outro homem saindo do elevador. Dois outros homens os seguiam com os olhos pela extensão de concreto deserta.

— Só estamos dando uma checada — bradou Ensel, com uma voz áspera que reverberou abafadamente contra as paredes de metal — para ver se você está bem.

— Estou bem, Ensel — respondeu Isserley, mal o reconhecendo. — E o Sr. Vess está em total segurança.

— Uh... certo — disse Ensel. — Certo. — E sem mais uma palavra virou o rabo e entrou de volta no elevador, seguido pelo companheiro. Outro silvo, e se foram.

Amlis, no ombro de Isserley, falou calmamente.

— O Ensel se preocupa mesmo com você, sabia?

— Ele que vá se foder com o próprio rabo — disse Isserley, tirando o bolo de icpathua da bochecha para mascar mais tarde.

Uma chuvinha fina tinha voltado a cair sobre suas cabeças. Amlis olhou para a escuridão lá do alto, pensativo e enigmático. As estrelas haviam desaparecido; uma névoa as substituíra, e o disco luminoso flutuante estava quase fora do alcance da vista. Gotas d'água tamborilavam sobre o seu pêlo macio, desaparecendo instantaneamente nas partes mais escuras, brilhando e tremelicando no peito branco e lanoso. Hesitando, ele se ergueu sobre os membros traseiros, apoiando-se na cauda, e abriu a boca. Isserley ainda não havia visto a língua dele. Era vermelha e limpa como a pétala de uma anêmona.

— Isserley — disse ele, engolindo. — É verdade o que dizem sobre o mar?

— Mmm? — Ela estava aproveitando a chuva no rosto, desejou que chovesse torrencialmente.

— Eu ouvi os homens falando a respeito — continuou Amlis. — Uma massa de água que é assim... chega bem perto da terra e ali fica permanentemente. Eles o viram à distância. Dizem que é imenso, que você vai sempre lá.

— É verdade — suspirou ela. — É verdade.

A abertura no teto do galpão estava começando a se fechar; Ensel decidira, evidentemente, que ela já recebera ar fresco suficiente.

— E quando eu estava deixando aqueles pobres vodseis fugirem — disse Amlis — mesmo estando muito escuro, eu vi... o que pareciam... umas *árvores*, só que enormes, mais altas do que este prédio. — Naquele momento seu sotaque afetado era de dar dó; parecia uma criança, tentando resumir a grandeza do universo em linguagem escolar.

— Sim, sim — sorriu ela. — É verdade. Está tudo lá.

O teto do galpão, porém, tinha sido fechado; o mundo exterior tinha desaparecido.

— Leve-me para fora para ver isso, por favor — falou Amlis subitamente, sua voz ecoando debilmente no hangar.

— De jeito nenhum — respondeu ela.

— Está escuro — teimou ele. — Ninguém poderá nos ver.

— De jeito nenhum — repetiu ela.

— Você está preocupada com os vodseis? Que ameaça esses animais estúpidos podem representar? — argumentou ele.

— Uma grande ameaça — afirmou ela.

— À nossa vida, ou à administração das indústrias Vess?

— Não dou a mínima para as indústrias Vess.

— Então vamos — suplicou ele. — No seu carro. Eu me comporto, juro. Só quero olhar. Por favor.

— Eu disse não.

Minutos depois, Isserley estava dirigindo devagar sob a aléia de galhos emaranhados que conduzia à casa de Esswis. As luzes estavam acesas, como de hábito. Os faróis do carro de Isserley estavam apagados. O luar a deixava enxergar tudo, e ela sequer precisou preocupar-se com os óculos. Além do mais, já passara a pé por aquele caminho centenas de vezes.

— Quem fez essas casas? — perguntou Amlis, agachado no banco de passageiro, as mãos apoiadas no painel.

— Nós — disse Isserley com a maior tranqüilidade. Ela era agradecida ao fato de não se conseguir divisar casa alguma para além da fazenda, e por seu próprio chalé decrépito parecer que fora construído de qualquer maneira, com pedras e escombros achados nas redondezas. Sobre a mansão suntuosa de Esswis ela comentou: — Esta foi construída para Esswis. É como se ele fosse meu chefe. Conserta as cercas, cuida da alimentação dos animais, esse tipo de coisas.

Passaram bem perto da casa de Esswis, tão perto que Amlis pôde ver os vidros embaçados das janelas, com entalhes de madeira no peitoril.

— Quem fez isso?

Isserley olhou para os entalhes.

— Oh, Esswis — disse ela, automaticamente. Mas a mentira, tal como de repente se deu conta, bem poderia ser verdade. Ora brilhando, ora se esvaecendo, no olho de sua mente surgiu uma série de figuras de madeira, cinzeladas e moldadas numa elegância esquelética, congeladas em poses torturadas de balé, dispostas lado a lado atrás da vidraça dupla. Provavelmente era assim que Esswis preenchia suas horas solitárias de inverno.

Isserley dirigiu pelos campos abertos, onde pesados fardos de feno jaziam espalhados como buracos negros no horizonte. Um campo abandonado, enquanto o do lado oposto estava exuberante com a folhagem verde-escuro das batatas. Lá e cá, arbustos e árvores sem fins agrícolas subiam aos céus, exibindo flores resistentes ou galhos compridos e frágeis, conforme a variedade.

Isserley sabia o que Amlis devia estar sentindo: ali estava uma vida vegetal que não necessitava ser cultivada em tanques ou forjada em solos calcários, pantanosos, mas que crescia espontaneamente como um esguicho de alegria. Acre após acre de fecundidade serena, cuidando de si sem ajuda aparente de humanos. E olha que ele estava conhecendo os campos de Ablach no inverno: ah, se pudesse ver o que acontecia por aqui durante a primavera!

Ela dirigia muito, muito lentamente. O caminho para a praia não fora projetado para veículos de dois eixos e ela não queria danificar o carro. Além do mais, estava tomada por um medo irracional de que qualquer solavanco maior pudesse fazer sua mão direita escapulir do volante e acionar sem querer o botão da icpathua. Embora Amlis não estivesse afivelado ao cinto de segurança e seu estado de excitação o levasse a ficar saltitando no banco, as agulhas ainda assim poderiam atingi-lo.

No portão principal, ao final da trilha para Ablach, não muito distante dos rochedos, Isserley parou o carro e desligou o motor. Dali se tinha uma vista clara do Mar do Norte, que estava prateado essa noite, sob um céu cujo leste, cinzento, dava sinais de que iria nevar, enquanto a oeste ainda brilhavam a lua e as estrelas.

— Ah — disse Amlis baixinho.

Ele estava quase em estado de choque, ela diria. Fitava como que hipnotizado as águas imensas, impossíveis, enquanto ela olhava para a lateral do seu rosto, sabendo que ele não se apercebia do seu desejo.

Após um longo tempo, Amlis preparou-se para fazer uma pergunta. Isserley sabia qual seria mesmo antes de ele abrir a boca, e respondeu sem que ele precisasse falar.

— Aquela linha fina brilhante lá adiante — ela apontou. — É onde termina o mar. Bom, na verdade ele não acaba ali, continua sempre. Mas é onde termina a nossa percepção dele. E mais acima: é onde começa o céu. Está vendo?

Chegava a ser cruelmente pungente, mas também deliciosa, a maneira como Amlis parecia vê-la como guardiã do mundo, como se o mundo inteiro fosse dela. E talvez fosse mesmo.

O terrível preço que ela havia pago *tinha* feito deste mundo, num certo sentido, o mundo dela. Ela estava revelando a Amlis o que poderia ser o domínio natural de qualquer um que estivesse disposto a se submeter ao pior dos sacrifícios — um sacrifício que ninguém a não ser ela ousara fazer. Está bem, ela e Esswis. Só que Esswis raramente saía de casa, possivelmente por se sentir devastado demais pelo desfiguramento. As belezas da natureza nada significavam para ele; eram um consolo insuficiente. Ela, ao contrário, continuava obrigando-se a sair para ver o que havia para ser visto. Expunha-se diariamente aos grandes céus imparciais, feliz por ser consolada.

Naquele momento, um rebanho de ovelhas vinha vindo em fila indiana pela beira do rochedo na divisa de Ablach. Seus tosões brilhavam ao luar, as caras pretas quase invisíveis contra o tenebroso tojo.

— O que é aquilo? — perguntou Amlis, maravilhado, com o nariz quase colado ao pára-brisa.

— Chamam-se ovelhas — respondeu Isserley.

— Como você sabe?

Isserley pensou rápido.

— É assim que elas se autodenominam — disse ela.

— Você fala a língua delas? — disse, arregalando os olhos enquanto as criaturas passaram saltitando.

— Não muito bem — respondeu ela. — Só algumas palavras.

Ele as observou, da primeira até a última, sua cabeça chegando cada vez mais para perto da de Isserley à medida que acompanhava seu lento avanço.

— Você já tentou usá-las como carne? — perguntou Amlis.

Isserley ficou pasma.

— Você está falando sério?

— Como vou saber o que vocês têm aprontado?

Isserley piscou várias vezes, sem saber o que dizer. Como ele podia *imaginar* uma coisa dessas? Seria um traço comum de crueldade ligando pai e filho?

— Elas são... elas andam *de quatro*, Amlis, não está vendo? Têm pêlo, rabos, traços fisionômicos não muito diferentes dos nossos...

— Ora — ele contra-atacou manhosamente — se é para comer a carne de um ser vivo...

Isserley suspirou; ela gostaria de encostar a ponta do dedo sobre os lábios dele e fazê-lo calar.

— Por favor — implorou ela, enquanto a última ovelha desaparecia por um túnel de tojo. — Não ponha tudo a perder.

Mas, homem típico, ele não se deixou dissuadir de arruinar a perfeição daquele momento; apenas adotou uma estratégia diferente.

— Sabe — disse ele. — Eu conversei muito com os homens.

— Que homens?

— Os homens com quem você trabalha.

— Eu trabalho sozinha.

Amlis respirou fundo e recomeçou.

— Os homens dizem que você não é você.

Isserley sorriu com desdém. Era a Ensel que ele se referia. Ensel, aquele monte de sarna e cicatrizes e bagos inchados, a destilar seu veneno para o visitante manda-chuva. Confissões de homem para homem.

Sentindo que o ódio voltava a envenená-la por dentro, ficou triste, quase envergonhada: que alívio quando se vira livre disso, ainda que por pouco tempo! Será que aquele bolinho que ela ficara mascando possuía mesmo um efeito apaziguador? Voltou-se para Amlis e sorriu meio sem jeito.

— Você tem mais... hum... — Não me obrigue a dizer a palavra, ela pensou consigo mesma.

Amlis pegou outro ramo de icpathua do bloco que trouxera e lhe deu.

— Os homens andam dizendo que você está mudada — ele falou. — Aconteceu alguma coisa com você?

Com o "presentinho" ainda nas mãos, Isserley fez o melhor que pôde para manter sua amargura sob controle.

— Ah, uma maré eventual de má sorte, de vez em quando. Rapazes ricos prometendo que vão cuidar de mim e depois se omitindo quando sou mandada para este buraco. Meu corpo sendo desfigurado. Esse tipo de coisa.

— Estou me referindo a algo mais recente.

Isserley recostou novamente a cabeça no banco, acrescentando mais icpathua à que já estava em sua boca.

— Estou bem — suspirou ela. — Meu trabalho é complicado, esse é o problema. Tem altos e baixos. Você não pode entender.

No horizonte, uma nuvem de neve estava se formando rapidamente. Ela sabia que ele não fazia idéia do que era aquilo, e ficou contente com isso.

— Por que não desiste? — sugeriu ele.

— Desistir?

— Desistir. Simplesmente parar de fazer isso.

Isserley levantou os olhos para o céu, ou para o teto do carro. O estofamento daquele teto estava bem estragado, ela notou.

— Tenho certeza de que a Vess Incorporated ficaria muito abalada — suspirou ela. — Seu velho em pessoa viria me oferecer os melhores votos de boa sorte, sem dúvida.

Amlis riu.

— Você acredita que meu pai viajaria até aqui só para lhe morder o pescoço? — disse ele. — Mandaria alguém para substituir você, e pronto. Há centenas de pessoas implorando uma oportunidade.

Aquilo era novidade para Isserley — uma novidade tenebrosa, chocante.

— Não é verdade — disse ela respirando fundo.

Amlis ficou em silêncio por um momento, tentando encontrar uma brecha segura em meio àquilo que se abrira entre eles: o alçapão pontiagudo da infelicidade dela.

— Nem por um segundo eu pretendo minimizar o que você sofreu — disse ele com todo o cuidado —, mas você precisa entender que correm boatos no lado de lá sobre como é este lugar — o céu, a visibilidade das estrelas, a pureza do ar, a exuberância de tudo. Existem histórias até mesmo a respeito de massas gigantescas de água, de como elas se estendem — ele riu — por mais de um quilômetro de extensão.

E não disse mais nada por algum tempo, esperando que ela

estivesse pronta. Ela estava recostada no banco, com os olhos quase fechando. Ao luar, suas pálpebras úmidas eram cor de prata e complexamente desenhadas, como a folha que o deixara tão fascinado no galpão.

Ela é bonita, ele pensou. A seu modo, seu estranho modo.

Finalmente, Isserley falou.

— Olha, não dá para eu sair assim, simplesmente — disse ela. — É este trabalho que me proporciona casa... comida... — Ela se esforçou para pensar em mais benefícios.

Amlis não esperou.

— Os homens me contaram que você vive basicamente de pão e de pasta de mussanta — disse ele. — Ensel diz que você parece viver de ar. E você vem me dizer que não há nada neste mundo de onde possa tirar o seu sustento? E nem um lugarzinho onde possa construir uma casa para você?

Isserley se agarrou ao volante, irritada.

— Você está sugerindo que eu viva como um animal?

Permaneceram sentados em silêncio por um bom tempo, enquanto as nuvens de neve reuniam-se sobre o estuário para então seguir na direção da fazenda. Isserley dava olhadas sorrateiras para Amlis, notando que seu entusiasmo e sua excitação estavam, agora, tingidos de mal-estar: mal-estar por havê-la magoado, mal-estar pelo que estava acontecendo acima dele. Para seus olhos inexperientes, as nuvens de neve pareciam sem dúvida aquele misto nocivo de nevoeiro e fumaça da sua terra, às vezes tão perfidamente tóxico que até a própria Elite era obrigada a ir para os subterrâneos.

— Nós... nós vamos ficar bem? — perguntou ele, afinal, bem na hora em que a lua ia sendo apagada pela névoa cinzenta.

Isserley deu um sorriso afetado.

— Não há aventura sem risco, Amlis — disse ela, repreendendo-o um pouco.

Os flocos de neve começaram a girar pelos ares, precipitando-se loucamente, espiralando, mergulhando sobre o pára-brisa. Amlis se encolheu. Então uns flocos entraram pela janela aberta do lado do passageiro, pousando sobre seu pêlo.

Isserley sentiu-o estremecer bem próximo a ela, notando um cheiro novo nele. Havia muito tempo que ela não sentia o cheiro do medo humano.

— Calma, Amlis — sussurrou ela. — É só água.

Ele meteu a pata nervosamente naquela substância estranha em seu peito, em seguida entrou em êxtase quando ela se dissolveu por entre seus dedos. Olhou para Isserley como se fosse ela a organizadora de todo aquele espetáculo; como se ela houvesse revelado o universo inteiro para ele, apenas para agradá-lo por um momento.

— Olhe, apenas olhe — disse ela. — Não fale. Só olhe.

Juntos, eles ficaram sentados no carrinho de Isserley enquanto o céu fazia desabar sua carga. Em meia hora toda a terra em torno deles estava polvilhada de branco, e uma espuma cristalina brilhante escalava o pára-brisa.

— Isso é... um milagre. — Amlis conseguiu falar, enfim. — É como se houvesse um outro mar flutuando no ar.

Isserley concordou excitada: como ele compreendera tudo de maneira tão intuitiva! Ela própria muitas vezes pensara exatamente a mesma coisa.

— Espere só até o sol aparecer! Você não vai acreditar!

Então algo se passou no ar entre eles dois, algo molecularmente perturbador.

— Eu não vou poder ver isso, Isserley — disse Amlis com tristeza. — Já terei partido.

— Partido?

— Vou-me embora esta noite — disse ele.

Ela ainda parecia não ter noção do que ele estava dizendo.

— O navio — relembrou ele — vai zarpar dentro de poucas horas. Eu certamente vou estar nele.

Ela ficou quieta, assimilando a informação.

— Não é do *seu* feitio fazer o que mandam — disse ela, numa brincadeira sutil após alguns instantes.

— Eu preciso voltar para casa — esclareceu Amlis — para contar a respeito do que vi aqui. As pessoas precisam saber o que está sendo feito com o aval delas.

Isserley riu com amargura.

— Então estamos diante de Amlis, o Cruzado — escarneceu ela — aquele que leva a luz da verdade a toda a raça humana.

Ele deu um sorriso forçado, a dor tremeluzindo em seus olhos.

— Você é cínica, Isserley. Ouça, se fica mais fácil para você digerir, pode dizer que eu de fato não tenho ideais. Pode dizer que eu só desejo voltar e infernizar a vida do meu pai.

Ela sorriu exausta. A neve já havia obscurecido praticamente todo o pára-brisa; era preciso remover logo aquilo, ou ela começaria a sentir claustrofobia.

— Pais, hum? — comentou Amlis um tanto constrangido, tentando manter a ponte frágil entre ambos. — Fodam-se eles. — Partindo dele, a vulgaridade soou forçada; avaliara mal o tom, que perdeu um pouco da força. E, timidamente, estendeu a mão para pousá-la delicadamente no braço de Isserley.

— De qualquer forma — disse ele —, seria muito fácil a gente se deixar seduzir por este mundo. Ele é muito, muito... lindo.

Isserley ergueu os braços para segurar o volante. A mão dele escorregou de cima dela enquanto ela tentava achar às escuras a ignição. O motor ganhou vida, os faróis se acenderam.

— Vou levar você de volta ao galpão — disse Isserley. — O tempo está correndo.

De volta ao galpão, mal a grande porta de alumínio se abriu, Isserley pôde ver o focinho de Ensel bisbilhotando. Ele devia ter ficado bastante preocupado, ela podia imaginar, durante as horas em que Amlis passou ausente; provavelmente estava de guarda. "Vamos ver se ele vem dizer que a caçada de hoje foi a melhor de todas, verme nojento."

Ensel, entretanto, permaneceu onde estava, à espera.

Isserley esticou-se toda por sobre o corpo de Amlis para abrir a porta do lado do passageiro, cujo mecanismo era incompreensível para ele. Seu antebraço roçou-lhe momentaneamente o pêlo, fazendo-a sentir o cheiro da carne quente por baixo do pêlo. A porta do carro se abriu, deixando entrar uma lufada de ar frio e uns poucos flocos de neve.

— Você não vem? — perguntou Amlis.

— Vou para minha casa — disse Isserley. — E vou trabalhar amanhã de manhã.

Pela última vez os dois trocaram olhares, um lampejo de antagonismo faiscando entre eles. Então:

— Cuide-se — murmurou ele, saltando do carro para o chão branco. — Existe uma voz dentro de você. Ouça o que ela diz.

— Ela diz "vá se foder" — respondeu ela, mas estava sorrindo, e chorando também.

Ele foi andando pela neve, rumo à porta que se abria.

— Eu voltarei um dia — prometeu ele, falando por cima do ombro enquanto andava. E logo em seguida, arreganhando os dentes: — Se conseguir transporte, claro.

Isserley foi dirigindo até o chalé, estacionou o carro na garagem, e caminhou até a casa. Desde a última vez em que estivera lá, invasores misteriosos haviam deixado panfletos debaixo da porta. Um bando de vodseis sem qualquer representatividade pedia que ela votasse neles numa eleição; o futuro da Escócia estava em jogo e o poder estava em suas mãos. Havia também um bilhete de Esswis, que Isserley não se deu ao trabalho de ler. Em vez disso, foi direto para a cama, cobriu o corpo nu e chorou durante horas.

Os números do seu relógio digital barato tinham parado completamente de piscar, mas ela calculou que devia ser por volta das quatro da manhã quando o navio cargueiro finalmente partiu com seu gemido característico.

Logo depois, escutou o teto do galpão se fechando. Só então, acalmada pela música das ondas soando na quietude de Ablach, ela se deixou embalar e adormeceu.

12

COM OS BRAÇOS cruzados sobre o peito, as palmas das mãos nos ombros, olhos fechados, Isserley deslizou para baixo d'água. Permitindo que os músculos e ossos tão maltratados do seu pescoço deixassem a cabeça relaxada, ela sentiu os cabelos agitando-se na direção da superfície enquanto seu crânio pesado afundava como uma pedra. O mundo desapareceu na escuridão, e os sons familiares da fazenda Ablach foram tragados por um murmúrio aquático abafado.

O restante do corpo de Isserley custou mais a afundar do que a cabeça, a princípio testando um novo centro de gravidade, tentando flutuar, antes de descer ao fundo. Bolhas lhe escapavam dos ouvidos e do nariz, e a boca estava ligeiramente aberta, sem respirar.

Após um ou dois minutos, ela abriu os olhos. Em meio à água tremeluzindo e às algas marinhas ondulantes dos seus cabelos, vislumbrou o brilho da luz do sol, distorcido, como a visão distante de uma porta aberta no fim de um corredor escuro. Tal como seus pulmões começavam a doer, aquela luz começou a se dilatar, até ficar pulsando no ritmo da batida lenta do seu coração. Já era hora de ir à procura de ar.

Tomando impulso no fundo, ela assomou à superfície com a cabeça e os ombros, respirando oxigênio puro, afastando do rosto o cabelo escorrido, piscando os olhos e fungando. Suas vértebras deslocaram-se e estalaram, lá do fundo da carne veio um som de cartilagens se friccionando, enquanto ela sentia o peso reinstalando-se sobre seus ombros.

No mundo fora da água, a luz do sol parara de tremeluzir e pulsar: brilhava, quente e constante, pela janela encardida do banheiro. O chuveiro estava aceso feito uma lâmpada, e as teias de aranha do teto se iluminavam como fios de lã de carneiro presos numa cerca de arame farpado. A tampa de cerâmica da caixa d'água do vaso sanitário brilhava tanto que Isserley precisou desviar os olhos para seu bojo encerado. As letras azuis meio apagadas ali impressas — ARMITAGE SHANKS — continuavam incompreensíveis para ela, apesar dos seus anos de aprendizado da língua. O reservatório de água quente arquejava e resfolegava, como sempre fazia toda vez que Isserley tomava banho de banheira em vez de uma chuveirada. A seus pés, o ralo de cobre enferrujado gorgolejava e assoviava. No frasco de plástico verde de xampu lia-se USO DIÁRIO. Tudo voltara ao normal. Amlis Vess se fora, ela ficara, e já era o dia seguinte. Ela deveria saber desde o começo que tudo acabaria assim.

Isserley reclinou a cabeça para trás, repousando a base do crânio dolorido na beirada da banheira. No teto, exatamente acima da banheira, a pintura cor-de-pus descascava-se em bolhas e fragmentos de tinta seca, desgastada por anos de vapor. Várias mãos de tinta, como finas camadas geológicas, haviam sido vencidas pelos sucessivos atritos. Era a coisa mais aproximada que Isserley já havia encontrado, nesse mundo, ao cenário de sua infância. Ela baixou os olhos.

Seu corpo era invisível debaixo da superfície transparente da água, a não ser as pontas dos pés e as curvas dos seios. Ela olhava para aqueles estranhos montículos de carne, pensando neles como algo bem diferente do que eram. Assim abandonados em meio à água aquecida pelo sol, faziam lembrar rochedos no oceano que a maré revelava. Pedras sobre o peito, forçando-a para baixo. Amlis Vess nunca a tinha visto sem esses tumores artificiais espocando; nunca saberia que ela já teve um peito macio como o dele. Duro e lisinho, com aquele pêlo acaju sedoso que os homens não conseguiam parar de alisar.

Fechou bem os olhos, para melhor suportar a sensação estranhamente desagradável da água pingando de suas orelhas mutiladas. Como que se valendo desse lapso de vigilância, um filete de água escaldante escorreu de repente da torneira direto sobre seu pé esquerdo. Pega de surpresa, Isserley encolheu as pontas dos pés. Estranho, ela pensou, como incômodos pequenos, triviais, ainda podiam importar, quando Amlis tinha ido embora e ela estava pronta para morrer.

Na saboneteira enferrujada ao lado da banheira havia vários aparelhos de barbear fechados na embalagem. Ela abriu um. Estendendo a mão, pegou do chão de azulejos encardidos o espelho que trouxera lá de baixo. Colocou-o sobre ela, no ângulo de melhor iluminação, e olhou-se diretamente no rosto.

Tentou enxergar-se como um vodsel o faria.

Mesmo num relance, ela custou a acreditar no quanto estava com uma aparência descuidada. Parecia que só se haviam passado poucos dias desde que, pela última vez, fizera o possível para ultrapassar a linha divisória da bestialidade; e fazia muito mais tempo do que isso. Que figura bizarra ela deve ter sido para os vodseis que a viram recentemente. Era de fato muito bom que o último par estivesse fora de circulação, pois tinha que admitir que ela não satisfazia mais os requisitos; seu pêlo estava crescendo de novo por toda parte, exceto naquelas mais drasticamente afetadas ou artificiais onde nada era capaz de crescer. Ela parecia quase humana.

Mal se discernia a linha que marcava o início do seu cabelo; uma penugem felpuda cobria-lhe a testa, fazendo a ligação com o pêlo mais espesso dos supercílios. As pestanas inferiores já quase não podiam mais ser definidas como tal, fundindo-se com os pêlos espetados das bochechas, uns pêlos castanhos que iam se tornando mais macios à medida que cresciam. Seus ombros e braços revestiam-se de uma penugem ruiva.

Se Amlis Vess tivesse ficado mais algum tempo, teria visto o motivo pelo qual os homens da Elite sempre haviam prometido que iriam mantê-la no lugar a que pertencia, que a recomendariam quando chegasse a hora, que jamais permitiriam que ela fosse enviada para onde uma garota tão bonita quanto ela não podia ser obrigada a ir. Seria um crime contra a natureza, como um deles lhe dissera certa vez enquanto lhe acariciava as ancas, deslizando na direção da sua macia fenda genital.

Isserley manuseou o barbeador com toda a precaução. Ela aplicara xampu nas bochechas, mas como o pêlo chegava bem perto das pálpebras era preciso ser cuidadosa para não deixar a espuma cair nos globos oculares. Seus olhos estavam demasiadamente irritados pelo uso dos óculos durante quase todo o tempo. E, claro, por ter chorado por causa de Amlis, e da vida em geral.

Com movimentos delicados, suaves, ela barbeou os pêlos do rosto, conservando uns fios de pestana. Tentou parar de franzir a testa, deixando-a relaxada enquanto passava o barbeador. A cada depilada molhava a lâmina na água da banheira; logo seu pêlo estava flutuando em volta dela, levado por uma flotilha de espuma de xampu.

Quando terminou, Isserley pegou de novo o espelho para se examinar. Uma gota de sangue aguado pingava de sua testa; ela a limpou antes que escorresse para dentro do olho. Cicatrizaria num minuto.

Em vez de realçar a linha de início do cabelo, no "estilo redondo", experimentou uma forma ligeiramente em V, que ela já vira algumas vezes em vodseis e achara bem atraente.

O restante estava em ordem. Abrindo um novo barbeador, ela raspou os braços e as pernas, os ombros, os pés. Gemendo com o esforço, virou o braço para trás e raspou as costas, uma das mãos manuseando o espelho e a outra guiando a lâmina. A barriga precisou apenas de uns retoques; a carne cicatrizada das tetas amputadas estava rija e marcada de covinhas, como o torso de um vodsel musculoso e sarado que se mantinha longe do álcool e das comidas gordurosas. Ela nem mesmo examinou o emaranhado de carnes entre as pernas: era uma causa perdida.

A água tinha ficado fria, e parecia um lago estagnado coberto de algas marrons. Ela se pôs de pé e tomou uma rápida ducha de água quente para tirar todo o pêlo solto. Em seguida saiu da banheira pisando o chão frio de azulejos, perto da pequena pilha de roupas que havia tirado para se banhar. Com a ponta dos pés, atirou-as dentro da banheira e espremeu-as debaixo d'água, que instantaneamente ficou imunda.

Amlis Vess se fora, e não havia o que fazer se não ir trabalhar.

O jornal do meio-dia surgiu na tela da televisão enquanto ela fazia seus exercícios. Pela primeira vez em anos, tinha alguma relevância.

"Estão fazendo uma busca a William Cameron, o homem de Perthshire que está desaparecido", dizia a voz preocupada de uma fêmea, enquanto o horrendo televisor do quarto de dormir exibia um retrato do vodsel de cabeleira vermelha e blusão de tricô que ela pegara uns dias antes, "visto pela última vez em Inverness, no domingo, pedindo carona para voltar para casa". Uma nova fotografia substituiu a primeira, mostrando o vodsel descansando na frente de um *motor-home*, abraçando com as pernas uma fêmea de olhos sonolentos e óculos de lentes grossas. Duas crianças gorduchas de andar vacilante, fora de foco, apareciam ainda em primeiro plano, com os olhos arregalados de surpresa devido ao *flash* da câmera. "Segundo a polícia, ainda não existem evidências de conexão entre o desaparecimento do Sr. Cameron e o assassinato de Anthony Mallinder, no domingo." O cabeleira vermelha e sua família saíram de cena e uma imagem granulada do monstro careca de macacão amarelo sobrepôs-se, causando, imediatamente, arrepios na pele de Isserley. "Admite-se, porém, uma possível relação com o sumiço do estudante de medicina alemão Dieter Genscher, visto pela última vez em Aviemore." A visão perturbadora do careca foi piedosamente substituída pelo instantâneo de um vodsel de ar inocente que Isserley não se lembrava de ter visto antes. Então, após o que pareceu levar não mais do que uma fração de segundo, surgiu na tela um filme de alta resolução da A9, com a câmera fixada no chão, mostrando os carros passando na perspectiva de um carona.

Isserley continuou a se exercitar enquanto o noticiário evoluía para outros assuntos: enormes manadas de vodseis famintos em um país estrangeiro, o mau comportamento de um cantor que não era John Martyn, eventos esportivos, tempo. As condições de trânsito pareciam bastante boas, se é que a previsão era confiável.

O exercício e o sol entrando pela janela secaram o cabelo de Isserley. Ela se avaliou no pequeno espelho, desaprovando. A blusa preta nova — a mais nova do seu guarda-roupa — estava meio puída. Ainda vistosa, mas meio puída.

Você não devia ter dado carona para aquele vodsel de cabelo vermelho, ela falou consigo mesma, repentinamente, William Cameron.

Espantando o pensamento, tratou de voltar sua atenção para o tema da roupa. Onde poderia conseguir mais algumas? O posto do Donny não vendia roupas. Durante anos ela resistiu à tentação de vestir peças de vestuário a que tinha acesso no transcurso do trabalho, com receio de que pudessem ser reconhecidas como sendo de algum vodsel, mas quem sabe...

Você não devia ter dado carona a ele, ela tornou a repetir para si mesma. Está vendo coisas. Já passou.

As calças estavam boas, de veludo verde lustroso e limpo. Um remendo ou outro nos fundilhos, talvez, mas ninguém nunca veria se tudo corresse dentro do previsto. Os sapatos estavam engraxados e eram aparentemente indestrutíveis. O decote do seu busto resplandecia à luz do sol como a capa de uma revista vodsel. O pequeno corte na testa já havia cicatrizado; ela arrancou a casquinha, e não voltou a sangrar. Passou os dedos pelo cabelo, todas as dez unhas devidamente no lugar. Respirou fundo, deixando que o ar fresco e puro invadisse suas narinas, mantendo a coluna ereta. Do lado de fora da janela, a atmosfera terrestre estava radiante e azul, obscurecendo as eternidades de espaço além.

A vida continua, ela afirmou para si mesma.

Ao sair de casa encontrou o bilhete de Esswis, do qual havia se esquecido completamente. Pelo jeito, estava debaixo da porta havia alguns dias. Ela examinou o texto úmido e desbotado contra a luz. A grafia tortuosa não facilitava as coisas, mas algo ficou imediatamente claro: não se tratava de uma carta pessoal. Ele estava meramente repassando para ela uma mensagem da Vess Incorporated que, por ser seu superior, havia recebido primeiro.

Pelo que Isserley pôde decifrar, a Vess Incorporated desejava saber se havia alguma possibilidade de ela conseguir mais vodseis que o habitual. Vinte por cento a mais por ano estaria bom. Se houvesse qualquer dificuldade, a Corporação poderia mandar alguém para ajudá-la. Na verdade, estava mesmo considerando seriamente mandar alguém.

Isserley dobrou o bilhete e o colocou no bolso da calça, como se não o tivesse lido. A Vess Incorporated teria que aprender que não podia sacaneá-la daquela forma. Ela lhes mandaria uma mensagem no próximo cargueiro. Nesse meio tempo, pensaria nas mudanças que precisava fazer em sua vida profissional.

A chegada de Isserley ao refeitório provocou muitos murmúrios entre os homens. Evidentemente eles não esperavam que ela reaparecesse tão cedo depois da humilhação, mas isso porque eram umas bestas e não entendiam nada. Devem ter adorado poder fazer mais um pouco de fofoca a respeito dela! Que rebuliço sua crise de estresse e a conseqüente expulsão do Salão de Processamento devem ter causado no mundinho estagnado daquelas criaturas! E como a história toda teria aumentado ainda mais se ela permanecesse enfurnada durante dias no chalé, paralisada de vergonha, até que finalmente, quase morta de fome, se visse forçada a rastejar diante deles! Mas ela se recusava a lhes dar esse prazer. Seria durona, mostraria a eles de que era feita.

Lançou um olhar de desprezo sobre todo o rebanho. Comparados a Amlis Vess, eles eram seres escabrosos, grotescos, selvagens com o cérebro do tamanho de uma ervilha. Jamais ela poderia sentir vergonha de sua própria deformidade; não era mais feia do que eles, certamente, e era infinitamente mais bem constituída.

— Acabou a comida de alta qualidade? — perguntou ela, examinando as travessas e cestas sobre as mesas. A lembrança da sua única prova daquela divina carne marinada que Hilis tinha preparado em homenagem a Amlis assaltou-a subitamente.

— Desculpe, Isserley, está aqui — disse aquele vesgo de rosto mofado cujo nome ela sempre esquecia. Ele passou a mão na pança nojenta, distendida, e deu uma gargalhada.

Isserley olhou-o com o mais completo desdém. Vocês deviam comer palha, ela pensou, então deu as costas e foi se servir do seu velho pão com pasta de mussanta. Melhor comer aquilo, uma coisa bem leve, do que se arriscar nas salsichas gordurosas e nas fatias gordas de pastelão: como saber de que tipo de porcarias elas eram feitas?

— Coma um pastelão — sugeriu alguém.

— Não, obrigada — ela sorriu falsamente, acomodando-se num banco e ignorando os convites para sentar no chão com este ou aquele homem. Pondo uma das mãos embaixo do pão com mussanta para aparar qualquer migalha que eventualmente pudesse cair, começou a comer, olhando por sobre as cabeças dos homens, planejando o dia.

— Essa comida esquisita deve estar bem gostosa — gracejou Yns, o engenheiro. — Temos que arranjar mais algumas visitas de Amlis Vess, não temos?

Isserley olhou para baixo na direção dele, que arreganhava os dentes podres e exibia o focinho sujo de molho. Apesar de todo o nojo, ela se deu conta imediatamente de que se tratava de um pobre-coitado, um escravo, um burro de carga impotente, um instrumento descartável para determinado fim. Preso lá embaixo, vivia uma existência pouco melhor do que a que teria se houvesse permanecido na Propriedade. Para ser brutalmente franca, esses homens estavam todos caindo aos pedaços, fio de cabelo a fio de cabelo, dente a dente, como peças de máquina com excesso de uso, como ferramentas que se compram barato para um trabalho que durará mais do que elas. Enquanto Isserley vagava pelos espaços etéreos de seu domínio irrestrito, eles se achavam confinados aos estábulos de Ablach, trabalhando alienadamente, mourejando à luz sombria de tungstênio, respirando ar viciado, comendo qualquer porcaria que não servisse para os patrões. Em meio a muita baboseira relacionada a fuga e pioneirismo, a Vess Incorporated apenas desentocou-os de um buraco para enterrá-los em outro.

— Tenho certeza de que algumas mudanças poderiam ocorrer por aqui — disse Isserley — sem que fosse preciso uma visita de Amlis Vess para justificá-las.

Isso gerou mais murmúrios, insurreições sem sentido sussurradas por criaturas sem qualquer esperança. Só um homem falou.

— Há um boato de que a Vess Incorporated quer carregamentos maiores — disse Ensel. Ele comia uma salada de legumes verdes num prato, acompanhada de água fresca em vez do ezziin, que os outros preferiam. Isserley se deu conta, com uma ponta de piedade, de que ele estava tentando se cuidar, manter-se em boas condições. Provavelmente, durante todo esse tempo, ele estivesse se guardando para ela, conscientemente tentando evitar que seu pêlo caísse, pêlo que tinha cor de batata não lavada e a textura de... de um velho capuz de anoraque.

— Estou convencida de que a Vess Incorporated adoraria que todos nós trabalhássemos ainda mais — observou ela.

Todos comeram em silêncio por alguns instantes.

Você não deveria ter pego aquele cabeleira vermelha, Isserley voltou a pensar. *Já passou*.

Ela fez uma careta, e disfarçou-a dando uma dentada no sanduíche. Não seja tão fraca, ela se repreendeu. Dentro de uma semana tudo estará esquecido.

À medida que a comida ia acabando, desaparecendo bocado a bocado, seu cheiro foi substituído por um fedor crescente de suor masculino e álcool fermentado. Era uma atmosfera sob medida para desagradar Isserley, mas hoje ela era capaz de pairar acima de tudo aquilo. Na verdade, estava começando a relaxar ao se inteirar de que os homens que estavam ali, naquele momento, eram os únicos com quem ela precisaria se confrontar. Unser, com quem tivera pavor de se deparar logo depois da desgraça, não se encontrava à vista, e a comida estava acabando rapidamente. Hilis também estava ausente, como sempre acontecia quando a comida era servida. Isso era bom: convinha a ela.

Pensando bem, ela nunca se permitira entrar na cozinha dele; Hilis tentara ficar muito íntimo, como se os dois fossem da mesma espécie. Ela não era da espécie de ninguém — quanto mais rápido ele entendesse isso, melhor para ambos. Quanto a Unser, ele a humilhara quando ela estava mais vulnerável, aquele crápula. Ela gostaria de poder varrê-lo da face da Terra, por haver abusado do poder daquela maneira. Era ótimo que ele não quisesse mostrar a cara.

A hora do almoço estava se encerrando; um dos homens já havia se retirado, e outros estavam lambendo e raspando os fundos de suas travessas e tigelas. A sensação de Isserley em relação a Hilis e a Unser transformou-se em curiosidade — onde estariam eles? Foi aí que ela começou a entender que tudo não devia passar de uma questão de hierarquia e de privilégios. Unser e Hilis estavam indiscutivelmente um furo acima desses brutamontes espalhados pelo refeitório; provavelmente os dois comessem juntos em algum lugar reservado — desfrutando também de uma comida melhor, sem dúvida. Do que estariam se banqueteando?, é o que ela gostaria de saber. Aqueles caixotes de suprimento selados que chegavam a cada carregamento mensal: conteriam de fato apenas ingredientes como serslida e mussanta, ou haveria neles luxos secretos dos quais ela jamais veria uma amostra? E quanto ao modo como a Vess Incorporated mandava mensagens para ela via Esswis, apesar de tudo girar em torno dela? Ah, os homens e seus joguinhos de pequenos poderes! Muito em breve ela iria lidar com essas desigualdades.

Isserley preparou outro pedaço de pão com mussanta, e, em seguida, serviu-se dos mesmos legumes verdes que Ensel escolhera. Daqui para frente ela estava determinada a só sair bem alimentada, para nunca ter que viver novamente a experiência humilhante de passar fome longe de casa. Bebeu um copo cheio d'água e sentiu o estômago se dilatando dentro dela.

— Nós ouvimos dizer que tem outra mulher chegando por aí — disparou o cara de mofo, logo sorrindo meio sem jeito diante do olhar glacial de Isserley.

— Eu não criaria nenhuma expectativa — ela aconselhou.

Piscando os olhos, o cara de mofo voltou para sua jarra de ezziin, mas Ensel não se deixou intimidar tão facilmente.

— E se eles mandarem realmente mais alguém? — disse ele pensativo. — Faria uma enorme diferença na sua vida, não é? Do jeito que tem sido até agora, você deve se sentir bem solitária às vezes. Todo esse território para cobrir, e só você para fazer isso.

— Eu me viro — respondeu Isserley mecanicamente.

— Mas... nada melhor que amizade, não é mesmo? — insistiu Ensel.

— Isso eu não saberia dizer — respondeu Isserley.

Ela saiu do refeitório e voltou à superfície em dois minutos.

A neblina vinha vindo do horizonte invisível enquanto ela dirigia seu carro pela A9. A estrada em si ainda estava razoavelmente nítida, mas os campos de ambos os lados já haviam quase desaparecido, os silos encobertos pela neblina, as vacas e as ovelhas deixando-se engolfar docilmente por ela. Uma maré de névoa branca lambia as praias relvadas da rodovia.

Esta é outra coisa que Amlis teria gostado de ver, Isserley pensou. As nuvens baixando à terra. Água em estado puro flutuando pelo ar como fumaça.

Havia um milhão de coisas que Amlis jamais iria experimentar, apesar de todos os seus privilégios, apesar de toda a sua beleza e ausência de cicatrizes. Ele era um príncipe voltando para casa, mas seu reino não passava de um monte de lixo comparado aos domínios de Isserley. Até mesmo a Elite, protegida do pior, era como um bando de prisioneiros em gaiolas opulentas; passariam toda a vida sem sequer imaginar a beleza que Isserley via em torno dela todos os dias. Tudo aquilo a que se dedicava a Elite era encerrado entre quatro paredes: dinheiro, sexo, drogas, comida ultrajantemente cara (dez mil liss por um filé de voddisin!). E tudo para distraí-los da tremenda desolação, das trevas, da podridão que os espreitavam bem ali, logo atrás da fina película de seus lares.

Aqui, no mundo privado de Isserley, tudo era ao contrário. O que havia dentro das casas — meros grãos de poeira sob o vasto céu — era insignificante; as residências e seus moradores pareciam conchinhas e camarões aninhando-se no fundo do mar, sob um oceano de oxigênio azul claro. Nada do que acontecia na terra era capaz de se comparar à grandeza do que acontecia sobre ela. Amlis vislumbrara isso, tinha ficado olhando o céu durante algumas horas, incrédulo, e depois se fora; ela tinha feito um sacrifício, e tinha ganho o mundo inteiro para sempre.

Ninguém deverá vir aqui nunca mais, ela disse para si mesma.

À distância, um carona apareceu no seu lado da estrada, acenando esperançosamente para ela. Ela diminuiu a velocidade, para dar uma boa examinada nele. Atrás dela, outro carro deu uma reduzida na marcha e buzinou, impaciente para ultrapassar. Ela o ignorou. Podia reclamar quanto quisesse, desde que deixasse o carona em paz até ela se decidir.

Era um carona grande, vestido de terno mas sem capa de chuva sobre o paletó, e de cabeça descoberta. Não era careca: na verdade, tinha um tufo de cabelo cinzento alvoroçando-se ao vento. Estava parado junto à placa em que se lia **P**, como que assegurando aos motoristas que não seria nenhum incômodo parar para ele. Isto foi o máximo que Isserley pôde ver, com o outro carro buzinando e acelerando atrás dela.

Após passar pelo carona, ela enveredou pelo acostamento para deixar o veículo zangado seguir caminho. Claro que o carona pensou que ela havia parado para ele, mas era cedo demais para Isserley se comprometer assim; não queria cometer mais nenhum erro. Tão logo pôde, ela acelerou de volta à estrada, e o carona, que já vinha correndo em direção ao carro, parou de súbito, enquanto ela o deixava para trás, exausto.

Na segunda abordagem, passando pelo outro lado, ela notou que ele estava vestido quase andrajosamente. As roupas em si eram de boa qualidade — um terno cinza escuro com um suéter cinza claro por baixo — mas tinham um brilho gorduroso, e estavam folgadas nele. As aberturas dos bolsos do paletó abriam-se como orifícios extras, os joelhos da calça estavam empapuçados e desbotados, a mão que acenava frouxamente para os carros que passavam parecia suja. Mas como ele seria por dentro?

Ele se virou para olhar o carro de Isserley, porque havia muito pouco tráfego nos dois sentidos da estrada. Se a reconheceu como a motorista que quase parou para ele minutos antes, não deu sinal; seu rosto era uma máscara impassível, dura e enrugada. Isserley tinha que admitir que não se tratava do espécime mais impressionante que ela já vira. Estava ficando meio velho; seus cabelos eram cinzentos, tinha uma barba marrom salpicada de prata, e sua postura não era muito ereta. Possuía músculos, mas também um pouco de gordura. Entre os vodseis, ele não seria nenhum Amlis Vess, isso era certo, mas tampouco seria um Yns. Era médio.

Da terceira vez ela resolveu pegá-lo. Por que não, afinal? Que diferença faria? Que direito tinha a Vess Incorporated de tornar sua tarefa mais difícil do que já era? Por eles, ela vetaria os habitantes do mundo inteiro, milhões e milhões deles, rejeitando quase todos, numa busca insana de perfeição. Já era tempo de eles conhecerem a realidade. Aquele carona era "a realidade".

Ela estacionou no mesmo acostamento de antes, tocando gentilmente a buzina caso ele estivesse receoso de ser enganado novamente. Pingos de chuva começaram a bater no pára-brisa enquanto ele caminhava na direção dela; nos poucos segundos que levou para alcançar a porta do passageiro, um dilúvio já estava desabando.

— Para onde você vai? — perguntou ela, enquanto ele se enfiava no carro ao lado dela, uma massa cinzenta amarrotada com uma cabeça soturna atarraxada entre os ombros.

— Para nenhum lugar especial — disse ele, olhando para a frente.

— Como?

— Desculpe — disse ele, endereçando-lhe um breve sorriso, embora seus olhos injetados de sangue expressassem antipatia. — Obrigado por ter parado. Pode ir, pode ir.

Ela o olhou rapidamente de cima abaixo. Além de surrado, seu terno estava cheio de fios de cabelo — não os dele, mas pretos e brancos. Seu cabelo de verdade fora escrupulosamente cortado tempos atrás, e ainda se podia ver o contorno básico do corte, mas em toda a volta das antigas bordas tufos de cabelo novo haviam brotado: uma moita de arame farpado no pescoço, uma penugem teimosa na garganta, e os fios de arame que cobriam virtualmente toda a carne, das bochechas à gola encardida do suéter.

— Mas aonde você quer ir? — insistiu Isserley.

— Na verdade, isso não me importa — respondeu ele, com uma ponta de irritação no tom de voz. — Você conhece algum lugar interessante? Eu não.

Isserley tentou prestar atenção aos seus instintos, avaliando se havia algum risco. Estranhamente, não conseguiu detectar nada. Ela apontou para o cinto de segurança, e as mãos fortes dele, cujas unhas estavam pretas de sujeira, atrapalharam-se para afivelá-lo.

— Leve-me para a lua, que tal? — provocou ele. — Leve-me para Timbuktu. Leve-me para Tipperary. É bem longe, ao que dizem.

Isserley desviou o olhar, perplexa. A chuva estava caindo com força. Ela acionou os comandos do limpador de pára-brisa e da seta.

Enquanto colocava o cinto de segurança, o carona estava pensando que tinha tempo para mudar de idéia. O que o obrigava, afinal, a levar isso adiante? Por que não sair do carro, pura e simplesmente, voltar para o lugar de onde viera, e guardar seu... seu *veneno* para si próprio? Havia algo doentio em fazer isso dia após dia, ir para a estrada e ver se conseguia pegar algum pobre-coitado que lhe desse carona. Então, assim que tivesse uma audiência cativa, atacaria, bem no intestino, bem entre os olhos, sempre a mesma coisa. Por que fazer isso? Por quê? Não se sentia melhor depois — geralmente se sentia pior. Os motoristas que o pegavam sentiam-se pior, isso era certo — se é que eram capazes de sentir alguma coisa. Que maneira de tratar as pessoas que só queriam praticar uma boa ação!

Talvez ele agisse de modo diferente dessa vez, por ser uma mulher. Conseguir carona de uma mulher era muito raro, especialmente de uma tão jovem. Ela também aparentava sofrimento, sentido durante sua curta vida: não tinha sido fácil para ela. Pálida, toda empertigada, tentando demonstrar coragem. Já vira aquilo antes. Jovem demais. Peitos à mostra para demonstrar que ainda não havia desistido de ser sensual, mas o resto estava caído e bem mal conservado, precocemente velho. Será que haveria dois pestinhas esperando por ela aos berros na casa dos pais? Seria viciada? Uma prostituta lutando para achar um modo alternativo de sobrevivência? A pele das suas mãos esqueléticas era seca e cheia de cicatrizes. Não dava para ver a cara dela agora, mas, vista de relance, parecera um campo de batalha de experiências amargas. Meu Deus, se ele ao menos pudesse poupá-la do que estava prestes a fazê-la passar — fazer um esforço sobre-humano para guardar tudo para si. Mas não havia como. Ela teria que passar por aquilo como todos os demais. Até que algo o fizesse parar. Até que, afinal, tudo acabasse.

Ele podia ver o nariz dela, pequeno, petulante, destacando-se por trás da cortina de cabelo. Ela estava sentindo o cheiro que vinha dele, mas tudo bem. Todos agiam assim. A coisa tinha começado.

— Vou abrir a janela. Tudo bem? — ofereceu ele com enfado.

Isserley deu um sorriso meio sem jeito, por ter sido apanhada de surpresa.

— Não, não, está chovendo — disse ela. — Você vai se molhar. Eu... eu não me incomodo com o cheiro, sério. Só queria saber o que é.

— É de cachorro — disse ele, olhando fixo para frente.

— Cachorro?

— Puro aroma de cachorro — confirmou ele. — Essência de *spaniel*. — Ele cerrou os punhos sobre as coxas, e bateu com os pés no chão do carro; Isserley notou que ele não usava meias.

Grunhindo sem parar como se tivesse sido cutucado por um utensílio pontudo, ele fez uma careta e então, de repente, perguntou: — Você é uma pessoa cachorro ou uma pessoa gato?

Isserley ficou algum tempo pensando a respeito.

— Nenhuma das duas — disse ela, ainda sem entender aquela conversa maluca. Espremeu os miolos para relembrar o que sabia sobre o tema gatos e cachorros. — Não sei se eu saberia tomar conta de um bicho — confessou ela, ao mesmo tempo em que via um outro carona lá adiante, e se perguntava se fizera bem em escolher este. — Pelo que ouvi dizer, é complicado. Você não tem que ficar empurrando o cachorro para fora da cama, para mostrar a ele quem manda?

O vodsel grunhiu de novo, dessa vez de dor, ao tentar cruzar uma perna sobre a outra raivosamente, batendo com o joelho na quina do painel.

— Quem lhe disse isso? — disse ele querendo saber.

Isserley resolveu não mencionar o criador de cães, caso a polícia estivesse procurando por ele.

— Acho que li em algum lugar — disse ela.

— Bom, eu não durmo numa cama — disse o vodsel amarrotado, cruzando os braços sobre o peito. Sua voz se tornara monotonamente baixa de novo, um misto estranho de insolência agressiva com desespero insondável.

— É mesmo? — Isserley demonstrou curiosidade. — E onde você dorme então?

— Num colchonete na parte de trás da minha *van* — respondeu ele, como se ela estivesse tentando interrogá-lo e ele não se importasse com isso. — Com o cachorro.

Desempregado, pensou Isserley. E imediatamente: não faz diferença. Vou deixá-lo ir, pronto, está acabado. Amlis se foi. Ninguém ama você. A polícia está apertando o cerco. Vá para casa.

Mas ela não tinha para onde ir, não uma casa de verdade. Não, a não ser que trabalhasse. Afastando os pensamentos derrotistas, ela começou a argumentar com o vodsel.

— Se você tem uma *van* — ela o desafiou educadamente —, por que está por aí pedindo carona?

— Não tenho como pagar a gasolina — murmurou ele.

— O governo não lhe dá um... um... uma pensão?

— Não.

— Não?

— Não.

— Eu achei que todo desempregado tinha uma pensão do governo.

— Eu não estou desempregado — retrucou ele. — Tenho o meu negócio.

— Ah. — Isserley viu, pelo canto dos olhos, que o rosto dele estava sofrendo uma estranha mutação. Suas bochechas ganharam cor, e os olhos brilharam, devido a um entusiasmo febril ou, talvez, às lágrimas. Ele deixou ver os dentes, cobertos por uma placa cremosa de restos de comida.

— Eu pago o meu próprio salário, entendeu? — disse ele, com uma entonação de voz subitamente clara. — O que posso. Depois de ter pago meus empregados.

— Hum... quantas pessoas trabalham para você? — perguntou Isserley, sentindo-se incomodada pelo sorriso torto, pela intensidade da sua concentração. Ele parecia ter saído de um coma, sob os efeitos de um poderosíssimo coquetel de fúria, autopiedade e hilaridade.

— Ora, aí é que está, aí é que está — disse ele, tamborilando os dedos nas coxas. — Eles podem não estar indo à fábrica, sabia? Podem ter ficado desencorajados com os portões trancados. Com as luzes apagadas. Eu mesmo não apareço lá faz algumas semanas. É em Yorkshire, entendeu? Preciso de muita gasolina para ir até Yorkshire. E ainda estou devendo umas trezentas mil libras ao banco.

A chuva estava melhorando, permitindo a Isserley se orientar. Poderia largá-lo em Alness, se sua loucura escapasse ao controle. Ela nunca dera carona a alguém parecido, e se perguntou, alarmada, se gostava dele.

— Quer dizer, então, que você está em apuros? — perguntou ela, referindo-se a dinheiro.

— Em apuros? Eu? Nãoooooo — disse ele. — Não descumpri nenhuma lei...

— Mas você não está... meio perdido?

— Mandei um cartão para a minha família — respondeu ele imediatamente, sorrindo, sorrindo o tempo todo, o suor escorrendo pelas sobrancelhas e caindo no bigode. — Paz de espírito ao preço de um selo. E ainda evita que a polícia perca um tempo precioso.

Isserley ficou petrificada à menção da polícia. Mas após ordenar ao corpo que relaxasse, ficou com medo de ter eventualmente deixado os braços em um ângulo impossível para a musculatura dos vodseis. Deu uma olhada para o braço esquerdo, que estava mais perto dele. Parecia estar bem. Mas o que seria aquele horrível chiado próximo ao seu rosto? Ah: eram os limpadores de pára-brisa, passando sobre o vidro seco. Rapidamente tratou de desligá-los.

Desista, acabou, ela pensou.

— Você é casado? — Ela quis saber, após respirar fundo.

— Essa é uma boa pergunta, uma boa pergunta — respondeu ele, excitado, quase pulando do assento. — Se sou casado...se sou casado... Deixe-me ver. — Os olhos dele brilhavam tão intensamente que pareciam prestes a explodir. — É, acho que fui casado, sim — ele se decidiu, afinal, como se estivesse aceitando, com espantoso bom humor, um ponto que o adversário acabara de marcar à sua custa. — Durante 22 anos, para dizer a verdade. Até o mês passado, para ser mais exato.

— E agora você está separado? — Isserley insistiu.

— É o que dizem, é o que dizem — disse ele, com um piscar de olhos que mais parecia um tique nervoso.

— Não entendo — disse Isserley. Sua cabeça estava começando a doer. O carro estava com aquele ranço fedorento de cachorro, o clarão radioativo do tormento psíquico e a súbita incandescência do sol do meio-dia bateram direto nos olhos de Isserley.

— Você já amou alguém? — perguntou o vodsel desafiadoramente.

— Não... não sei — respondeu Isserley. — Acho que não. — Ela teria que se decidir logo, levá-lo ou deixá-lo ir. Seu coração estava ficando apertado, e o estômago estava embrulhado. Ouviu um rugido atrás dela, e uma olhadela pelo retrovisor confirmou que era um outro veículo, um desses mamutes *off-road* indo impacientemente para lá e para cá. Isserley observou a velocidade em que ia, ficou nervosa ao verificar que estava a cinqüenta e cinco quilômetros por hora, devagar até mesmo para ela! Tratou de desviar um pouco mais para perto da beira da estrada.

— Eu amava minha mulher, sabia? — disse o vodsel com cheiro de cachorro. — Amei-a demais, ela era o meu mundo, a autêntica Cilla Black.

— Desculpe?

Quando a *van* passou, lançando uma sombra no carro de Isserley, o vodsel começou a cantar, em voz alta e sem qualquer inibição.

"Sh'was my world, she was my night, my da-a-ay; sh'was my world, sh'was every breath, I ta-a-ake, and if our love ceases to be-e-e, then it's the end of my world, for me-e-e!" Parou tão abruptamente quanto começara, e de novo estava sorrindo arrebatadamente para ela, as lágrimas rolando pelas bochechas envelhecidas.

— Deu para ter uma idéia?

A cabeça de Isserley latejou enquanto voltava com o carro para o meio da pista.

— Você está sob influência de alguma droga que altera o estado de consciência? — ela quis saber.

— Quem sabe, quem sabe! — ele deu outra piscadela. — Suco de batata fermentada, feito na Polônia. Age sobre a dor, sobre as causas da dor, tudo por seis libras e 49 a garrafa... Talvez cause um pouco de desapontamento na cama. E a conversa, sinto que fica meio... digamos... unilateral.

Não havia qualquer carro na A9, a *off-road* sumira no horizonte. Isserley pôs um dedo sobre o botão da icpathua, seu coração não estava batendo tão forte quanto de costume; ao contrário, ela se sentia enjoada, como se fosse vomitar a qualquer instante. Deu uma boa respirada de ar sabor-cachorro, e fez um esforço para esclarecer um último ponto.

— Quem cuida do seu cachorro quando você sai para pegar carona?

— Ninguém — ele fez uma careta. — Ele fica na *van*.

— O dia inteiro?

Ela tinha feito a pergunta sem intenção de deixá-lo culpado, mas pareceu atingi-lo em cheio. Toda sua energia como que desapareceu, deixando-o apático e desanimado.

— Eu nunca fico fora por muito tempo — disse ele, num tom sem vida. — Também preciso dar minhas voltinhas, ele entende.

Os dedos de Isserley tremeram sobre o botão, ela hesitou, sentindo um início de náusea.

— É uma *van* bem grande — murmurou o vodsel em sua defesa.

— Hum — Isserley mordeu os lábios.

— Preciso ter certeza de que ele ainda vai estar lá quando eu voltar — disse ele.

— Hum — fez Isserley, o suor escorrendo pelos dedos da mão esquerda e pelo seu punho dolorido. — Desculpe — suspirou ela — Eu... eu vou ter que parar um minutinho. Não estou... me sentindo muito bem.

O carro já estava se arrastando. Ela o deixou seguir até o acostamento mais próximo e o fez parar. O motor estremeceu e ficou quieto. Apoiando uma das mãos no volante, ela escancarou a janela com a outra.

— Você não é uma garota muito saudável, é?

Ela sacudiu negativamente a cabeça, incapaz de falar.

Ficaram os dois sentados por algum tempo, com o ar fresco entrando pela janela. Isserley respirou fundo, e o vodsel idem. Ele parecia lutar contra alguma coisa, assim como ela.

Finalmente ele disse, em tom desolado, mas perfeitamente audível:

— A vida é uma merda, sabia?

— Não sei — suspirou Isserley. — Este mundo é muito bonito.

Ele grunhiu desdenhosamente.

— Por mim, pode ficar para os animais. Pode ficar toda essa merda para os animais. — Estas pareciam ser suas últimas palavras a respeito do assunto; mas então, vendo que ela estava chorando, ergueu a mão imunda e, hesitando, levou-a até bem perto do ombro de Isserley. Mas, pensando melhor, recolheu ambas as mãos para o colo e passou a olhar para fora, pela janela do passageiro.

— Já dei meu passeio de hoje — disse ele suavemente. — Que tal você me deixar saltar aqui?

Isserley mirou-o bem nos olhos. Estavam reluzentes de lágrimas não-derramadas, e ela pôde vislumbrar uma frágil Isserley refletida em cada um.

— Entendo — disse ela acionando o botão da icpathua. A

cabeça do vodsel bateu contra a vidraça da janela do passageiro e ali ficou. O cabelo cinzento ralo que lhe brotava do pescoço esvoaçava ao vento.

Isserley levantou sua janela e apertou o botão que escurecia os vidros. Assim que o interior do carro se tornou indevassável, ela puxou o vodsel de volta para o lugar e virou seu rosto para a frente. Seus olhos estavam fechados. Parecia estar em paz, não em estado de choque como os outros. Ele poderia estar dormindo, tirando um belo cochilo durante a viagem, um cochilo eterno.

Isserley abriu o porta-luvas e escolheu uma peruca e um par de óculos. Pegou o anoraque do banco traseiro. Vestiu cuidadosamente seu companheiro de viagem, acomodando seu cabelo ralo, desbotado, sob um esfregão mais negro e lustroso do que o dela mesmo fora um dia. As sobrancelhas dele se eriçaram contra a carne cicatrizada das palmas da mão dela.

— Desculpe — murmurou ela — Desculpe.

Quando ele ficou pronto para partir, ela clareou os vidros e ligou o carro. Estava a menos de vinte minutos de casa, se o trânsito estivesse bom.

De volta à fazenda Ablach, Ensel foi o primeiro a aparecer, como sempre, para saudá-la. Parece que tudo voltara ao normal.

Isserley abriu a porta do lado do passageiro, e Ensel avaliou o que estava ali dentro.

— Uma beleza — ele a cumprimentou. — Um dos melhores.

Neste momento Isserley finalmente explodiu.

— Não *diga* isso! — berrou ela com todas as forças. — *Por que* você tem sempre que dizer essa porra?!

Acuado pela violência da resposta, Ensel agarrou firme o corpo que estava entre eles. Isserley fez o mesmo, lutando para mantê-lo ereto enquanto ele era puxado para os braços estendidos dos homens que o aguardavam.

— Ele *não* é melhor — gritava ela ao mesmo tempo em que segurava e empurrava o vodsel. — E não é pior. É só um... só um... — Escapulindo da mão deles, o corpo caiu pesadamente sobre o chão de pedras. Isserley teve um ataque histérico: — Vá se foder, *você*!

Deixando aquelas bestas selvagens grunhindo e rosnando, ela foi dirigindo até o chalé no meio de uma nuvem de poeira.

Duas horas mais tarde, quando começava a se acalmar, ela encontrou o bilhete de Esswis no bolso e o releu, dessa vez procurando decifrar as últimas linhas. Ao que parecia, a Vess Incorporated só estava fazendo uma encomenda extra para ela. Queriam saber se ela poderia verificar a possibilidade de lhes fornecer uma vodsel fêmea, preferencialmente com os ovos intactos. Não era necessário processá-la. Bastava embrulhar a fêmea cuidadosamente e enviá-la. A Vess Incorporated cuidaria do resto.

13

NUA E COM MEDO de dormir, Isserley vagou pela casa, de um aposento para outro, na escuridão, hora após hora. Andava em espiral, começando pelo quarto de dormir, seguindo para o outro quarto que nunca era usado; em seguida, descia as escadas passando pelo corredor de assoalho apodrecido, o quarto principal vazio, a sala da frente entulhada de galhos e tocos de madeira, a cozinha engordurada, o banheiro mofado. Percorria um por um, relembrando a história passada da sua vida, e imaginando o que faria no futuro.

Entre as coisas que pensou, para conseguir chegar até a manhã seguinte, pelo menos, estava a demolição das paredes internas do chalé. A idéia lhe veio na sala da frente, quando de súbito ela tomou de um porrete e investiu com toda a força sobre a que se achava mais próxima. Foi ótimo! O reboco estourou com o impacto, deixando à mostra uma cavidade escura e uma estrutura de madeira tosca. Ela bateu outra vez, e caiu mais coisa. Talvez ela pudesse transformar a casa inteira num enorme salão. Quem sabe pudesse pôr abaixo de uma vez a porra daquela casa!

Após depredar a parede por uns vinte minutos ou mais, conseguiu abrir um buraco grande o suficiente para atravessá-lo engatinhando, e brandir o porrete já não lhe dava o mesmo prazer dos primeiros golpes. A cicatriz no lugar onde seu sexto dedo fora amputado latejava de dor, e a selvageria do ataque fizera mal à sua coluna. Assim ela parou, e retomou a caminhada. Seus pés descalços pisavam em escombros. Ia de aposento em aposento, batucando nas paredes com as unhas. A casa rangia e estalava. Do lado de fora, nas árvores da fazenda Ablach, as corujas chamavam as outras, gritando da mesma forma que as mulheres humanas fazem quando estão tendo um orgasmo. O vento trazia o som das ondas quebrando na praia. Em algum lugar bem distante um alarme de nevoeiro soou.

Já passava muito da meia-noite quando Isserley, finalmente, foi para a cama, cansada demais para continuar pensando. Ela agora tinha uma série de projetos pela metade, e torceu para que tivesse ficado acordada o tempo necessário para que o sol já estivesse bem alto na hora em que ela despertasse.

Dormiu profundamente, durante o que lhe pareceu muito tempo, mas quando voltou à consciência, ofegando de terror, ainda estava escuro como breu. Os lençóis estavam bem enrolados em suas pernas, úmidos e pegajosos, ligeiramente ásperos devido aos pedaços de reboco e de galhos sujos. Ela passou as mãos pelo corpo todo: a carne dos braços e ombros estava quente como comida recém-saída do forno, mas as pernas pareciam pedras de gelo. De todas as fases do sono, aquela era a pior para acordar.

Impiedosamente, mesmo sem ter tido tempo para recobrar o equilíbrio, seu sistema ainda assim tinha mergulhado no pesadelo habitual em que ela era queimada viva, abandonada, condenada a morrer numa prisão sem ar.

E no entanto... aquele *era* o seu pesadelo habitual? Revendo as imagens à medida que a mente o ia apagando, ela notou que havia alguma coisa de diferente. O sentimento que despertara nela era o de sempre, mas pela primeira vez a criatura no centro do drama parecia outra que não ela. A princípio, não: a princípio tratava-se inequivocamente de Isserley sendo levada para as profundezas da Terra. Mas, fim, ela parecia haver mudado de figura, tamanho e espécie. E naqueles derradeiros e ansiosos segundos antes de despertar, seu sonho já não era mais sobre um ser humano, e sim sobre um cachorro, preso dentro de um veículo no meio de lugar nenhum. Seu dono não ia voltar, e ele ia morrer.

Assim que despertou totalmente, Isserley livrou-se das roupas de cama, abraçou as pernas frias com seus braços quentes, e tentou entender aquela crise de pânico.

Claro que o cachorro com que sonhara só podia ser o do vodsel do dia anterior, mas não havia necessidade alguma de ter pesadelos por causa disso. O animal ficaria bem. Seu dono certamente devia ter deixado a janela da *van* um pouquinho aberta. E mesmo se não tivesse, os veículos não eram exatamente fechados a vácuo, e o tempo estava bom. Daí a imaginar que o cachorro morreria de fome, bem, isso já era bobagem. Quando estivesse com fome ele começaria a latir, as pessoas iriam se irritar com o barulho e procurariam saber de onde vinha. De qualquer modo, que importância tinha o destino de um cão? Cachorros morriam todos os dias, ela se cansara de ver na A9 carcaças ressequidas de um monte deles, ela própria já passara por cima de várias em vez de tentar desviar perigosamente. Causavam um solavanco quase imperceptível sob os pneus. Tinham uma consciência rudimentar.

Isserley esfregou os olhos e olhou em volta. No dia anterior colocara baterias novas no relógio, como parte do projeto de retomar o controle de sua vida: agora os números cintilavam, 4:09. Talvez tivesse sido melhor não saber quantas horas ainda teria que esperar até o nascer do sol. Talvez o melhor mesmo tivesse sido não ter acordado.

Arrastou-se para fora da cama, capengando como de costume. Que maravilha se pudesse vingar-se dos cirurgiões que fizeram isso com ela! Nunca vira os rostos deles: estivera anestesiada durante todo o tempo em que cravaram as facas nela. E agora provavelmente deviam estar se gabando, junto à Vess Incorporated, do quanto aprenderam com os erros, de como não havia termo de comparação entre os milagres que eram capazes de realizar atualmente e as experiências toscas que foram as de Esswis e Isserley. Num mundo mais justo, ela deveria ter a chance, antes de morrer, de amarrar aqueles cirurgiões numa bancada e fazer com eles também uma série de experiências. Eles poderiam observar, sem língua, enquanto ela lhes arrancaria os genitais. Para calar seus gritos, lhes daria para morder bons pedaços dos próprios rabos. Seus ânus se rasgariam quando ela lhes penetrasse as espinhas com espetos de ferro. De seus olhos pingaria sangue enquanto ela estivesse esculpindo seus admiráveis rostos novos.

Isserley ligou a televisão e iniciou seus exercícios físicos.

— Não posso suportar a vida sem amor — sussurrou uma voz dentro do quarto escuro. A imagem se materializou, uma pequena fêmea preto-e-branca dependurava-se num macho de ombros largos que olhava para longe dela, na direção do céu.

— Não seja boba — ele a repreendeu gentilmente. — Você não vai precisar.

Isserley esticou o pé para mudar o canal no momento em que um aeroplano entrava em parafuso, as hélices rodopiando dramaticamente.

Cores fortes espalharam-se pela tela, abstratas e mutantes. A imagem da câmera fechou o foco sobre um círculo iridescente de vidro molhado seguro entre dois dedos gigantes, o polegar e o indicador, como uma lente solitária de um par de óculos lambuzada de sopa.

— Pesquisas como esta — asseverava uma voz firme — podem estar literalmente promovendo a cura do câncer.

Isserley ficou admirando a fogueira que tinha feito, quase hipnotizada. Ela tinha construído uma pira de galhos e tocos muito maior do que o normal, e as chamas pintaram de ouro e damasco a alvorada. Com algum esforço ela se levantou e contornou seu carro, que já estava fora do abrigo e em frente ao portão da fazenda, com o motor ligado. Isserley foi mancando até o galpão, arrastando os sapatos desajeitadamente pelo chão de pedras. Havia algo errado na base da sua coluna que os exercícios ainda não tinham conseguido corrigir.

— Isserley — disse ela ao interfone.

Ninguém respondeu, mas o grande portão de metal se abriu. Lá dentro, como era esperado, estava o saco plástico preto cheio de objetos pessoais do último vodsel. Ela pegou o saco e tratou de sair imediatamente do galpão, caso quem estivesse de plantão nas profundezas da Terra, fosse quem fosse, resolvesse subir para bater um papo.

Voltando para perto da fogueira, ela tirou de dentro do saco os sapatos do vodsel, o suéter e a jaqueta cheia de pêlos de cachorro. Examinou o pouco que restara: evidentemente ele não estava usando mais nada além de uma camiseta manchada debaixo do suéter, nem mesmo cuecas. A jaqueta estava vazia, e nos bolsos da calça também não havia nada, exceto umas chaves de carro e uma carteira.

Deixando o suéter em cima do capô do carro para não colocá-lo sobre a grama orvalhada, ela borrifou a jaqueta, a camiseta, a calça e os sapatos com um pouco de gasolina e lançou tudo ao fogo. Suas mãos ficaram cobertas de pêlos de cachorro, que ela não quis limpar nas próprias roupas. Com um pouco de sorte, eles desapareceriam naturalmente.

Gemendo de dor, ela se ajoelhou para examinar a carteira. Era gorda, se comparada às dos outros vodseis, mas dentro havia pouca variedade. Em vez da quantidade costumeira de cartões de plástico laminado, licenças e documentos oficiais, endereços, tíquetes e comprovantes de compras, só havia dinheiro e uma folha de papelão dobrada como um mapa em miniatura. A grossura da carteira era por causa do grande volume de dinheiro. Junto a algumas moedas, havia um rolo de notas, a maioria de vinte, algumas de dez e de cinco, num total de 375 libras. Isserley nunca vira tanto dinheiro antes, dava para botar 535 litros de gasolina, ou comprar 192 frascos de xampu azul, ou mais de mil barbeadores... ou... 57 latas do tal suco de batata fermentada que o vodsel havia mencionado. Ela transferiu as cédulas para suas calças, distribuindo-as pelos bolsos para minimizar o volume.

A folha de papelão era uma grande fotografia colorida, dobrada várias vezes. Quando aberta e desamassada, revelou o vodsel, bem mais jovem, abraçando uma fêmea de vestido branco de gaze. Os dois tinham cabelos pretos lustrosos, bochechas rosadas e sorrisos abertos em forma de meia-lua. O vodsel de Isserley estava de barba feita, sem rugas e sem manchas de pele. Não tinha restos de comida nos dentes, e seus lábios eram rosados e úmidos. Talvez fosse exagero, mas pela expressão ela poderia jurar que a felicidade dele era autêntica. Ficou imaginando qual seria o seu nome. Na beirada direita da foto havia uma assinatura toda trabalhada — *Pennington Studio* — que soou para Isserley como um nome estrangeiro, muito embora o vodsel não lhe tivesse dado a impressão de ser de fora.

Enquanto as roupas de Pennington queimavam, Isserley brincava com a idéia de resgatá-lo. Amlis não tinha tido qualquer problema em libertar alguns vodseis; ela poderia fazer o mesmo com um mínimo de aborrecimento. Os homens lá debaixo eram uns imbecis, e muitos deles ainda deviam estar dormindo.

Mas é claro que era tarde demais. Desde a noite passada, Pennington já deveria estar com a língua cortada e os testículos extraídos. De qualquer forma, ele parecia não ter lá muita vontade de viver, e provavelmente agora mesmo é que não iria mudar de idéia. Era melhor deixá-lo em paz.

Isserley revolveu a fogueira com uma varinha, perguntando-se por que estava sendo tão meticulosa. A força do hábito. Jogou a varinha para o meio das chamas, e caminhou até o carro.

Enquanto Isserley dirigia pela A9, o sol ia alto no horizonte, compensando-se de tudo o que sofrera durante a noite, escondido atrás das montanhas cobertas de neve. Livre das nuvens, brilhava com uma intensidade bruta, espalhando generosamente sua luz dourada por toda Ross-shire. Por estar no lugar certo na hora certa, Isserley também fazia parte da paisagem; suas mãos tinham virado ouro sobre o volante do automóvel.

Luz tão linda quanto aquela valia tudo — ou quase. Tirando os ossos em frangalhos e a carne cheia de cicatrizes do próprio corpo, a vida não era assim totalmente uma merda.

O suéter de Pennington ainda parecia meio esquisito nela, mas estava se acostumando a vesti-lo. Gostava do jeito como as mangas compridas ajustavam-se perfeitamente em torno dos seus pulsos, com as fibras desbotadas reluzindo de novo ao sol.

Gostava de poder olhar o próprio busto e, ao invés de se deparar com aquela repugnante racha feita de gordura artificial, ter a sensação de uma pele suave, sentir a ilusão de estar de volta ao seu estado natural.

Não muito distante, um carona acenava à beira da estrada. Era jovem e esbelto, e portava um cartaz de papelão amassado em que se lia NIGG. Isserley passou sem sequer reduzir a marcha. O vodsel fez um sinal de "foda-se" para o espelho retrovisor, e logo se virou à espera de um próximo carro.

Não foi difícil encontrar o lugar onde ela apanhara Pennington. A pista estreitava-se naquele ponto — razão pela qual os carros tinham se amontoado atrás dela — e, além do mais, havia a tal placa **P** como referência. Quando a reconheceu, estacionou o carro exatamente no mesmo ponto em que parara no dia anterior, com uma diferença mínima. Saltou, trancou as portas e foi em busca da trilha para a fazenda mais próxima.

A *van* de Pennington também foi mais fácil de encontrar do que ela esperava. Estava onde ela própria teria estacionado um veículo se estivesse querendo se esconder naquele pedaço de terra. À sombra de uma aléia de árvores altas havia um galpão em ruínas, sem telhado, com montes de feno empilhados nos muros sem reboco. O feno já estava apodrecendo por ter sido deixado exposto. Os motoristas que passavam pela A9 não podiam ver nada, a não ser os vagos escombros e o feno. Da fazenda, cerca de um quilômetro dali, só se podiam ver as árvores, que poupavam o fazendeiro de lembrar o quanto custaria remover o feno arruinado. No espaço entre as árvores e o galpão, visível apenas em caso de invasão de propriedade, estava a *van* de Pennington.

O veículo era muito mais luxuoso do que Isserley poderia imaginar. Ele o tinha descrito como uma lata-velha enferrujada, todo amassado, azul-escuro, talvez, com umas inscrições meio apagadas na lateral. Nada disso: estava novinho, com acabamentos em aço cromado e borracha preta reluzente, igualzinho a qualquer zero-quilômetro em exibição na oficina do Donny.

No interior lustroso, o cachorro de Pennington pulava de banco em banco, latindo alucinadamente. Isserley percebeu que o animal fazia um grande esforço, mas as janelas fechadas abafavam o som — de perto, uma zoeira infernal, mas que ela duvidava que pudesse ser ouvida à distância, mesmo no meio da noite.

— Bom garoto — disse ela, aproximando-se do veículo.

Isserley não se lembrou de ter medo enquanto abria as portas laterais da *van* com as chaves de Pennington. O cão poderia perfeitamente fugir ou avançar nela; nesse caso, ou ela ficaria observando-o sumir na distância, ou seria obrigada a matá-lo. Em qualquer circunstância, sua consciência estaria tranqüila.

Ela escancarou a porta, e o cachorro saiu com a velocidade de uma explosão de descarga de automóvel. Saltou para a grama, quase virando de pernas para o ar, e aí, encolhido e tremendo, ficou de frente para Isserley. Todo preto e branco, parecia a miniatura de Amlis em forma de animal; olhou para ela com ar ameaçador, confuso, deixando ver um vinco na penugem negra da cabeça.

Isserley deixou aberta a porta da van, e saiu andando de volta à A9. Não se surpreendeu quando viu que o cachorro a seguia, sentindo o cheiro do suéter de Pennington que batia na altura das coxas de Isserley, como um vestido. O spaniel não parava de cutucar suas costelas com o nariz, até que ela sentiu uma língua úmida lambendo-lhe uma das mãos. Com um repelão de nojo, ela ergueu os braços, como se estivesse se rendendo, e correu para o carro.

O cachorro de Pennington tentou lamber sua mão novamente enquanto ela procurava fechar a porta com cuidado para não imprensar seu focinho. Ele ficou olhando para ela pelo vidro da janela, sem entender o que estava acontecendo, enquanto ela ligava o motor.

— Agora é com você, cachorrinho — falou Isserley, consciente, é claro, de que o cão e ela não tinham uma linguagem comum.

Então saiu com o carro, deixando o animal sentado à beira do caminho.

Na viagem de volta para casa, Isserley se pegou pensando nas mesmas coisas em que pensara sem parar durante a noite: o que iria fazer com o resto da sua vida.

Havia, decerto, uma infinidade de caminhos a seguir, dependendo da coragem que fosse capaz de reunir, ou de quanta tortura física estivesse preparada para suportar. Cada projeto acenava com uma doce recompensa, mas também com as terríveis conseqüências correspondentes. Estava cansada de ficar comparando um futuro a outro; ela pensava demais.

Era hora de se deixar levar pelo instinto. Colocaria os dedos para flanar em torno dos controles, e se apertassem o botão, tudo bem... era assim que ia ser.

Em poucos minutos ela estava se aproximando da placa de trânsito com os dizeres *B9175: Portmahomack e Cidades Litorâneas*. Olhou pelo retrovisor e para a estrada à frente: não havia ninguém para apressá-la ou para retardá-la. Seus dedos hesitaram sobre o comando de seta, o pé parecia paralisado em cima do acelerador. A placa surgiu de repente, o desvio estava encoberto pelas árvores, e ela continuou em direção ao norte; a decisão estava tomada: nunca mais voltaria a ver a fazenda Ablach.

Pouco depois, sempre no rumo norte, Isserley virou em direção a ponte Dornoch, e imediatamente sentiu o estômago embrulhado. Não era por causa da fome, embora ela certamente estivesse faminta naquele momento. Era premonição. Algo a estava esperando do outro lado.

No meio da ponte, ela enveredou por uma espécie de mirante para turistas. Havia um deles lá, debruçado no parapeito apreciando o estuário resplandecente, com o binóculo preparado para ver focas ou golfinhos. Isserley parou atrás da sua Caravan de luxo e cautelosamente abriu a porta. O turista virou-se para acompanhar sua chegada. Era obeso e baixinho, com pernas finas: um verdadeiro desastre.

— Olá — disse, acenando e protegendo-se do sol.

— Olá — retribuiu Isserley, mantendo o carro entre eles. Contente por ele permanecer onde estava, ela se virou e contemplou a extensão entre a ponte e a terra firme. Protegendo o rosto com a mão em concha, tirou os óculos e esquadrinhou a distância, focalizando os olhos descomunais no trânsito que parecia estar engarrafado na rotatória, alguns veículos hesitando entre tomar o caminho para Clashmore ou para Dornoch.

Foi então que ela notou o sinalizador do carro da polícia, que vinha abrindo caminho por entre os demais veículos.

Isserley enfiou-se de volta no carro e deu a partida. Com uma perícia e um arrojo de que não se julgava capaz, ela fez um retorno em plena ponte — manobra totalmente proibida, sem dúvida, mas daquelas que a polícia não tinha como coibir. Olhou por cima dos ombros para observar o turista no mirante: ele a estava olhando em estado de estupor, mas sem o binóculo. Provavelmente, não deveria ter guardado seu rosto nem a placa do carro na memória.

Quero ir para casa, ela pensava, mas sua decisão já estava tomada: não tinha mais casa.

Em poucos minutos estava dirigindo na direção sul, passando por Tain, ignorando a tentação de voltar atrás. Se ela se dispusesse a sair da A9 para ir até o centro da cidade, podia pegar uma outra saída e seguir por uma via alternativa que a levaria a Portmahomack — e à fazenda Ablach. Mas a fazenda era assunto encerrado para ela agora. A Vess Incorporated não cuidaria dela caso não entregasse a mercadoria, ela sabia muito bem disso; não lhe dariam casa e comida só por bondade...

Quanto a Amlis, ele tinha dito que voltaria... mas os da sua espécie eram sempre muito pródigos na hora de fazer promessas, não eram? Todos aqueles homens, por exemplo, que lhe tinham prometido segurança quando ela estava chegando à idade de cruzar? "A Propriedade? Uma garota linda como você? É só eles se atreverem, Iss, e eu vou falar com meu pai." Filhinhos-de-papai metidos a besta, todos eles. Que se fodam, que se fodam.

Seria muito fácil deixar-se seduzir por este mundo, Amlis tinha dito, tocando no seu braço. É muito, muito bonito. O que ele estaria querendo dizer com isso? Estaria implícito que *ela* era bonita, também? Se não, por que ele a teria tocado naquela hora? Seus dedos... Mas claro que não era aquilo que ele estava querendo dizer. Estava vendo um oceano e um céu coberto de neve pela primeira vez na vida, com uma aleijada mutilada suando ao lado dele. O charme do seu corpo cheio de cicatrizes não tinha como competir com um mundo inteiramente novo, tinha?

Havia sofrimento em seu coração. Já sentia falta da praia de Ablach. Todo aquele tempo que perdera zanzando pelos quatro cantos do chalé a noite passada ela poderia ter passado lá, passeando pela beira da água ao luar, ou nos rochedos. Mas naquela hora ela provavelmente já sabia que dizer adeus só tornaria as coisas ainda mais difíceis.

Um dos futuros impossíveis que ela imaginara, enquanto percorria os aposentos do seu chalé, era viver numa caverna na praia de Ablach. Havia muitas, que ela nunca tinha explorado por causa da claustrofobia — que, é claro, era justamente o problema dessa sua idéia de viver numa caverna.

Na praia também havia uma cabana de pedra ("a toca do pescador", como Esswis certa vez a batizara, com aquele ar de sabichão). As portas se achavam de tal modo estragadas pelo tempo que balançavam ao vento feito cortinas; o interior sem janelas tinha o chão coberto de alcatrão e cocô de ovelha. O principal obstáculo para se viver ali, contudo, era a presença de um enorme mecanismo chumbado ao piso, todo em ferro fundido, do tamanho de uma vaca, para rebocar os barcos pelo quebra-mar. É verdade que não devia funcionar mais, mas não havia como ter certeza. Seria problemático se uma noite ela estivesse bem à vontade, dormindo nua na toca, e de repente aparecesse um barco cheio de marujos...

Outra possibilidade que ela ainda considerou foi a de construir uma casinha em algum ponto dos rochedos de Ablach, feita de troncos, madeira leve e talvez aquelas chapas grandes de folhas-de-flandres onduladas que ela costumava ver boiando na praia. Mas Esswis certamente ficaria sabendo se aparecesse na fazenda mais uma residência, especialmente se Isserley estivesse desaparecida e ele andasse atrás dela. E assim que a Vess Incorporated tomasse conhecimento de que ela havia sumido, seria exatamente isso o que Esswis seria encarregado de fazer.

Isserley franziu a testa ao lembrar da polícia. Ela não podia ser parada por eles, porque seu carro estava com o selo de pagamento do imposto fora da validade e ela não tinha carteira de habilitação. Precisava encontrar um lugar para se esconder e parar de dirigir por uns tempos. Não se tratava de um desafio tão grande assim, até que ia ser fácil. Além disso, não estava mais limitada à A9, poderia perfeitamente explorar rodovias menos movimentadas, onde o tráfego não fosse muito intenso e houvesse longos trechos de floresta sem habitação. E onde ela poderia desaparecer por entre as árvores como um faisão.

Três dias depois, Isserley acordou de um sonho sexual, com pêlos dentro dos punhos fechados. Era o capuz do anoraque, que lhe servira de travesseiro no banco de trás do carro. Ela estava tão desconfortável, mas mesmo assim tão satisfeita com a fantasia do orgasmo, que teve vontade de rir.

Seu carro estava aninhado no meio de um caramanchão de samambaias próximo à beira de um lago. As plantas, na verdade, pareciam querer entrar pelas janelas, e passarinhos pulavam da capota para a árvore, da árvore para a capota, com suas patinhas tamborilando no metal. Ali por perto, mas fora do alcance da vista, algumas criaturas, provavelmente patos ou cisnes, deslizavam pelas águas calmas, especialmente nos fins de tarde. No alto, a cobertura era tão densa que as nevascas jamais alcançavam o solo, e a luz do sol refletia mais no lago do que através das árvores.

Pensando bem, esse caramanchão era um lugar tão bom para se esconder que, quando Isserley resolveu pela primeira vez, uns dois dias antes, parar seu carro debaixo dele encontrou um outro lá. Por sorte, era apenas a carcaça abandonada de um carro: sem motor, sem rodas, uma ferrugem só, todo tomado pelo musgo. Isserley estacionou seu carro ao lado dele, tirando proveito da camuflagem extra.

Inegavelmente, a primeira noite foi difícil. O banco traseiro era só um pouquinho menor do que ela, mas esse pouquinho mostrou-se crucial para as necessidades do seu corpo. Mas ela sobreviveu, e as duas noites seguintes já foram ligeiramente melhores.

Ela não pretendia dormir no carro, mas até encontrar outro lugar para viver não havia escolha. A idéia de dormir sob as estrelas, em campo aberto, era muito romântica e sedutora, mas no fundo ela sabia que sua coluna haveria de cobrá-la por isso no dia seguinte. Precisava de uma cama, ou no mínimo de algo macio para se deitar. O banco traseiro, pelo menos, era macio e acolchoado. E se algum dia ela tivesse realmente dificuldade para acordar de manhã, poderia sempre se pôr de pé com a ajuda dos encostos de cabeça dos bancos da frente.

O lugar ideal para dormir, a casa perfeita para ela, se pudesse escolher, seria um farol abandonado. Mas será que os faróis eram mesmo abandonados? Ela torcia para que fossem. Ficavam nos limites extremos da terra, praticamente em mar aberto, e suas torres quase atingiam as nuvens. Ela se imaginava lá em cima, bem no topo, dormindo num colchão macio com janelas ao redor, que deixavam o sol entrar mal ele despontava.

Por enquanto, ela estava se sentindo fraca por causa da fome. Realmente seria preciso comer alguma coisa hoje, algo mais substancial do que o nabo cru que havia roubado de uma plantação duas noites antes.

Assim que acabou os exercícios, ela foi avançando com cuidado pela água gelada do lago para se lavar. Depois se depilou, uma das mãos segurando o espelho e a outra manuseando o barbeador, mergulhando a espuma de xampu na água reluzente. Esperava que o xampu não causasse nenhum dano às coisas que viviam no lago. Não seriam umas poucas gotas de produto químico num reservatório tão grande de pureza natural que haveriam de causar maior estrago, certo?

Para fazer a primeira refeição quente desde que abandonara a fazenda, ela foi dirigindo até um posto conhecido onde costumava abastecer o carro.

Um dia, quem sabe, controlaria seus temores e iria até uma cidade grande, estacionaria seu carro junto a centenas de outros carros e iria até um supermercado, tal como faziam os vodseis quando precisavam comprar comida. Mas esse dia ainda estava longe. Bem recentemente, ela tinha passado por um Tesco gigante, na A96 em direção a Aberdeen, imaginando se teria coragem de entrar. Era tão perto da estrada que quase dava para enxergar as portas de vidro pintado. Tudo o que ela já havia visto na televisão provavelmente estaria concentrado ali dentro daquele galpão de concreto maciço, com um enxame de vodseis em volta, acotovelando-se e empurrando-se atrás das promoções. Não, ela de fato ainda não estava pronta.

No posto, ela colocou vinte libras de gasolina. Na loja de conveniência, viu umas embalagens de comida semipronta em uma vitrine *self-service* de metal e plástico com a marca HAPPY TUM'S ROADSIDE DINER. Havia três opções: cachorro quente, rocambole de frango e hambúrguer, todas embrulhadas em papel branco, de modo que não dava para ver o conteúdo. Decidiu-se pelo rocambole de frango. Ela ouvira na televisão que a carne bovina era perigosa — potencialmente mortal, inclusive. Se aquilo era capaz de matar vodseis, nem era bom pensar no que poderia fazer com ela. Quanto ao cachorro-quente, bom... parecia bastante esquisito correr tantos riscos para salvar a vida de um cachorro e comer um, dias depois.

Pegou a embalagem de papel e levou-a ao microondas, seguindo as instruções quanto aos botões a apertar. Quarenta e cinco segundos mais tarde ela estava com seu Rocambole de Frango fumegando de tão quente na palma das mãos.

Quarenta e cinco minutos mais tarde ela estava curvada na grama, atrás de um estacionamento em Saltburn, contorcendo-se para vomitar, a boca escancarada, a saliva escorrendo da ponta da língua. Mas quando finalmente veio, a golfada entrou nariz adentro, borrifando e entupindo-lhe as narinas com um molho denso e borbulhante. Por um minuto ela pensou que iria morrer, ou que o vômito iria subir até escaldar seus canais lacrimais e sair pelos olhos. Mas isso eram delírios do pânico, e os espasmos foram diminuindo aos poucos.

Quando passou tudo, Isserley desenroscou, com as mãos trêmulas, a tampa de uma grande garrafa de Aqua Viva — aparentemente, água — ela comprara junto com o Rocambole de Frango, para o caso de aquela comida inusitada não lhe cair bem. Tinha tido uma forte suspeita de que não iria mesmo cair bem, mas resolveu arriscar. O mistério do que ela poderia comer sem riscos não iria se resolver em um dia. Só na base da tentativa e erro é que aprenderia o que poderia consumir. Nesse meio tempo, sorveu a água da garrafa plástica direto pelo gargalo, engolindo o líquido transparente e calmante.

Ela não morreria de fome. Havia batatas crescendo nos campos, nabos à vontade para as ovelhas, maçãs nas árvores. Tudo perfeitamente dimensionado para o consumo humano, como os homens da fazenda Ablach comprovavam todos os dias no Refeitório. Podia não ser o bastante, mas daria para ela sobreviver. Além do mais, poderia descobrir alimentos que sequer imaginava, alimentos que lhe trariam à lembrança as iguarias da infância, que a fariam suspirar e se sentir plenamente satisfeita.

Estava tudo ali mesmo, em algum lugar, tinha certeza.

Dirigindo de volta para o seu caramanchão à beira do lago, pela estradinha estreita em meio à floresta, assustou-se ao ver um vodsel de pé, fazendo sinais desesperados para ela parar. Não era um policial, era um carona, mas parecia muito agitado, quase dançando em pleno caminho. Ela desviou, tentando evitá-lo, mas ele se lançou na frente do carro, com os braços levantados, forçando-a a frear bruscamente.

Era um espécime dos grandes, jovem e soberbamente musculoso sob uma jaqueta de couro, mas tinha uma expressão feroz.

— Discurpe, discurpe! — gritava ele, com as palmas da mão sobre o capô do carro, mirando-a fixamente com olhos súplices. — Mas eu tia de fazê ocê pará!

— Por favor, saia da minha frente! — gritou Isserley atrás do pára-brisa, enquanto acelerava furiosamente o motor. — Eu não dou carona!

— Mia namurada tá tendu um bebê! — respondeu ele, balançando um braço atlético na direção de algum ponto invisível além da floresta. — Pela misericórda divina! Já andei uns oitenta quilômetros, i inda farta uns dez, porra!

— Não posso ajudá-lo! — gritou Isserley.

— Meu Deus du céu, porra! — ele grunhiu, batendo na própria testa. — Num queru ti dá umas porrada. Vô sentá aqui! Ocê podi inté mi arrastá, botá uma faca na mia garganta, tô nem aí pr'ocê. Mia namorada tá tendu um bebê! Eu vô sê papai!

Era óbvio que ele não a deixaria passar; então ela abriu a porta do lado do passageiro e deixou-o entrar.

— Brigadu — disse ele mansamente. — Ocê foi legá.

Shona, ele pensava. Güenta aí, Shona.

Isserley não respondeu; apenas pôs o carro em movimento, engrenando a primeira. Dez quilômetros e ela estaria livre dele. E se não abrisse a boca, talvez ele também não.

— Num possu dizê procê u quisso rêpresenta pra mim — disse ele com a voz rouca após alguns segundos.

— Tudo bem — disse Isserley, olhando fixamente para a estrada à sua frente. — Deixe-me dirigir.

— Eu amo ela dismais — disse ele.

— Que bom — disse Isserley.

— Ela mi ligô onti di noite, quando eu já tava na mia cama, no camião, sabe? "Jimmy, tá nacenu", ela mi disse. "Uma semana mais cedo. Eu sei qu'ocê num vai pudê vi pra casa, só quiria qu'ocê subesse." Aí eu sartei fora daquele camião qui nem um fugueti!

— Que bom — disse Isserley.

Fez-se uma pausa enquanto o carro ia andando lentamente, aos setenta quilômeros por hora de sempre. Aos olhos de Isserley, as árvores passavam como relâmpagos em ambos os lados, um borrão, embora tivesse que admitir que a estrada deserta à frente parecia estática.

— Ocê num pudia dirigi um puquinhu mais dipressa? — pediu o vodsel afinal.

— Estou indo o mais rápido que eu posso — Isserley avisou. Assim mesmo, ela pisou mais fundo no acelerador. Em seguida, para desviar a própria atenção da velocidade do carro, ela perguntou: — É o seu primeiro filho?

— É, é sim — ele se empolgou, dando um suspiro profundo. — Imortalidade.

— Desculpe, não entendi.

— Imortalidade. É issu qui são esses bizerrinhu, sa'cumé? Uma fila interminávi di bizerrinhu dismamadu ao longo da história, sa'cumé? Essa vida tudinha dispois da morte num faz sintidu ninhum pra mim... Ocê cridita nissu?

Isserley estava tendo uma enorme dificuldade para interpretar o linguajar dele, e o significado de certas palavras-chave que não conseguia compreender quando ele fazia uma pergunta.

— Não sei — disse ela.

Porém ele não queria parar. Um nervo sensível tinha sido tocado, muito embora ele fosse o único ali que poderia tê-lo tocado.

— A Ingreja da Libertação diz qui u meu bebê vai sê ilegítimu — disse ele — pur causa di qui eu i a mia namurada num semu casadu... Qui negoço é essi? Porra de genti mais trasada, cê num acha?

Isserley pensou por alguns instantes, então deu um sorriso e balançou a cabeça dando-se por vencida.

— Não consigo entender uma palavra do que você está dizendo — confessou.

— Qual a sua rinligião? — perguntou ele de súbito.

— Eu não tenho religião — respondeu ela.

— E us seus pai, então?

Isserley pensou mais um instante.

— De onde eu vim — respondeu ela com cautela — religião é algo... acabado.

O vodsel fez um ar de aprovação, e prosseguiu com seu sermão incompreensível à medida que eles se embrenhavam mais na floresta.

— A reencarnação mi agrada — falou ele, esforçando-se para controlar a excitação. — Shona... a mia namurada... fala qui isso é coisa di maluco, mas pra mim faz sintidu. Todas coisa têm alma, i ninguém podi distruí as alma. Dispois, tudu mundu tem direitu a uma nova chanche... pra fazê as coisa mió di otra veis. — Ele riu bem alto, escancaradamente, como se a estivesse convidando a rirem juntos. — Quem sabe, né? um dia eu vortu qui nem muié, o intonce cumu um bixim piquininim!

Perto de uma curva, descendo em direção a um pequeno vale, Isserley meteu o pé no freio ao mesmo tempo em que virava o volante. Sem qualquer aviso, o barulho no chassi reapareceu, muito mais alto agora, e o veículo inteiro estremeceu. Um instante depois o carro alcançou o ponto mais baixo da ladeira, e suas rodas travadas fizeram contato com uma camada cinzenta de gelo.

Como se fosse um sonho, Isserley sentiu o carro deslizar livre do atrito com o asfalto, como se estivesse mergulhando na água ou no ar. Duas mãos enormes de homem caíram sobre as suas no volante e a ajudaram a corrigi-lo, mas não foi o suficiente. O carro foi saindo devagarzinho da estrada e, com um estrondo feroz, chocou-se contra uma árvore.

Isserley ficou desacordada por uns poucos segundos, ou assim lhe pareceu. Seu espírito entrou de novo em seu corpo como se viesse das alturas, como costumava acontecer logo depois que ela furava um vodsel. O impacto do pouso pareceu mais suave do que ela estava habituada. Sua respiração não estava tão arfante, e seu coração não batia tão forte. As árvores da floresta estavam quase que sobrenaturalmente nítidas diante de seus olhos, até ela se dar conta de que tanto seus óculos quanto o pára-brisa estavam espatifados.

Olhou para baixo. Sua calça de veludo verde estava coberta de cacos de vidro e manchada de sangue escuro, e uma placa retorcida de metal ocupava todo o espaço onde deveriam estar seus joelhos. Sentia muito pouca dor, imaginando que fosse por ter quebrado a coluna. O volante a tinha penetrado nos seios, deixando o torso intacto. O pescoço, entretanto, estava melhor do que nunca, e semelhante constatação desencadeou nela uma crise histérica de riso e desalento. Algo quente e gelatinoso, por dentro da sua blusa e do suéter de Pennington, escorria-lhe da barriga para o colo fazendo-a estremecer de nojo e medo.

O vodsel não mais se encontrava ao seu lado. Fora jogado pelo pára-brisa, e ela não conseguia ver seu corpo dali de onde estava.

O tecido rasgado em uma das pernas de sua calça começou a fazer um ruído como se alguma coisa estivesse sendo sugada, aspirada; ela se sentiu tremendamente mal, mas conseguiu desviar os olhos. Percebeu, então, que as agulhas de icpathua estavam à vista, fora do estofamento do banco do carona. Devia ter havido uma falha qualquer de funcionamento. Sabendo que era inútil, Isserley bateu delicadamente na borda do assento com seu pulso ensangüentado, tentando fazer as agulhas se retraírem. Elas não se retraíram.

De repente, em algum ponto atrás dela na estrada, um carro deu uma freada violenta e uma porta bateu. Passos esmagavam o cascalho.

Automaticamente, Isserley pegou no porta-luvas o primeiro par de óculos que encontrou e o pôs no rosto. Ficou imediatamente meio cega: eram lentes de grau de verdade, não óculos escuros de fantasia.

Uma figura a estava observando bem de perto, debruçada no lugar onde ficava a janela do motorista; uma figura baixinha com o pescoço rosado, roupas amarelas chamativas e uma auréola de cabelo negro.

— Você está bem? — quis saber uma voz feminina, trêmula.

Isserley riu desconsoladamente, expelindo uma gota úmida de uma das narinas. Enxugou-a com o pulso, recuando surpresa diante do seu braço inchado e todo torto e da sensação incomum de lã nas bochechas.

— Não se mexa — disse a voz feminina, agora mais firme. — Vou procurar socorro. Fique aí sentada.

Isserley riu novamente, e dessa vez a outra mulher riu junto, um esgar nervoso.

O borrão de cores desapareceu do campo de visão de Isserley, e ela escutou o som da vegetação rasteira sendo pisada à frente de seu carro. A voz de mulher se fez ouvir de novo, mais alta, eficiente.

— Este é o... seu companheiro? — perguntou ela, com uma voz que parecia vir de um lugar bem distante.

— É um carona — disse Isserley. — Não o conheço.

— Ele está vivo — falou a mulher. — Está respirando.

Isserley encostou a cabeça no banco e respirou profundamente, tentando decidir o que sentia diante da sobrevivência do vodsel.

— Leve-o com você, por favor — falou ela após alguns instantes.

— Não posso — respondeu a mulher. — Temos que esperar o pessoal da ambulância.

— Por favor, por favor, leve-o daqui com você — implorou Isserley, apertando os olhos para tentar distingui-la em meio àquele borrão verde e marrom.

— Não posso, realmente não posso — insistiu a mulher, já agora bem mais calma. — Provavelmente ele sofreu fratura da coluna, precisa de cuidados especializados.

— Tenho medo de que meu carro possa pegar fogo — disse Isserley.

— Seu carro não vai pegar fogo — disse a mulher, tranqüilizando-a. — Não entre em pânico, procure relaxar que você vai ficar boa.

— Ao menos leve a carteira dele, para saber quem é — suplicou Isserley.

Ouviu-se de novo a vegetação rasteira sendo pisada, e as cores vivas retornaram ao campo de visão de Isserley. A mulher estava mais uma vez no buraco em que se transformara a janela do motorista. Uma mão pequenina e quente pousou sobre o pescoço de Isserley.

— Ouça, vou precisar deixar você sozinha por pouco tempo, para procurar um telefone. Voltarei assim que chamar uma ambulância, sim?

— Obrigada — disse Isserley. Com o canto do olho ela pôde ver as clavículas pálidas e a curva dos seios dentro de uma blusa cor de pêssego, quando a mulher se inclinou por cima dos ombros dela para pegar qualquer coisa no banco de trás.

— O Hospital da Misericórdia não fica longe daqui — assegurou a mulher. — Você logo estará a caminho de lá.

Isserley sentiu as mãos quentes sobre ela mais uma vez, e só então se deu conta de que sua carne estava gelada. A mulher estava tentando aquecê-la com o anoraque, passando-o delicadamente em torno dos seus ombros.

— Você vai ficar boa, sim?

— Sim — concordou Isserley. — Obrigada.

Então a mulher se foi, e o som de seu carro partindo dissolveu-se no silêncio.

Isserley tirou os óculos e os deixou cair sobre seu colo, onde pousaram no meio do vidro quebrado do pára-brisa. Ela piscou, perguntando-se por que as coisas permaneciam fora de foco. Lágrimas desciam-lhe pelas bochechas, e sua visão através do pára-brisa quebrado clareou.

Isserley checou a parte de cima do painel, onde Yns, ao mesmo tempo em que instalara o mecanismo da icpathua, também fizera a outra pequena modificação no projeto original do carro: o botão do aviir. Diferentemente das ligações da icpathua, que envolviam elementos sensíveis de elétrica e hidráulica que, obviamente, haviam sido danificados no acidente, a conexão entre o botão no painel e o cilindro de aviir limitava-se a um tubinho simples e resistente, que só aguardava um esguicho de algo estranho dentro do líquido oleoso.

O aviir faria com que o carro, ela e um generoso pedaço de terra em redor se desintegrassem nas menores partículas imagináveis. A explosão deixaria uma cratera no chão tão grande e profunda quanto a de um meteoro que por acaso caísse naquele lugar.

E ela? Para onde iria?

Os átomos de que era feita se misturariam com o oxigênio e o nitrogênio do ar. Ao invés de terminar enterrada no chão, ela se tornaria parte do céu: essa era a melhor forma de encarar aquilo. Seus restos invisíveis se confundiriam, com o tempo, com todas as maravilhas sob o sol. Quando a neve caísse, ela seria parte dela, baixando suavemente à terra e depois voltando a subir com a evaporação. Quando chovesse, ela estaria lá naquele arco espectral que fazia a ponte entre o mar e a terra. Ela ajudaria a enevoar os campos, e ainda assim haveria de estar sempre transparente para as estrelas. Ela iria viver para todo o sempre. Só era preciso ter coragem para apertar um botão, e acreditar que a conexão não estivesse quebrada.

Esticou a mão trêmula.

— Lá vou eu — disse ela.

Este livro foi composto na tipologia Aldine401 BT,
em corpo 11/15, e impresso em papel
off-white 80g/m², no Sistema Cameron da
Divisão Gráfica da Distribuidora Record.